JN252493

花實叢書第一五七篇

高久　茂全歌集

現代短歌社

目次

天 耳…………………………………………五

銀 礫…………………………………………六七

友待つ雪………………………………………一二七

初瀬玄冬………………………………………一八七

川瀬のひかり…………………………………二六九

朝朝の声………………………………………三一七

初冬のあかり…………………………………三六九

解説　田野　陽…………………………………四三一

高久　茂略年譜…………………………………四四一

初句索引…………………………………………四四七

あとがき…………………………………………四八七

2

高久　茂全歌集

天耳

目次

昭和四十八年

暁近き　九

終の在り処　一〇

昭和四十九年

氷雨　一二

蟋蟀　一三

雲間　一五

昭和五十年

果てたる犬　一七

老樹　一八

萩群　二〇

昭和五十一年

厚皮香　二二

少女　二三

明方の厨　二四

瀞の水　二五

青年の腕　二六

欧州紀行　二七

蜜柑　三〇

点さぬビル　三一

昭和五十二年

薄雪　三三

丁字路　三四
地下道　三五
改　札　三六
ダンプ　三八
息白く　三九
球　場　四一

昭和五十三年

アーケード街　四三
鳩　四五
高　地　四七
檜の匂　四八
暗き橋脚に　五一

昭和五十四年

枝差し伸べて　五三
生くる朝を　五五
翳りなき果　五七
澄む湖双つ　五九
土に影して　六〇

あとがき　六二

昭和四十八年

暁近き

腕見せて眠る長子の幼きにひと世の終りありと知らすな
北空の雲晴るるなき窓の外にいのちを持ちて鳥のゆく声
雲閉ざす黄昏《たそがれ》ののち梔子《くちなし》の匂ふ家居の裏も暗しも
梅雨寒き夜更けとなりて隣室に子らが互《かた》みに書めくる音
幾ばくを眠りにし酔の醒め果てて暁近き妻のかたはら
杉群の籠り覆へる堂近く小禽《ことり》の憩ふ声移りゐる　長谷
山上に朝《あした》澄みつつ流らふは参籠僧の誦《よ》む普門品
本坊の大方丈の瓦屋根光を反す低きはるかに
声あげて走りをりたる幼児は唐突に今昼寝を始む

妻も子も岳父も出かけて十畳に一人素麺を楽しみ啜る

庫裡のなか翳り来たれる夕暮に声沁みとほる寒蟬の声

幼《いとけ》なく手を引きやりし歳月《としつき》も茫々として空に見送る　長女靖子渡欧

北極の白夜寂《しづ》けき高空を優しき眠りして行きつらむ

北極圏に八月の雪降り来るとキャンプを伝ふ娘《こ》の絵葉書に

終の在り処

この坂を越えて行きたる茂吉あり杉高く覆ふ三峰の山　花實三峰大会

窓近く幹の太きが迫り立つ杉に対《むか》へり慎みながら

巨杉《おほすぎ》の囲み涼しき山上に歌語り終へひと夜眠りき

みかげ石清しく夏の陽を反す茂吉の歌碑を撫でてくだれり

幼児は脛も腕《かひな》もやはらかし眠れるを運び移さんとする

忘れたる子のサンダルに明方の露光りあり芝草のなか

鉛筆を固く握りて幼児の書かむと構ふ首をかしげて

秋寒き日暮をひとり仮寝せる岳父なり斯くの如くに老いて

勝常寺

軒深き堂に真向ふ日は曇り会津国中《くになか》音もせなくに

雪深き千年を越えて寂けしと薬師如来の黙し立ち在す

雲の間に低くなりたる秋の陽の終《つひ》の在り処《ど》は見定めかねつ

飛騨高山

寺の庭清しき丈《たけ》に荘厳《しやうごん》す雨あがりたる黄菊白菊

秋温《ぬく》き飛騨高山の小丘に雪の乗鞍眩しき穂高

頂に陽のまだ残る山ひとつ峡の紅葉の上に傾く

岸の厳しとどに濡らし飛驒川の堂々として南を目指す
裸樹の欅立たして庭土に霜深くなれりこの二日程
老眼に近づき来たること一つ告げねばならぬことならねども

氷雨

昭和四十九年

風鐸の音は切なく凩の激しき真夜に鳴る幾たびか
欄干に降りかかりたる雪片の噫六角の白き結晶
暁の近くなりたる遠くにてパトロールカーは一気にぞ行く
明け方に近き部屋ぬち冷えて来《き》ぬ腰と背中は最も冷ゆる
鵯《ひよどり》ら寝て了《しま》ひたる夕暮を暗めつつ雪また降りしきる
幼児は既に眠りて冬雷の夜空に鳴るを父われは聞く

花もみぢ携へ観たる日はあらず飯黙々と摂《と》りてゐる妻

年若き倨傲《きよがう》ことごとく否みつつ肯ふ如き返事はなせり

昼飯を終へたる君ら充ち足りて川原に若き声を響かす

関西紀行

風あふる幕ぎぬのなか内宮の見えがくれして潔き切妻

暁方の宿にしきりの雨を聞く二つの足を寒くちぢめて

雨に寒き三月堂を出てくだる言葉尠くなれる君らと

氷雨打つ大沢池の水鳥ら水かすめつつ一生《ひとよ》終らむ

洛北に雨のあがらむ山幾つ離宮の丘に長く見て佇つ

蟋蟀

雪しきり降り積む中の猿の顔哀しかるまでテレビは映す

コーヒーの中に注げる少量のミルクの渦の静まりてゆく

鋭声《とごゑ》なし怒れることの薄れゆく日頃となりぬ番茶を啜る

空の半《なかば》曇り続けて地震《なゐ》のあと人なき庭になほとどまれり

苦しき迄汗噴きしかば土に坐し草刈鎌を砥ぎ始めたり

頂に這ひ寄らむ雲去らしめてあくまで聳ゆ妙高の嶺

現実は斯くさだかなり妙高の頂晴れて斑雪《はだれ》をまとふ

通り雨過ぎて滴り未だ残る松にかかりて十三夜月

木の下に命終へたる蟬ひとつ透きとほりたる羽根を揃へて

上海の印泥つけし石持ちて一気に捺しぬやや傾ぎたり

もろ声の蟋蟀の中に聞かむとす稚《わか》きこの声老いしかの声

雲間

竹皮の清しき幅に包めるを土産らしくもなく売りてをり　奥羽紀行

最上川秋づき来たる岸に立ち鱗雲見ゆした雲の上

もの悼む如声低く語りたり秋の羽黒の山に入り来て

柿葺《こけらぶき》三間五層の塔立てる際まで傾《かし》ぎ山のひそけさ

月山《ぐわつさん》をくだり来たれる道の傍《はた》ななかまど未だ緑を保つ

安らかに立つ月山をかへり見つ路の分かるる笹原に来て

海澄める渚は迅《はや》く夏過ぎむ茫々として北に向へり

振り返るジェット機の視野急速に退き東京斜めに低し　北海道紀行

高空へ飛び翔《か》けりゆく一瞬に蘇り何か刻みゐし妻

北空の低きを閉ざす雲の間は原野か海か鮮明ならず

高空は祈りの如くただ潔し一直線に飛ぶ北の涯

山なみに光の射してあらはなり雲の切れ間のその遙か下

下遙か雲間に見えて一本の道あり細く曲らむとせり

ひとり来し秋の曇りの草丘に積丹《しやこたん》の遠き海の藍見ゆ

下北の沖は烏賊《いか》釣る灯を点す今ジェット機の遙か真下に

草はらの草にまつはり移る霧穏やかにして音伴はず

信州紀行

霧動く九月二十八日に現の証拠のもみぢが濡《そぼ》つ

高原《たかはら》を低きへくだる安らぎに甲斐駒ヶ岳輝きやまず

赤松に馬酔木に杉に囲まるる日かげの丘の赤彦の墓

澄み透る秋日の中に微かにて飛びゐたる虫は見えなくなりつ

果てたる犬

昭和五十年

起き出でし妻が静かに告げに来ぬ老い犬は今朝死にてゐたりと
凍りたる土の上にて犬よ犬ことときれてをり足を揃へて
こと切れし犬は虚《うつろ》に遠く見て霜置く背戸に横たはりをり
ものいはぬ寝姿をして果てし犬沁沁として今朝の裏庭
朝明けて生きもの一つ死にをれる月日の中の寂しき日なり
霜土に果てたる犬に関はりてことば少なき朝を過ごしつ
としつきの長きに錆びし鎖より犬のむくろをはづしてやりぬ
白布を巻けるなきがら老い犬の重きを抱きて葬らんとす

老い犬の死にてしまへる家の裏薄薄として冬陽が射せり

今生《こんじやう》の有らむ限りの十三年裏庭に休みなかりし犬ぞ

土凍る裏庭に命果てし犬埋めたるのちに移る明け暮れ

老　樹

風冷ゆる路に激しく音たてて掘削機械突き立て掘れり

舗道には鋭き風の音続き紅梅の咲く家に添ひ行く

うしろ手に襖《ふすま》音立て閉めゆけり怒れる時のわれの如くに

ジェット機の飛び立ち去れる静けきに光は広き空より照らす

落葉松《からまつ》の直《すぐ》立ち潔き幾千本音たてずして広き雪原《ゆきはら》　信州

襟合はす姿に山の重なりてその奥に白き山ひとつあり

解けかけて湖岸《うみぎし》に接《つ》く氷盤の平らかにして全き寂けさ
山高き旅寝に四人おのづから声をひそめてものをいひたり
小丘《せうきう》にうずくまる石左千夫の歌碑いまてのひらに触れて冷たき
夕暮るる庭に老樹《おいき》の八重桜半ばを散らし半ば残れり
花びらのありと見分かぬ桜並木川を隔てて雨に明るし
唸りつつ部屋飛びめぐる一匹の蠅時々はぶつかりなどす
乾涸《ひから》びし雀の死骸弄びいきいきとして犬静まらず
雲淡く月かすめゐるところより遙かに低く立つひと夜なり
趾《あしゆび》の骨を折りたる子を載せて父なればわが自転車を漕ぐ
赤松も黒松も落葉夥しあらしのあとを庭にかたより

絶えてまた吹き来むまでを風待てり二階に淡き酔を覚まして
肌脱ぎて書くひたすらに忽ちに暁《あけ》到りゐる空を仰ぎつ
上空をまかり通りし雷はるか地平に近く光を馳する
裏庭に光持つまで溜りたる水を越えつも雷過ぎしのち

萩　群

季《とき》深く沁み移ろふと暮るるまで雨したたかに落葉を散らす
あらましは葉を落したる萩群の掃きゆく腕に腰に触れ来る
赤暗くもみぢの枝は盛りたり寒くなりゆく庭に展けて
踏切に待つバスに坐し見てをりぬ客は蜜柑の安き方を買へり
凍りたる雪割《さ》きし如煌《きらめ》きて角砂糖二つ灯の下にあり

履きなれて形崩れし革靴は三和土《たたき》に置かれ未だ光れり
去りがてに豊けき胸の触《ふ》りたるも遙かにて生《よ》は半ばを越えつ
我が袖を摘《つま》むみどり児知らねども暫くはその為すに委せぬ
高きよりおのづからなる重さにて水の落ちゐる前に楽しむ
狸の肉共に食ひたる助教授ら秩父の宿にいびきかきをり

厚皮香

昭和五十一年

スイッチを入れて餅搗く正月を逝きたる母も父も知らざりき
機械の中に搗かれたる餅丸丸と湯気立ちをれば笑ひきわれは
袷着て一日籠れる机にてしばしば袖がもの薙《な》ぎ倒す
地下道を掃除しゐたる人ら皆老いてをりたりズックを履きて

散り浮ける枯葉掬へば水底に身動《じろ》ぎをして鯉が応へぬ
只管《ひたすら》に本読むと見せてこの女頻りに我の視線窺ふ
てのひらの堰く間を抜けて水ゆくと滞りゐる花のいくひら
紅《くれなゐ》の被布まとひたるその肩の見えなくなれり寒き風の中
駅前は冬の明るき風吹けり心地よきまでビルら輝き
枝ぶりのつたなき梅の如くにも老いし定家が濃き筆の跡
厚皮香《もくこく》の下陰暗く静けきに入らむともせず軒の雀ら
湯あがりの肌やはらかに匂ひ立ち少年は直《なほ》く寝むと装ふ
冬雨に濡れたる石は光りつつ窪みに浅く水を溜めゐる
高まりて来し雨の音屋庇《やびさし》に律動を持ちてつひに激しき

少女

山門のかげの一畳程の雪夜更けの雨に融けつつあらむ

並びつつ体激しく揺すり行く足なへのかかる若き女あり

いま寒き梁《はり》をつかみてぬけがらの蟬飴色にひとつ光れり

寄鍋の端に煮えゐる牡蠣二つ冬過ぎてゆくさみしらの中

塔婆代ごまかさむとする者のあり梵妻《だいこく》よ油断ゆめすべからず

読みさしの新聞は揃へ畳むべしと平野先生は教へ給ひき

竹群に雪の寂けきひと日ありをりをりに竹の直る音して

雪融けて滴れる音暁近く間遠なれどもいまだ聞こえつ

駆けこみて乗りたる少女ちかぢかと斜に荒く息喘ぎをり

仕方なき迄に汚れてこの犬の尾を振りてをり雨に濡れつつ
美しく義歯《いれば》入れたる妻と二人ことばすくなき昼餉《ひるげ》を終へぬ

明方の厨

幼児が呼びその母が応へゐる改札口の人混みの中
身をかがめカーテンのかげに躙《にじ》り寄り雀を狙ふシャム猫は今
酔ひ深き体傾け声高に圧し来るものを厭ひわが居り
直向《ひたむき》にテレビに向かひゐたりしが少年は突然笑ひ出したり
明方の厨の中に電気釜が飯炊きてゐるひそかなる音
ゆりかもめ海面《うなも》を掠め去りしのち空行く雲は海を翳らす
岬端《さきはな》の坂越えくれば利根川の海に入らむ水きらめかす

川口に海の寄せ入る交はりもただ平らかにみなぎり光る
沖遙か雲間を洩るる放射光条《すぢ》なしてをり海を照らして
榛《はん》の木に透けてはるかに弓なりの渚は白き帯寄せ返す
透きとほるガラスの鍋に煮ゆる芋浮き立ちてをり象牙色して
疾風に撓められゐる翼張りて二階の窓を鳩かすめたり
吊革にしがみつきつつ揺られつつ花仰ぎ見む体を曲ぐる

瀞の水

生きものの如く動ける自動ドア倦みゐる我の心遊ばす
席に坐す目の高さにてジーパンが包む鼠蹊《そけい》部揺られつつあり
ゴム長靴腰まで履きて電柱の高きより屑のたぐひを散らす

駅員が夕餉に焼くか魚の匂ひ漂ふ中を地下へ降りゆく
終《つひ》の日まで関はり無けむテレビには何とか賞の馬競《きそ》ひゐる
俯向きて叱らるる女子学生の腹が二たび短く鳴りぬ
半日の雨あがりたる瀞《とろ》の水湯気の如きを薄くまとへり
移ろひの早しと理《り》趣品《しゆぼん》一人読む三十三回忌の父に向かひて
材木の長きを肩に平衡を保たむとして泳ぐ如くす
かたはらに善男善女見てあれど憎わが睡魔斥《しりぞ》け難し
読む経の半ばにかほど眠たきを清女《せいぢよ》は咎めいひしならずや

青年の腕

暗がりの中に響かせ夜遅く花火を鳴らす街の低きに

溢れ来る熱気のありと思ふまで肩に触れゐる青年の腕

落したる煎餅床《ゆか》に転がるを嗅ぎしが直ぐに猫は離れぬ

むりやりに食べさせられしチョコレート口腔に粘る噫不快感

墓に向きをがむ若者大凡《おほよそ》は心こもらぬ態《さま》に掌《て》合はす

経を読むうしろに坐せる老婆らよ声高の話そろそろやめよ

足かざしジャブの如くに頻り振る猫よ蟷螂《かまきり》は未だ幼きに

ペンを持つままの拳に打ちたるが悶えつつ虫は事切れむとす

欧州紀行

下はるか北極海は果てもあらずけぢめもあらず唯白を延ぶ

グリーンランド無始無終なる氷原に檀紙の如き白のしづまり

雪嵐吹くとも見えぬ流氷の犇々《ひしひし》として千粁を越ゆ

果つるなき薄暮のなかに現身は北極を過ぎ運ばれてゆく

雪氷に即《つ》かず離れぬ機上にて高度一万の空の寂けさ

廻転ドア押し入る婦人ブロンドの後《あと》に従《つ》き異臭仄かに匂ふ

石段に倚《よ》るアラブ人日本人バッキンガム宮殿の前の黒人

ひげ黒きアラブ系の男金髪の肩抱き忽ち接吻始む

美人不美人肥満普通と絶間なしテムズ河畔に腰掛けし前

城壁に穿《うが》たれにたる暗き穴くぐる歩数は厚みを示す　ウィンザー城

金鎖の太き顎紐光らして熊皮か帽子かぶる衛兵

日本人南方熊楠学びゐしは何処ぞ広き大英博物館《ブリティシユミユーゼアム》

暑き陽射咽喉を乾かせ炒る如しソホー地区今喧噪のなか
修道尼の二人トランクを持つに従《つ》くドーバー駅に出国待ちて
海峡を渡るフェリーに遠ざかる夏陽に白きドーバーの崖
明治帝の如きひげ帯び甲板に書読むはトルコ辺りの男か
夕翳り来たる舗道にマロニエに靄より淡く蒼き漂ふ
パリ
腕犇《ひし》と組みてモナリザ観る二人暑からむ暑からむ我に真近に
九時過ぎて未だも暮れぬパリの空十六階の窓に見放くる
連れ立てる娘《こ》は寝てしまひ夜を一人パリのホテルに物洗ひゐる
シャイヨウ宮大噴水の放物線半ばより先は水煙なす
襲ひ来るルノーベンツら躱《かは》しつつ凱旋門へ車道駆け行く

聖堂の石に彫れるは膝曲げてユダがイエスにへつらふところ　シャルトル大聖堂
空摩する尖塔二つ聖堂は椋鳥《むく》に似たるを高く住まはす
王権の章《しるし》欄干に彫るとかげ夏光《なつかげ》に鋭く身を乗り出す　ブロワ城
雀卵斑《そばかす》の数百あらむ背に従きてシュノンソー城緑の間出づ
リヨン駅便所の前に肥満婆ムッシュムッシュと銭取り立つる
島ほどの豆腐崩るる如くにてモンブラン指呼の間の雪面
パリの女ローマの女ナポリの女男は確《しか》と見ず過ぎて来つ

蜜　柑

湯麵《たんめん》の出前に来たる青年がゴムの合羽の雨したたらす
今飲みし紅茶の熱き一口は咽喉を過ぎ食道くだりつつあり

箸長き先に挟みて海老天の油きらむと腕振りおろす

警官にもの問ひ終り去る女礼する如く身をよぢりゐる

日曜を朝からブザー鳴り続く墓参の客また法事の予約

頑に老いゆくものをあきらめて二つ返事を折々返す

洋菓子を食べ終りたる幼児はその手忽ち腰にて拭けり

騒然としたる日ぐれの駅前に蜜柑を売れり灯に光らして

ゴール下にドリブルを追ひ殺到す長き足太き足床《フロア》鳴らして

ビニールと段ボールもて忽ちに小屋作りゆく髭の手相見

冷ゆる夜を外に出されし猫の声聞こえてゐしが止みて更け来ぬ

点さぬビル

踏みしむる力若しと音立てて段登りゐるブーツ幾つか

冬づきて力おとろへたる夕日八号館の低きその上

追憶の如薄れたる余光あり点さぬビルをひとつ透かして

金柑も蜜柑も柿も鮮しく光を返す店先を過ぐ

いつしかに来なくなりたる顔ありと教務手帳をつけつつ思ふ

ひといろに暮れて寂けき街ありぬ底籠り堪ふる如き色して

とりどりの傘を開きてキャンパスに雨まだやまぬ夜を帰りゆく

三糎ほどになりたる鉛筆をホルダーにつけなほ削りゐる

薄　雪

昭和五十二年

富む如き身繕ひ見せ出し抜けに屑箱の新聞漁りはじめぬ

何処より下水の腐臭含《ふふ》み来しドアの開きたる車内が匂ふ

服装を取り替ふる迄のつなぎとし辛くも布をまとふマネキン

イヤホーン差したる儘に聞かざればＴＶに何かへらへら笑ふ

エレベーターの運転を今代りたる女店員伏目に笑み堪《こら》へゐる

店頭に数十のテレビ一斉に今貴の花倒るるところ

何事かせし一日とも見えざりき老いし村肝《むらぎも》炬燵に寄せて

男二人勇み乗り来て大蒜《にんにく》の匂ひ烈しく話を始む

僅かなる隙に割り込み身を揺すり座を占めむとす我の隣に

空腹に痛む胃の腑を庇ひつつ暗きに光る氷をまたぐ

粉砂糖まぶせる如き薄雪の檜に暗き一山を籠む

丁字路

にこやかに笑ふ老爺の人形に眼鏡かけさせ揚肉販《ひさ》ぐ

解答欄の枠引く隅に七ポ程の答小さしこの受験生

幾万本書きつぎ来たる卒塔婆を書き違ふこと斯く未だあり

ステップを降り終らぬに気忙《ぜは》しくブザーを鳴らす脚の間近に

紫のスタンプ滲み肉塊が堆《うづたか》しトラックの後部が開《あ》きて

面《つら》憎きこと続けいふ幼児に隣りて巣鴨までの国電

真先に飛び込み乗れる少年が席占めむ腕拡げて叫ぶ

見おろしに広き丁字路流れ来て車の列は陽にふた手なす

軒下に吹き出しおろす湯気が匂ふそば屋の脇の細道を過ぐ

機械より預金おろさむとする列の長きが雨の歩道を狭む
炬燵出て階下《した》へ駆け降り廊下ゆき曲りたり電話将《はた》と止みたり

地下道

すり切れのブラシに似たる髯《ひげ》白く陽に輝かし眼を文字に寄す
タイトルの背後は海の寄せ返し陽をきらめかすテレビの中に
前を行く犬は引かれてその尻にチューインガムの滓《かす》つけて振る
地下道の隅に小さく毬作《まりな》して綿埃いま煽られ移る
車内放送「次は」といひて絶句せり見る見る窓に新宿近く
胸腔の暗きをひろげ罐ジュース数多詰められゐる販売機
掃き寄せし桜の花の堆積を腐《くた》さむとして一日雨打つ

茂吉日記読みつぐ中に昭和二十年小谷心太郎氏訪問の記事
魂魄の果てたるものが白布を顔にかぶりて仮寝の如し
ピッチングマシンといふに身構へて男つくづく鋭き顔す
ゴムの前掛いきいきとして光るなり暮れて三和土《たたき》を洗ふ魚屋
幼児は座席に立ちて電車の窓舐めゐしが掌《て》にて擦《こす》り始めつ
パトカーの鳴らし近づくに声合はせ小半丁先に犬が長鳴く
満員の乗客なべて押し黙り特急電車やり過ごしゐる

改　札

真昼間に長々と引く犬の声二軒程置き続け様にす　花實発行所
音立てて掃除しゐたる隣り家に夕暮れて仏壇の鉦《かね》叩く音

編集を終へし帰りのタクシーにワイパー雨を弾《はじ》きてやまず
タクシーがカーブ曲りてゆく今の遠心力に足張りて耐ふ
誤字脱字嘘字崩し字編集を終へ帰り来て未だまつはる
急《せ》く我を焦《じ》らさむとして徐ろに切符つり銭間《ま》を置きて出づ
改札の混み合ふ中に駅員が音絶え間なく鋏を鳴らす
若社長といふ程の態《なり》隙もなく座席に漫画の本読み始む
今降りて行きたる美人の温もりが着ける席より臀《いさらひ》に来る
腕括《くく》り処刑さるる如吊革に下がり酔漢身をもて余す
わけもなき紙片《かみきれ》持ちて幼児は敷石ひとつ踏み越えむとす
玉作《な》して墨の滴る寸前に穂をおろししが先を考ふ

顎の下剃り終らねば唸り飛ぶ蠅一匹を見つつ構はず

掘り返しある段差にて何の車通るかまたも柱がきしむ

下駄はきて休日のビル降りてゆく遠ざかりつつその澄める音

鯛焼の焼くるを待ちて幼女は爪先立てり二人並びて

ダンプ

強かに凍らしし固き一皿のバナナを食らふ更けし厨に

長引ける会議の席に学食の天婦羅揚ぐる匂漂ふ

ハンドルを握り開けたる冷凍庫堪《こら》へ貯めゐし霧白く吐く

顱頂《ろちやう》薄く酔の乱りにいひてゐつ味方ならざるはみな敵なりと

田舎芝居の如く電飾装ひてダンプは今し積む砂おろす

細りたる乳房を垂らし息喘ぐ犬置きて呼鈴に応《いら》へのあらず

夜の九時アーケード街暑き中にステテコの儘鎧戸おろす

寸刻も惜しき多忙《とりこみ》知らざらむ電話長引かす気配を見せて

盆の窪滴り頬垂る汗ありと知りつつ読経止めむもならず

嬉々として通夜のビールを酌《く》む者ら醬油よ小皿よなど声高く

檀家の誰と名前もあらず玄関に馬鈴薯置かれ胡瓜が置かる

混線をしたる電話に微かにて男が女慰むるらし

扇風機は車内に立てるジョーゼットの裳裾驚く許りに煽る

息白く

一児の母になると記せる暑中見舞遅刻常習の面輪顕ち来る

洗濯機回す辺りか階下にて娘が高高とくさめを放つ

傷みかけの苺買はされしことありき日毎この店憎みて通る

夏寒き山のホテルに隈もなく黒つぐみ鳴く流すテープに

花實大会・志賀高原

水泳不能《かなづち》が水に入りゆく如くにておづおづとワルツ踊り始めつ

神作教授祐筆の話なす窓に忽ちクレーン鉄吊す見ゆ

くだりゆくバスにしまきて霧冷ゆる疎林に屈みゐたり猿らは

汚れたるわが靴揃へ下されき神作先生寝《やす》みまししか

運転の挺子《レバー》片手に網棚の新聞小脇に集めつつ行く

鯘《あざ》れたる肉耐へ難く臭しとぞ海獣の写真を朝刊に載す

鶏肉がゴムの如くに味乏し光まばゆき夜の食卓に

改札の後に立ちて言訳を何かいひゐき肩を落として

除湿機に貯まれる水を捨てに出づ嵐過ぎたる書庫の扉《と》開けて

秋彼岸過ぎたる墓地に降る雨に腐れゐる葡萄・菊・お萩・梨

懸命に駆けゆく老いを見捨て発つ五六人程客載せしバス

ローラーの均《なら》しし熱きアスファルト夜気にその息白く走らす

スーパーへ卸さむとせる大福を人過ぎりゆく道に置きたり

消毒してありますなどと箸立つる此処に饂飩を食ひし事無き

台風の近づきゐると波騒ぐ岩礁《いくり》を写しニュース始めつ

電子計算機《コンピューター》我が指定席を示すとぞ吐き出す紙に文字打ちてゆく

球　場

信号が変りたるぞと警笛を鳴らされダンプの前小型発つ

今一人腰掛けらるる席の幅等分に分け狸寝入りす

球場の夜の照明に浮き立ちてスタンドへ飛ぶかまきりひとつ

ひとしきり歩廊《ホーム》湧き立ちゐたりしが小学生団体発ちて寂けし

地下街の人混む中に微かにてオードトワレ妻と同じき匂ふ

目に満つる吉野川いま暮るる中背高泡立草岸埋《う》めて生ふ

秋果つる夜ごろと眼閉ぢてをり加速なしゆく新幹線に

奇術師の取り出し見せし鳩幾羽羽撃《はばた》きてのち飛び立たざりき

平野先生独り編集し給ふか博多は更けて我が寝ねむ時

ひつたりと露霜置ける瓦屋根寝に降りゆかむ窓に見おろす

二位局など知らざりき御真影仰ぎて直き少年たりき

本気にて問ひ尋ぬるに女店員生返事なす買はぬと決めつ

ミキサー車混凝土《コンクリート》を飲まむとて番待ち並ぶ騒然として

独逸秘密警察《ゲシユタポ》の如き靴履き大股に戞々と音強しをとめら

アーケード街

昭和五十三年

駅前に列整へて幾百の自転車光る澄める冬日に

靄籠めて暮れゆく中にビル群の灯の幾千が浮き宙にあり

団交の席に言葉を尋《と》めあぐねボールペン解体しては組立つ

喝《かつ》と叫ぶ如く口開《あ》け寒流に産卵すなり鮭がテレビに

抱擁シーン執拗に映しゐたりしが一転饂飩のＣＭ始む

日暮まで炬燵に籠り眠る猫目覚めてはわが足裏を舐む

発着のバスに笛吹く老職員襟立てて終《つひ》に日向離れず

落葉松の林が霧に整ふを座布団カバーの柄《がら》となしたり

娘らが梳《す》きたる髪も燃ゆるとぞ匂ひかすめて芥燃え尽く

バス停に手を振りゐしは孫《うまご》らか発てる車内に老爺さしぐむ

午前《ひるまへ》のアーケード街寂けきに焙《はう》じゐる茶の香りが著《しる》し

一とせの内の稀なる音は今家居覆ひてたばしる霰

梅いまだ花とならざる庭晴れて電気鉋《かんな》の遠く響《な》る音

まれまれに余光は射して庭の石霙ののちを冷えて輝く

道の上に積もれる雪を掻きゆくとくぐもる音のしばししてゐき

とりどりに色健やけきシクラメン舗道は朝の片明かりして

問題に向き一斉に声ひそめ背を丸くせり夜の教室に

鳩

地震《なゐ》やみてゆく微かなる瞬間を古き簞笥の引手が鳴れり

十字路を曲るダンプが零《こぼ》し過ぐ関東ロームの鮮しき土

閉店に近き食品の地下売場犇き合ひて溢れ来る声

三階のテラス清潔に水打たれ人工庭園の馬酔木垂り咲く

硝子戸を雨戸を鳴らし吹く風の音薄れゆく落つる眠りに

事故処理の終りしならむ交叉路は幾百片のガラス光りて

まとまらぬ思ひに膝の上の鞄《かばん》指打ちゐつ更くる車内に

判決の如くに我を裁きたる歌会の声といへど顕ち来る

淡々とホームに射せる夕光に電車待つ間を皆顔やさし

菜の花の畑戦《そよ》ぎゐるテレビより黄の光来て卓のかがよふ

虎杖《いたどり》に対ひ居りたるわが心現の証拠に動き移れり

朝空に弧を描き飛ぶ鳩の群遅るるは一つ小さくめぐれり

天啓の如く額《ぬか》打つ一雫雨止みの間の電線ゆ垂る

血圧をいひ肝臓をいひ夜のほどろ新宿の狭き地下に酌み合ふ

舗装路に風のまろばす桜花乾きゐつれば音立てて来る

干柿の紅《あけ》より暗き窯変《えうへん》のはつか光りて天目の釉《いう》

編隊を組める尾長の一家族本堂の屋根かすめ越えゆく

朝顔の苗を植ゑむと掘る土ゆ化石の如き猫の糞出づ
風媒の松としいへば陽の中に慎みもなく花粉を降らす
勤務終へ帰らむとせる社員らか路傍に販《ひさ》ぐ茄子苗を選《よ》る

高　地

何の花繁殖すとも知れぬ儘沼越えて飛ぶ絮《わた》限りなし
濃き淡き渓の緑に朴の木の高々と花白きを掲ぐ
満員の客降りつぐと国電の車体が揺るる待てるわが前
熱伝へ炉より出されし白骨のおぼろに人の形を残す
捧げ来るグラスの中に氷片の打ち合ふ清《すが》し夜のロビーに
自転車の数多舗道に置かれあり塾に算盤の数字読む声

雨暗き高地を過ぐる食堂車に長くゐつれば一人となりぬ
人降りて間なき車内かタクシーに脂粉の匂ふ雨繁き夜を
芝草の繊《ほそ》き縺《もつ》れに行きなづむ蟻なりき夢の覚めてなほ顕つ
電線にとまり吹かるる雉鳩の辛くもバランス保てり孤り
午前五時過ぎて台地の涼しきに鵯《ひよ》鳴く鳩も屋根に烏も
台風の名残に暁を吹く疾風《はやて》庭の朝顔ら咲き難からむ
地下鉄を降り出で来たるビルの裏凜々と蟬の声満ち迫る
添竹を越えて垂れゐし朝顔は自らの蔓倦きまたのぼる

檜の匂

椎茸の榾木《ほだぎ》を狭く庭に組む友のいらへのなき留守の家

農を捨て地主となれる幾人か法事の庭に新車連ぬる

平らかに満つる海面《うなも》の岸近く船外機つけてゆく舟速し

花實大会・熱川

秋浅き空より覆ふ日は広く伊豆の新島の果てにも及ぶ

水平線おぼめく宵の島低く生活の灯を点す遙かに

ながらふる暑き日暮の凪長く鞣皮《なめし》の如し空映す海

宿の夜をありの限りの酒五合沁みわたり来て響《とよ》む潮騒

照明に煌《きらめ》き来たる波の秀の移りは早し礁《いくり》隠して

闇の中放物線を描き飛ぶ投釣の灯も消えて更け来《き》ぬ

秋浅き宿のひと夜を乏《とも》しらに月光《つきかげ》返す遠き海の面

新《にひ》みたま遙かに集ひ見て在《ま》さむ下弦の月に暁遠き海

懈《たゆ》むなと眼見開き灯の下に陶の梟が我に真向ふ
荷を負ひて立ち上らむとする媼これ引けと如両の手を張る
沢庵を誰が持てるか夕暮の混み合ふバスに匂ひて著《しる》し
耳聡く夜の物音を把《とら》へんと静まりて犬の庭に身構ふ
面伏せて電卓を叩く美貌見ゆエスカレーターにくだるその先
地下道を掃かむと撒ける大鋸屑《おがくづ》が檜の匂すがしき放つ
日曜は繰り返し来る交換車法事の経を読む間もめぐる
壁面の硝子透かしてエレベーター昇りゆく見ゆ犇く人も
陸奥《みちのく》に雁渡り来て憩ふとぞ乗れるタクシーのラジオにいへり
遅く迄学ぶ少年の一区切りつきしかハミング低く始めぬ

襲ひ来る睡魔にしばし微睡《まどろ》めり研究室に午食《ひる》終へしのち

風呂敷に包み持ちたる卒論の重きこらへて終バスを待つ

あり得ざるものの如くに文明の色紙を飾り魚売る店

学生が忘れゆきたるハンカチーフトパーズの潔き色して香る

寂寥に耐へ難からむ交番は氷雨の夜をあかり点して

夕暮の光は未だ微かせり渡り来て寄る鴨の千羽に　不忍池

暗き橋脚に

新しき菊はなべての奥津城《おくつき》に色燿《かがよ》へり島の没日《いりひ》に　三河湾日間賀島

開かれて飴色に並ぶ皮剝《かははぎ》ら突堤の上は冬陽ただよふ

一年《ひととせ》の終りに近き島の宿寂しき酔をひとり醒ましぬ

透きとほりゴム管の如き海鼠腸《このわた》を三和土《たたき》の桶に見て宿を出づ

シンナーの甘き匂の中を行く新聞紙まとふ修理車の傍《はた》

トラックを走り終へたる草の上に疲るる者は首を傾く

地震《なゐ》揺りて暫くせしが夜のラジオ津波警報をいひ始めたり

北欧の黒花崗《みかげ》岩石光る墓氷雨あがれる空映し立つ

野を寒く最終電車ゆく頃か風に紛れてその遠き音

街川に冬の潮の上ぐる音暗き橋脚に打ち当たりつつ

自らがし終へたるのち土覆ひ嗅《か》ぎ確かめて猫は離れつ

唇《くち》半ば開《あ》けつ歪めつ少年の宿題難し雑巾を刺す

鶉ら手加減せぬか大師にも地蔵にも汝《な》は放《ひ》りかけて逃ぐ

匂ひ立ち厚き大根鍋の中に鮭の頭と煮られつつあり

オリーブの粒実嚙みつつスコッチに年越えてゆく身を養はむ

みづからをいたはりそこら舐めてをり予防注射の済みたる犬は

枝差し伸べて

昭和五十四年

ホチキスに紙片まとむる簡明のささやかなれど確かめて綴づ

身をかがめ窺ふ庭の雪明かり頰に紐程の隙間風来る

威のありて猛からぬものつつしみて電子顕微鏡室に声潜めゐる　於日大医学部

烈風の圧して見る見る皺動く車体覆へるシートカバーが

この国の進歩の一つ群衆が整然として電車を待てり

釣り来たる寒鮒などか魚籠《びく》に揺れ少年は二駅過ぎて眠れり

四半世紀曾禰好忠《そねのよしただ》に直道《ひたみち》の文学博士を唯祝《ほ》ぎ奉《まつ》る　神作光一氏に

研《と》ぎましし疎《おろそ》かならぬ曾丹への日あり月ありて栄《はえ》受けたまふ

嫋《しな》やかに枝差し伸べて八重桜花の限りの闇に漲《みなぎ》る

降り散らす風の力の衰へて窓入りかぬる花びらひとつ

つながれて暇もて余す犬ならん塀の隙より殊更に吠ゆ

進学の塾の帰りか少年が一人寂けし夜の電車に

吐息とも呻きとも違ふ蟾蜍《ひき》の声温《ぬく》み漂ふ闇楽しむか

百瓩《キロ》爆弾の如きプロパンのボンベ立つ立食蕎麦を販《ひさ》ぐ裏手に

高々とビル竣《な》りてより壁面の硝子が映す空日日にあり

紫陽花が密かに彩《いろ》へ移りゆく夜となるべし暗き見おろす

仏壇が店の中にて煌々《きらきら》す夢におぼろに浅草は暮れ

快き水の循環にひるがへり店の魚槽の魬《はまち》輝く

明りなき車体整へ雨の夜を列びて長き電車基地見ゆ

噂ゆゑ斯《か》かるくしやみの出づるとぞ詩経記せり二千年前

インベーダーに手を触れぬまま昆布茶飲む石黒清介氏と高久茂と

高層ビルかすめて迅き雲渡るあがりかけたる雨音のして

三時頃鬨《とき》始めたる雄鶏の懸命に鳴く街の遠くに

生くる朝を

靴磨く道具収むる幾人《たり》か降り始めたる雨の舗道に

老いづきて遙かに寺を守《も》る兄のひとり細《こま》かに茶を捻《よ》る頃か

螻蛄《けら》一つ声の透れる中庭に聞くべくなれり月のなき夜

餌をくはへ飛びたる雀空中に待ち伏せて尾長光りはばたく

夏の蝶ひらめきのぼる坂道に遠目陰《まかげ》せり光るビル群

椋鳥《むく》尾長雀小綬鶏《こじゆけい》鳴きをりしわが庭暮れて梅雨降るばかり

引越の荷ならむトラック前を行くアロエの鉢を犬小屋に入れ

空広く映す硝子戸誤りて折々鳥の打ち当たり過ぐ

雉鳩を襲ひ食らへる猫なれば庫裡につなぎて一日許さず

紫の淡き散り花濡《そぼ》ちつつ雨は寂けし桐の木の下

改札を抜け来て急ぐ駅構内《コンコース》グロキシニヤの売られ際立つ

しらしらと夜は明けつつ椋鳥が生くる朝を楽しむ声す

木《こ》隠れに鳴きつつ椋鳥《むく》の移る声朝の涼しき庫裡に降り来る

夜深く濡れ始めたる瓦屋根雲の上なる月光《かげ》かへす

井戸端会議なすか非ずか尾長らの声一しきりして飛び立てり

インタビューに応へゐる声媼《おうな》の声義歯《いれば》打ち合ふ音に紛るる

飢ゑにあて食ひし日のあり楤《たら》の芽の香りつつ終《つひ》に楽しまずゐる

乗り換へに降りむと立てるわが前は関取の背の聳《そばだ》つ許り

悪妻に悩み疲れて眠りたる茂吉を想ふ夜半の几《つくえ》に

翳りなき果　―北アルプス―

人工の全き黒部の渓に張りダムは寂けし湖を湛へて

ダムの先峡に風《し》巻きて放水の遙かに低く虹浮き移る

雪渓をくだる清《すが》しきアイゼンの確実に来る霧の中より
信州に飛驒に川作《な》す源頭の雫《しづく》垂りつつ霧また襲ふ
稜線を飛驒へ越えむと奔る霧睫《まつげ》毛に眉に露結び来る
雪渓の傍の花群移りつつ蜜吸ふ蜂は霧にまぎれつ
沁々と渓を充たして騰る霧純白《ましろ》に展け稜線を越ゆ
片渓を騰りつめたる霧の秀《ほ》の乱れて眩し虚空飛びつつ
深渓に乱れしづまり難き霧光りて浄し夏陽透きつつ
目瞑《つむ》れば額《ぬか》に陽のあり澄む風は渓邃々《ふかぶか》と蒼きより吹く
クレバスの奈落を激《たぎ》ちくだる水人為を知らぬ力清しく
長々とくだるリフトに脚垂れて人は寂けし霧のまがひに

見晴しの翳りなき果て余すなく信濃の空は秋づくか今日

くだり来て宿に眠らむ山国の秋づく夜を雨打ち始む

澄む湖双つ　―北海道紀行―

屢々も醒めて孤りの明け方を網走寒き十月二日

ものいはぬ一人に北の野は展け曇鎮めてゐるオホーツク

旅孤りゆきて過ぎゆく秋に添ふおどろ吹く風雲映す湖

屈斜路の湖目下《まなした》に佇つ高地草山あれば草もみぢして

神の手の手足《だ》れに彩《いろ》へ湖の面の蒼々《さうさう》と藍また水浅葱

命有りて今日の時の間目下に秋闌けて蒼を湛へ澄む湖《うみ》

風に伏すゐのころ草も寒からむ遠き雌阿寒をここに仰ぎて

連なりに心ひとつを籠めて佇つ雌阿寒岳の無垢の果たてに

蝦夷松と椴松暗き森遙かペンケトーパンケトー澄む湖双つ

椴松の森の奥処に移りゆき風遊びゐむ湖の真澄に

ひさかたの空よりおろし冷ゆる風遙か根釧原野も暮れて

土に影して

トレーラーの誘導なすか声長く繰り返す夜の遠き倉庫に

高曇りしつつひそかに風渡るパンパスグラスの穂を光らして

趙子謙の筆《て》をさながらに曲《くね》る枝水木は雨後の土に影して

秋遅き光に蕾膨らみてなほ余力あり薔薇のくれなゐ

鉄管を伝はり急ぐスチームの鋭き音す夜の旧館に

冬づける朝の光に松の実の羽根廻《めぐ》りつつ幾片《ひら》も飛ぶ

折り返し過ぎて一生《ひとよ》は冬の陽の舗道を照らす今日の如きか

（収載歌数四八九首）

あとがき

無常迅速、老少不定――。仏家にあって人の死との邂逅は常凡事といってよい。しかし、その珍しくもない死は、今日迄の自分を根本から揺さぶり続け、生の実存の意味を日日問いかけてやまぬ。はたちの年、雪積む寒夜に母が遠い人となって、両親のいなくなったのち、日ならずして東京に出、仏門に入った。朝の看経、夕の勤行、通夜に葬儀に年回法要。そこで慌しい毎日に出会いを重ねた死の数々。いわば、死は最も近くに存在し、最も新鮮な日日の主題であった。思えば死の壁からこだまして来る生こそが、拙い乍ら自分のこれ迄の作歌を支えて来た根源といってよいように思う。勿論、若輩のなま悟り、何程の諦観があったわけでもないが、生きゆく日の瞬時の意味を些かなりとも体得できたとすれば、今、運命に感謝のほかはない。

生活の潤沢と文明の変展によって、作歌の方向性が根本から問われ、文学一般の主題が見失われがちであるかに思われる今日だが、卑見を以てすれば、生命の有限、即ち〈死〉は、社会的存在としての〈疎外〉にもまして、なお、文芸の最大の契機たり得るのではなかろうか。

かつて、東洋大学に進み短歌研究会に所属した時、平野宣紀先生に出会い、市村宏先生に出会った。そして、同じ研究会の先輩である神作光一氏（現東洋大学教授）の薦めで、やがて花實短歌会に入った。昭和三十年代の初めの頃である。人間の一生涯にとって、人との出会いは、時に決定的な影響を及ぼすものだが、その意味で右の三先生からは、短歌制作の過程に抜きさしならぬ恩義を蒙っている。この未熟な歌集を上梓するに当り唯唯厚く御礼申し上げたい。

花實入会後、今日迄、平野先生から賜わった御提撕の数数は言葉に尽せぬが、「草地」分離までの期間、絶えざる導きと励ましを垂れて下さった植木正三氏にも心からなる感謝を捧げたいと思う。そしてまた、長い歳月に亘り、優しき誌友且つ先輩の長尾福子さんからは、温かい御理解と励ましを頂いた。実に長尾さんのお励ましなくして、一時期の作歌活動はあり得なかったといってもよい。作歌の理念について、人の世の隈隈について、その折折に賜わった言葉は、今、しみじみと心に蘇って来る。

そして、昭和四十九年に入会した十月会では、横田専一氏をはじめ、大滝貞一・高瀬一誌・野北和義・白石昂・蒔田さくら子・前田芳彦・鈴木諄三・小谷心太郎・片山恵美子・大越一男各氏ら諸兄姉に、温い御理解と御交誼を頂き今日に至っている。それはまさに浄福ともいうべきもの、怠惰な自分にはどれ程の裨益になっているか測り知れぬ。

さて本歌集名の『天耳』は、もと仏教語（その場合の読みは「てんに」）、『織田仏教大辞典』には「色界の諸天人の有する耳根にして能く六道衆生の語言及び遠近麁細の一切の音声を聞き得るもの。色界所属の清浄の四大より成るなり」とある。これを併し本集では「てんじ」と読み、天上遙かに隔った母の、今日のわが気息を聞き在す耳に擬し、一種の造語として用いた。無名長夜に行きゆく己がいのちを思う時、あの無限にやさしかった母にはすべてを告げ知らせて、その懐抱に身を委ねたい思いが近来益益しきりである。恐らくは「出家」の身にあるまじき未練とそしられようが、わが生きの緒の根源に、今、無量の思いをこめて、このささやかな一冊を捧げたい。

花實入会以来二十四年、この第一歌集には、昭和四十八年以来七年間の作品から四八九首を自選して収めた。今あらためてこの作品の集積を見る時、如何にも拙く狭く、何ともいいようのない恥らいを覚えるのみである。「芸術的襟度と風韻を愛する」という社風からは凡そ遠く、師風随順とは曲りなりにもいえまい。そして「眼高」という程の眼が存せぬことはいう迄もないが、「手低」はありありとして覆い難い。ともあれ、現在の自分はこれらの延長上にあり、もはや逃れることも出来ぬ。ただ、それを知り乍ら、敢て歌集上梓に踏み切ったのは（前期諸氏の慫慂によったとはいえ）、ひと区切りをつけて新たな出発を期するという、些かの自戒と決意のあらわれによる。

かつての私は、冒頭に記したような生と死との切迫した観念が先行して、とかくそれを生《なま》な形で表わそうとする傾きが強かった。初対面の人に、歌を見る限りではもっと老齢かと思っていたといわれたのも一再ではない。そこに見る視野の狭さも概念への傾斜も、今から思えば致命的な欠陥であっただろう。

やがて作歌の対象は、一転して〈もの〉に移り、多くの風俗に向かった。しかし、抒情を旨とすべき短歌の基本を忘却しようというのではない。ただ、その変換は、いわば過去への一種の反動から、目に見、耳に聞くものが、すべて生の実感として強く心に響き、それを表わさずにはいられなかったということになるであろう。

人の世は確かに奥底で悲哀に満ちている。そして哀しみは抒情の源でもあろう〈幼い日、母が語ってくれた巡礼お鶴と阿波の十郎兵衛の話。それが義太夫「傾城阿波鳴門」だったとはつゆ知らず、泣きぬれる哀しみにひたりたくて、姉と二人、幾度それをせがんだことか。人の世の哀しみを知り初めた、思えばそれが、わが裡なる「もののあわれ」の原点でもあっただろう〉。しかし、この世はまた、いろどられ、ぬくもり、ほほえみかけてもいるようだ。わが真言密教の根本義に拠って〈煩悩即菩提〉〈凡聖不二〉といえば、ことは附会に過ぎようが、長くもない一生の味わいを、より深く、より沁沁と、平明なことばの斡旋の中に屈折をこめて表現すること、それを今後の課題として行きたい。「わが生既に蹉跎たり」と歎きは尽きぬが、「存命《ぞんみよう》の喜び日日に楽しまざらんや」という兼好のことばは、まさに今日的に胸を打って来るのである。

刊行に当り、短歌新聞社社長石黒清介氏に温かい御配慮を頂いた。記して謝意を表する。

昭和五十五年二月二十四日

高久　茂

銀礫

目次

あかり点して　七一
貧しき雀　七三
蛍を目守り　七四
音なきひかり　七六
那智　七七
寂けき朧　七八
畳紙も香る　八〇
もののあやめを　八一
額づく滝に　八三
西山の上　八五
潔き風花　八六
水の如くに　八七
欧州再訪　八九
野づかさ　九〇
北山　九一
今年竹　九二
先考遷化　九四
迦陵頻伽　九五
蛍放ちて　九六
稚葉のひと葉　九八
偶然の斑　九九
疎林の奥　一〇一
桜紅葉を　一〇三
供花の菊　一〇四
味爽の雨　一〇五
井戸端　一〇七
下草沈め　一〇八

風　鐸　　　　　一〇

蔦紅葉　　　　　一二

大行天皇　　　　一三

庭の凹所　　　　一四

幼の指は　　　　一六

風に歩めば　　　一七

中欧初秋　　　　一九

移りゆく思想　　二二

まろき幼手　　　二三

頭振りつつ　　　二五

夜の闇に　　　　二七

つまくれなゐ　　二八

中国紀行　　　　三〇

秋へんろ　　　　三二

天　狼　　　　　三四

あとがき　　　　三五

あかり点して

野を潔め雪降りしきる一日なり母に負はれて見し日の如く

椋鳥ら水浴びは今日無理ならむ大根おろしの如き雪解け

いくらかは温《ぬる》みたる夜か方丈の屋根より落つる雪のとどろき

洗濯屋そば屋豆腐屋降る雪に健やけき声させて扉《ドア》押す

滝野川巣鴨の辺り冬の陽のまともなり会議に孤り倦みつつ

雪残る書庫の裏手にふくらみのささやかに紅梅矮《ひく》きひともと

朝明けの早くなりたる陽に傾《かし》ぎ梅は純白《ましろ》き花かがやかす

春近き雨のやみ間をつつましく花掲げゆらぎのあらぬ白梅

朝々をひかり耀《かがよ》ふ花つけて今年また老いゆく白梅か

白梅の花捧げ立つ庭の朝ひかりの中にその香の匂ふ

よみがへる今年の花の数百のあかり点して白梅の立つ

ものいはぬ梅の老い樹の香を放つ寄りゆけばその花潔き下

日の長くなりゆく二月二十日ごろすくよかに風を受けて立つ梅

合格を果たしし知らせ受けて日々安らぐ梅の白きかがやき

貧しき雀

寒明けの寂しき宵をつつましく庇踏みゆく猫の足音

苦しみて生くるならずと微笑める盲学生二人道に連れ立つ

一日は長く一とせ短しと老いの音なく迫る日暮か

遠からず嫁ぎゆくべし娘《こ》が二人熟睡《うまい》の寝息こもごもにして

寒の日々過ぎんとしつつ葉の萎えて艶なく伏せりこのおかめ蔦

とりどりの機械めぐれる音錯《まじ》り現場校正の机に響く

寒明けを待たず逝きたるまた一人墨新しく過去帳に書く

剃りあげて光れる頭《つむり》群衆の中に際立ち若き僧ゆく

宿の袷《あはせ》まとひ鏡に背の矮き蝙蝠安の如きわれ立つ

頻り降る雨のさなかに散る桜蜆蝶《しじみてふ》舞ふ如くさまよふ

遠足の園児ら降りしそのあとにガムか何かが匂ふ犇々《ひしひし》

頑に金看板を守《も》る酒屋紅《こう》かがやかに躑躅を咲かす

猿の頭蓋割りて脳漿食ひしとぞ酔ひたる笑顔傾けてゐき

笊読めず草鞋の読めぬ学生ら蚤も虱も朕も案山子も

いま少し揺るるかと待つ昼の地震《なゐ》会議の席をざわめかせ過ぐ

マリーゴールドかがやかに土に咲きつぐを励ましとして梅雨に入りゆく

コンクリートの欠けたる窪み喜びて貧しき雀ひとり水浴ぶ

唐突にマンションの上を鳴き過ぐるほととぎすあり夜の一時ごろ

梅雨の夜を高層ビルのいただきに息づきて灯の二つ整ふ

一枚の丸葉といへど蓮の葉のみどり透かして仄けき陽あり

蛍を目守り

降り続く雨を喜び芝草の中の雑草《あらくさ》花つけ初めぬ

盆の過ぎ施餓鬼過ぎたる身を軽く暑き朝夕《あさよ》の眠りに憩ふ

カレーライスの匂ひを過ぎて珈琲の匂ふに入りぬ地下街を来て

いつよりか咲かなくなれる苧環《をだまき》の目《ま》な端にあり朝より暑し

風にゆるく漂ふ鳶の折々に羽ひらめかす角度変へつつ

輝ける飯の白きに掌を合はす斎《とき》のお膳に向かひてひとり

謐《しづ》かなる炎といへど蠟の火は空気を乱す火のその上を

四十二の逝く歳誰か思ひにし梅雨の夜更けを隔れる君　大西常一氏逝去

日の光乱るる霧に顫へつつ雪渓の雪に蜜蜂憩ふ

霧寒きクレバスの傍に息継ぐにこまどりの呼ぶ六声《むこゑ》五声《いつこゑ》

神々よ許し給はな若きらとロック響《な》らして岩稜を攀づ

寂かにし夜は降《くだ》ちつつ蛍の火瞬き移る峡の水田を

蛍の火包み棚田の奥暗しやはらかにそこに水灌ぐ音

声立てぬものはつつまし一匹の蛍を目守《まも》り畔の涼しさ

　音なきひかり

うとまるる者が集団の酔ふ中に解きてまた組む腕《かひな》の見ゆる

みづからの丈に余れる危ふさの日傘傾《かし》げて幼女のゆく

霧深き耕土に高き身を寄せてポプラのそよぐ美濃の国原

おほかたは名を知らぬまま部屋の灯に来なくなりたる夏虫思ふ

寂かなるいとまに向かふ暁方の机の上も寒くなりたり

紺ふかき真肌の光沢《つや》の光りつつ手渡されをり茄子のひと山

雨受けて音あらく立つつゆふぐれを朽葉は濡れておぼめく光

昨日より遅くなりたる月の出を捧げ寂けく冷ゆる竹群

翳深く山の寄り合ふ峡の底夢の遙かにその瀬の激つ

罪深きまでに溜まれる吸殻を捨てにゆかむと敷石伝ふ

蓮華座に古りて阿弥陀は定印《ぢやういん》の掌をつつましく夕さりを待つ

暮れがたの池に傾く下紅葉光伴ひ水の面を彩《いろ》ふ

暮れ残り阿弥陀九体《くたい》の在《ま》す御堂隔てて池は音なき光

時雨打つ石の地蔵の童形に水子供養の経沁みゆかむ

長き廊下喜び走る音ひびく法事の客の連れし幼ら

はたはたと風に相搏つ卒塔婆の音絶え間なし夜の墓丘

撞木もて鐘をつきたる空間に韻きは長くわれを伴ふ

那智

窮みなき源よりの水潔く迸《ほとばし》り那智の滝のかがやき

山間の光聚めて落つる滝裾に彩《あや》なす虹を従ふ

冬の陽を瞬時浴みたる滝の帯ましぐらに落つせめぎ合ひつつ

降り注ぐ滝の光におのづから杉の巨木の寒き明るさ

半ばより水煙なし奔《はし》る滝行者打つ如巌をぞ打つ

妻と二人翳れる冬の土を踏む響《とよ》みさやけき滝見終へ来て

風迅《はや》き青岸渡寺の見晴らしに幣《しで》のひらめく那智の滝見ゆ

冬晴れをさやかに白く落つる滝山の間展け遠く未だ見ゆ

寂けき朧

あこがれの如く空きたる雲の間は雪の奔るか白帯ぶる青

比良を越え比叡越え来る勢《きほ》ひより静かならざる風花を受く

新しき光をさめて展く枝今年の梅の花のみちびく

伊吹山つらなれる山瞭《つば》らかに心はひらく光る雪原

つくばひに石に筧に風花のまた舞ひ始む光受けつつ

寒明けて風花の舞ふ栂尾を越えて来ぬ北山杉を見むとて

しきり舞ひやみまたしきる風花に北山杉の山の整ふ

みがかれし杉の丸太の匂ふにも小雪のかかる北山の雪

水に差し砂の底ひにやはらかき白木蓮の蕾もつかげ

靴まつりドーナツまつり肉まつり斯かる混乱にも慣れて久しき

台湾より妻伴ひて来し君と冬陽の庭の鵯《ひよどり》を聞く　蔡華山君

かがみたる背を立て歩みとどめたる老の寂しき溜息を聞く

宇宙より声なく戻り来し機体画面は晴れて銀冴々し

しろがねに光りゐし嶺暮れ果てて寂けき朧ふたたび聳ゆ

町内に味方はあらね一人立つ朝澄む風にはためく国旗

風ゆるく黄泉《よみ》にも春の来たらむか匂ふばかりに雲透ける月

風やみて潤む光に半輪を僅か越えたる月を掲げぬ

畳紙も香る

霧雨の熄まぬ木暗《こぐれ》は折節に雫したたり石を打つ音

上り電車避《よ》けたる保線工夫らに下りも来ると鋭《と》く笛の鳴る

朦朧と我をなしたる歯医者の声麻酔の中に鶫も遠鳴く

十文《ともん》とは寛永通宝一文の十《とを》の長さと五十歳《ごじふ》にて知る

水に潜《かづ》き泳ぐはだかの幼女よ広告の中に丸きその尻

俊成が九十一《くじふいち》迄保ちたる生き存《なが》へのあはれ群肝《むらぎも》

光り立つ水たまりあり庭石に赤児の掌ほど囲へる窪み

終電に近き夜ごろのサンシャインビルの高みにまとふ雲あり

雨暗き日々を校舎の古りてゆく壁に「中核」の落書き褪せて

十薬の十字濡れたる花白く梅雨暗き日々庭に深まる

某《なにがし》の僧正遺品と書かれたる畳紙《たたう》も香る紗《しや》の夏法衣《ごろも》

　　もののあやめを

新しき香りの茶とぞ目八分に金色《きん》の仏器の天目供ふ

みづからを養ふ嘆きこもごもに雨しのぎ空を渡りゆく禽《とり》

笹原のいぶき立つ迄打つ雨に短き夏はひたすら急ぐ

天霧らふ一日を何に急く水《せ》か岸に迫りて今日の梓川

見晴らしをふたわけなせる笹原に心傾く雨後の笹群

夏霧の騰り乱るる深渓に石嚙む沢のさみしきを越ゆ

闇はただもののあやめを際立たす檜《ひのき》の木群物置の屋根

水は水石は石とぞ見えゐしが夜となり果てて水のみ光る

声変り始まれるもの降る雨に犬呼びてをりくぐもれる声

函館空港飛び発ちたらむ北国に旅終へし妻娘も泛かぶ

新しき軽登山靴《クレッターシューズ》嬉しみて夜の廊下を一人往き来す

額づく滝に

歳々《としどし》にすだけるものの子や孫か家居を包む声冴々し

ガレージの竣《な》りたるうしろ伐口の新しくして翌檜《あすひ》の匂ふ

至りゆく老いに抗《あらが》ふ岳父のかげ庭の暗きに腰反らしつつ

残りなく振り散らしたるもみぢ葉に老いし桜の影の寄り偃《ふ》す

土の上に焚かるるものは身を捩《よ》ぢりもみぢの朱《あけ》と黄とをわかたず

売られゐるあはれはガラス隔てたる純白《ましろ》の犬の瞳《め》の曇りなき

一冊をとれば傾く何冊かなりゆきのまま寒くなりたる

金胎《こんたい》の曼荼羅仰ぐ幽冥《いうみやう》に唄《ばい》の習礼《しゆらい》の声をつつしむ

池水の遠きに鳰《にほ》の立つる波聞き留め難き音つれて寄す　清澄庭園

清女行き西行越えし廻廊の黎明《いなのめ》冷えて灯の仄明かり　長谷寺

衰へし声に手だての何あらむ間遠に雨の夜の鉦叩《かねたたき》

まとまらぬものの多きを嘆くのみ秋は闌けつつ顱頂《ろちやう》の寒し

快き響《とよ》み寄せつつ注ぐ滝祠《ほこら》は蠟の灯に仄暗し　仙台・三居沢

頑是なきわが手を引きて参りたる母は杳《はる》けし額《ぬか》づく滝に

空遠き母の応ふるそそめきか立ち去りがてに滝は耳打つ

断崖《きりぎし》に水の乏しき不動の滝音さやさやし巌根打ちつつ

夕暮るる木立の間《あひ》を明るませ音弛《たゆ》みなし滝の水かさ

杉の間にもみぢ耀きそよぐなし磴《いしさか》ゆるく立つ光堂　平泉

小米雪降りつつあらむ栗駒《くりこま》山は連なり展け雲寄れる下

篤二郎西行の歌書ける筆《て》のなびやかにして冷ゆるいしぶみ

西山の上

ひと駅を過ぐる間に見し夢の筋を辿れりまなこつむりて

一日の終り浄むる撒き水に歩道濡れたり建具屋の前

この身より湧きて御堂の反し来る梵讃の声みづからに聴く

夜更けて帰り来たれる部屋の灯に水栽培の白根《しらね》のひかり

足裏に附く土塊を払はんと猫はその脚歩むたび振る

山の端に和泉式部が見たる月京の西山の上寒く澄む

拝啓の啓の字違ひ学生が追試レポートに憐みを乞ふ

降る雨に濡れつつあれば新宿は道も車も暗きに光る

潔き風花

あたたかき光の砂州に身を寄せて白鮮しき鷺のひと群

一点にとどまる蜂の羽根の音老いし桜の花の明かりに

掃き寄せし八重の桜の花殻の幾千か腕に持ち重りする

湖に限り知られぬ波小さし泛く白鳥は千羽もあらむ　瓢湖

おほ空に羽根のゆたけく近づける十《とを》羽の白鳥三《みつ》羽の白鳥

空広き中去り行きし白鳥ら羽撃くかいま点となりつつ

雲わたる国上《くがみ》の山を蒲原《かんばら》の耕土ゆきつつ振り仰ぐなり

開け放ち日射しさし貫《ぬ》くその日射し折々翳り潔き風花　五合庵

杉に寄せ雨戸に寄する風の音瞑《つむ》る眼に純《また》き生《よ》の顕つ

わらべらと手鞠つきたるこの地《つち》かことば抑へて視つつ屈みぬ
安らかに住まひ在《ま》ししか萱葺きの寄せ棟仰ぐ細《ささ》やけき屋根
おほかたは朽ちたる中に彩《いろ》わづか残して一葉二葉のもみぢ
風花を招《よ》ぶ一山《いっさん》の杉木群人の行き来の絶えし日暮に
月《つく》よみのひかり待たしし遠き夜の心にしみて山くだりゆく
国上より弥彦にわたる山かげを風花頻る空にふりさく

水の如くに

節《ふし》長きわが声明《しやうみやう》とひびき合ひ鐘の余韻の薄れ曳きゆく
水の力淡く平らに均らしたる石のおもてのかすけき砂粒《さりふ》
煌《きらら》かに波打ちそよぐ蔦《アイビー》を総身にまとひビルの際だつ

移りゆく歴史の中に蔑《なみ》せられ文革派べ平連声一つなし

沈みゆく今日の没陽を惜しみつつ惜しむ己に思ひ及びぬ

顧みて他を誇《そし》るまじ朝霧に濡れてすがしく草の秀は垂る

甘藍《かんらん》の緑たたへて展く畑半ばは霧にかくれて憩ふ

ゆるゆると来つつ体を浮かしゐる蛇の影濃く土の上にあり

巻きつきて腕《かひな》緊めくる縞蛇の圧へられつつ舌ひらめかす

むし暑き昼下がりなり土の上に蛇捕へたるてのひら洗ふ

徒《いたづら》に長生きするを西鶴が命盗人と書きたるあはれ

刈り終へし高麗芝を潤して注ぐ夜雨の音やはらかき

方丈の緑の日蔭に展げ干す絽の直綴《ぢきとつ》の汗おびただし

わが背より高き鉄線の濃紫寂けく咲かせその人はなし　叔父逝く
寺を守り里居に老いておのづから水の如くに逝きたまひけり
健やけき太声あげて在《いま》ししを庫裡は静まり幼児の声

欧州再訪

健やけく訪ね来たれりマイン河はしらしらあけの耀ふ光　フランクフルト
ウインターマインの橋くぐり来る船の灯の遠く乏しも暁の心に
ゆく夏の光は広き雲にありマイン河銀の輝きを延ぶ
目ざましきをとらめ四人太腕に漕げりマインの夏ゆく水に
秋づけるマインの水の渾々と暈《かさ》なす船は夕光のなか
汗あえて来たる息子が脱ぎ始む男の著《しる》き匂ひさせつつ

秋づける故国《くに》に帰りて新聞の死亡記事のみ拾ひ読みゆく
倫敦《ロンドン》の舗道濡らしし雨の顕つ帰り来てひと夜ふた夜の眠り

野づかさ

いたはりのことば短く二人して簾を仕舞ふ日の差す縁に
反核に「教科書」に付和せんとせず秋陽隈なく九月の果つる
三時頃収まりかけし嵐かと四時過ぎし頃眠りに落ちぬ
法要の経誦みをればみどり児の声健やかに幾度も響く
桜紅葉さだかならざる入相に蝙蝠ひとつめぐり閃めく
微笑みを湛へ寄れるにいつ卒業の誰でしたかと聞かむもならず
没りつつ日が点となりつつ沈むなり旅の別れの野づかさ染めて

権謀術数常なきものが近づき来《く》唇歪む薄笑ひして

ビニールの紐の貯まれる縄に綯ふいつか役立つ時のあるべし

「心中」と書かれしあはれ教へ児の出棺を待つ寒き路上に

現職警官なりしが

娘二人をとめさびたる手つきもて臥したる妻に夕餉《ゆふげ》整ふ

黒松の高き梢に鳴く烏凶々《まがまが》しきが昼まで去らず

飲みさしの儘に冷えたる碗の底にひそけく寄れり緑茶の滓《おり》は

夕暮れて寒さ動かぬ裏庭の翌檜《あすひ》を払ふ風は微かに

北山

背に肩に寒さをまとひはららかに小米雪降る鞍馬越えゆく

熊の罠《わな》ありと示せるその先は北へ傾《なだ》れて雑木のかげり

うちつけに霙の過ぐる音響く深林《しんりん》は今日人なきところ
山間《さんかん》は鳥の声のふた声の余響《エコー》を伝ふ霙過ぎつつ
蟠《わだかま》り鞍馬の山に在り経しとうねり妖しき巨藤《おほふぢ》の四肢
やはらかき黒髪の上にまたたく間小米の雪の消え残りたる
みづからが勢ひなればためらはず稜《かど》も有つ石を水は越えゆく

今年竹

柔らかに毛をまとひゐる猫なれど寒かるべしとその顔に問ふ
われの問ひ猫の応ふるたまゆらの出で会ひ寒し路地過ぐる風
後ろ髪引かるる儘に別れ来ぬ冬の日向の老いしかの三毛
ビニールが風に煽られ路に飛ぶ春の兆しの和むひかりに

最終の新幹線に売子《ウエイトレス》が売れぬ土産をしばしばも売る

安達太良の上をしづめて象《かたち》なき曇はおほふ六月の昼

極まらむ体を起こし夏空の遠きに花火見て逝きしとぞ

竹群を抽《ぬき》んでて高き今年竹雨を畏みその葉のそよぐ

一筋の毛の抜けかけし筆先に心いらだち塔婆書き急《せ》く

書き終へし六百本の卒塔婆が整然とあり夜のあかりに

台中に友蔡華山《さいくわざん》買ひ呉れし胡弓なり十三年壁にかかれる

耐へ得ざる迄の暑さに内陣は仏花の菊の饐《す》えたる匂ひ

噴《ふ》き出づる汗のしとどに是非もなし衣桁《いかう》に掛くる絽《ろ》の 裙《こしごろも》

施餓鬼会の結《ゆひ》に来たれる住職ら税務対策を語りて倦まず

高層のビルのあかりの遠く冴ゆ嫁げる汝も夕餉のころか

カーテンのかげに苦しむ虫の音昼の廊下にかすかになりぬ

この障子あけてくれよと猫の鳴く秋陽に著き影をうつして

襟元の僅かなれどもゆるみゐき何かありたるならむと思ふ

重く軽く音異なりて賽銭が賽銭箱に当たりて響く

星取表日毎ノートに書きつけて相撲少年たりきひそかに

先考遷化《せんげ》

たまゆらに長きひと世をかへり見む臨終《いまは》か眼路の遠くさ迷ふ

長く長く八十五年来しなれば休らひ給へひとつ息の緒

虔しみて左右の指を胸の上に組ませむとせりほのかにぬくし

みづからは死期を知らねば遺言のひと言もなく逝き給ひたり

従《つ》く汝よよく見ておけと亡骸《なきがら》の眠り全けし身じろぎもせず

ことばなく黄泉《よみ》への首途果たししを靄こめて差す金《きん》色の夕光

み墓べに遺骨埋めむと来しものを折柄にして潔き白雪

雲の上は月明かりして木の石の雪さながらに寂光土なす

迦陵頻伽

幾人《いくたり》か世を先立てる歌人あり或は非業の運命《さだめ》を負ひて

楽の音の湧く扉叩鐘《ドアチャイム》楽しみて日々豆腐屋の来て鳴らしゆく

光る迄剃れる頭にか作務衣《さむえ》にか猫は驚きからだ浮かしぬ

西行の登れる坂か暗き坂遍路の足に土の湿れる　白峯寺

怨みつつ逝きましし魂古り御魂深々《しんしん》として葉陰の冥し　崇徳院陵

二三日こぼれをりたる桐の花踏まれ飛び散りその後を知らず

アジ・怒号絶えて久しき構内《キャンパス》にコントラバスの拙《つたな》き響き

天来の迦陵頻伽《かりようびんが》をさながらにドームに震ふ金糸雀《カナリヤ》の声

五月十八日十時五分のぬばたまをゆく杜鵑湯殿に聞こゆ　練馬の上空

雨受けて定かならざる夜のあかり其《そ》れ者《しや》と見ゆる幾人《いくたり》の過ぐ

八月の暑き日暮ぞかたはらに総理大臣在せばなほさら　中曽根首相

精神のたゆみなき背を端然と首相は坐してわが経を聞く

宰相に真に間近に経を誦む噴き出づる汗拭ひもあえず

蛍放ちて

老ゆる背に癬の痒きを咬みしあと猫のあはれも黄昏れてゆく

ジャージーの上着につきて夥し戯れ来たる犬の白毛《はくまう》

宙《なかぞら》に吊す銀糸の見えがたく蓑虫はあり呑気に孤り

目の芯の痛くなるまでワープロを叩き続けて夜に入りゆく

かぐはしく淹れ立て匂ふ珈琲に今朝は健やけき妻と知らるる

年金のゆき亘るゆゑ誰も来ず寺の掃除など好むものなし

喉《のみど》より胃の腑へおりし酒の神四肢を頭《かうべ》を温めはじむ

春の兆し薄く鋭く嗅げるにか氷雨の夜を猫の啼きゆく

卵《らん》を生み命終へたるひきがへる入水《じゆすい》往生の大の字なせり

臂《いさらひ》て小鉤《こはぜ》掛けゐるつかの間を又呼ぶ庫裡に新しき客

阿弥陀の陀羅尼誦み繰り返す墓の辺に繊くやさしく雨は草打つ

功徳力《くどくりき》身に及ぶかと思ふまで合はす両掌の塗香《づかう》が匂ふ

夢の如く蛍放ちて見し庭に月日は経ちて雪舞ひはじむ

老いづける猫に声掛け遇《あしら》ひぬ戸を閉めてやりまた開けてやり

稚葉のひと葉

雨がちに今年の春のおほかたも過ぎんとすらし袷を畳む

アスファルトの平滑の上吹く風は竹の落葉を音立てて寄す

赤松の下を彩る鮮苔《せんたい》のひと夜の雨に青冴え冴えし

悠々閑々目覚めの遅き梧桐《あをぎり》に今朝漸くの稚葉《わかば》のひと葉

瘤《こぶ》痘《あば》痕《た》瘡蓋《かさぶた》もあり脂《やに》も垂る染井吉野の斯く迄老いて

施餓鬼観想

「夜《や》中《ちゆう》人《じん》静《せい》空《くう》気《き》陰《いん》鬱《うつ》好《この》む輩《やから》」施餓鬼の餓鬼を息つめて待つ

笹竹を立てて盆棚覆へるも餓鬼を集めむ手段《てだて》の一つ

「咽《いん》喉《こう》広《くわう》大《だい》飲《おん》食《じき》受《じゆ》用《よう》」と高誦す餓鬼のもろもろ飽食すらむ

犇々《ひしひし》と寄せゐるものを観念す生飯《さば》投げうたむ回廊に来て

わが咽喉《のんど》はなれみ堂に漂へる梵讃の声沁みゆくものを

偶然の斑

秋寒く曇り閉ざせる独り居を囹圄《れいご》と思ふ只管黙す

彩りの乏しき庭の石蕗の輝く花を蜂移りゆく

藤原啓備前焼展

病葉に擬《なぞら》へたらむ五片《いつひら》の備前の葉皿焼きの潤ふ

これの世に遺ししたくみ熟々と藤原啓の備前のひかり

灰釉《くわいいう》と垂りて流れし焼肌に鏘々と清く滝落つる音

擂座《るいざ》扁壺《へんこ》胴輝きて立つ肩に稚《わか》き乳首の愛《は》しき一双

擂座／擂茶とも、茶入れの一種

緋襷《ひだすき》の斜《はす》に走れる大徳利厳色なしわれを離さず

志野織部備前といづれ眼福の水差並ぶひかりふふみて

人のわざ遠く超えたる火のわざの偶然の斑必然の痕

光り立つ墓に向かひて開眼《かいげん》の呪《しゅ》をくり返す風すさぶなか

新しく竣《な》りたる塀の五十間色温かに氷雨に濡るる

古人言へり「寺の門前に鬼棲む」と然りA宅B宅その他

松桜椿木斛《もくこく》否なべて雪墜《しづ》り閃めく御堂のめぐり

白花《しらはな》の咲《ゑ》まふを待ちて朝々の梅を床しむ枝垂《しだ》るる下に

かくしつつやがて行くなれ雪残る先住の墓歴代の墓

古き塔婆落葉紙屑塵あくた良く燃ゆるなり作務の終りに

疎林の奥

西国一番青岸渡寺の内陣に声高々と経誦《よ》み申す　西国巡礼先達

神《かん》さびて浄き響《とよ》みを伝へ在す春三熊野《みくまの》の那智のおん滝

如意宝珠に烏六十刷り出せる牛王《ごわう》の札を家づととしぬ

てのひらに撫づる硯の快し肌理《きめ》のこまかき那智黒の硯《けん》

花山法皇笈掛 桜《おひかけざくら》 枝垂るる風猛山《かざらきさん》に陽の和みつつ　粉河寺

萱葺きの清しき堂宇一棟は祖師剃髪の静けき跡ぞ　施福寺

下草の射干《しやが》に及べる木洩れ陽も参道なればひかり尊く

槙尾の山の半ばに息喘ぎ講の連れ待つ先達われは

風さそひ蝶舞ひかはす翩々《へんぺん》の疎林の奥は谷水の音

婚教《とつぎをし》へ鳥と確か言ふ筈鶺鴒の美《は》しき尾が打つ晴るるＴＶに

王鐸《わうたく》の連綿草の比類なき曲《くね》り食ひ込む筆見て飽かず

迫り来る筆の雄渾邁《ゆ》く儘の墨の浸潤に王鐸の冴え

『広辞苑』の『新潮国語』の限界か僧の日常語「已達《いだつ》」収めず

武蔵豊島五十八番札所とぞ納経帖に印著《しる》く捺す

本尊の種字を梵字の訶《か》の字とす不動明王祀れるなれば

養蜂の良き源と聞きしより背高泡立草《せいたかあわだちさう》憎めずにゐる

潜みたる窟《ほら》は知るなし夕暮を今日また舞へるひとつ蝙蝠

桜紅葉を

あたたかく湯気立ちて心和ましむ庫裏の朝の卓の白粥

悍《おぞ》ましと交はり経てる友一人許し難しといまだに執す

新しき真菰のござのきしむ音盆の供へをしつらふなへに

いさぎよき小千谷縮の白単衣掌に快し仕上がりて来し

明方の目覚めに父は涙ぐまし辛き加行《けぎやう》の汝を思ひて

距たりは鉄扉一枚閉《さ》すのみに彼の世へ燃ゆる音のとどろき

除草剤被れるところ黄に褪せて夏凌ぎゆく龍の髭らは

建てかけのビルのかげより月代の仄々兆す窓を透かして

縄張りを告ぐる鋭声《とごゑ》の百舌ひとつ風に乾ける槻の梢《うれ》より

本堂の朝の勤行《つとめ》の法体《ほったい》に百舌の高音の励ましを受く

訃報訃報　遮　莫《さもあらばあれ》　紅の桜紅葉をひとり掃くのみ

薄々ともみぢしてゐしは先週か今日目にぞ沁む緋の山漆

残る葉を霜のいたぶる頃ほひか夜更けて遠く電車ゆく音

潤ひの失せて蓬《おどろ》の戦ぐ音疎林の中に一日耳立つ

供花の菊

てのひらに円転滑脱無碍自在　星月《せいげつ》菩提樹の数珠を肯ふ

吠えかかる犬に怯《ひる》むあり臆せぬありセールス宅配ほか今日五人

千曲川の岸に立つとふわが書ける魚霊碑の石も冷えまさりゐむ

「豊かなれど日本人の心荒《すさ》みたり」マザー・テレサが言ひにけらずや

目隠《アイマスク》取り払ひたる明るさに落葉終へたり境内の樹々

勤行を終へし御堂の扉《と》を閉ざす時雨に寒き微光《トワイライト》に

皇族の御墓所《ごぼしよ》の辺り黄昏れて喚《をめ》く鳥の湧く如く舞ふ

薄ら氷をおづおづとして割れる夢幼き我はそこに立ちたり

寒の夜の浄き星座をちりばめぬ練馬区氷川台荘厳寺上空

大寒といへど御堂の供花《くげ》の菊花瓶《けびやう》の水を斯《か》く減じたる

つなぎとめ飼い始めたる野良犬が雪に長鳴く更けてもいまだ

昧爽の雨

兄の自坊はわれがふるさと春の日に杉の木群を遠望し行く

母顕たす南の風は墓の辺に経読む己が袖ひるがへす

おくつきの声なきみ魂ありありと蘇る目に耳にかの日々

先立てるみたまを鎮めやはらかに春の日差しのこの寂光土

憚りなく幼きものは土に跳ぶ遠きみ祖の眠り在す丘

睦まじく黄泉《よみ》へ行けとぞ蟇《ひき》の番《つがひ》夜更けて下水の闇に落としぬ

蕗の薹の薹の緑の鮮々《みづみづ》し彼岸の入りの冷ゆる朝明《あさけ》に

もの言はぬ後ろ姿の誘《いざな》へり孤立して何か剝くらしき猿

夜の降《くだ》ち人語二三の塀の外ひたすらにして雪の積みゐむ

竹の葉の散りて溜れる混沌を濡らして過ぎぬ昧爽《まいさう》の雨

年齢不詳性別不詳塵芥《ごみ》に似て跼《せくぐ》まる池袋の夜の零時ごろ

積む本の乱れ歪むを思はずも正しをりたり書店のなかに

延宝何年の何の所が欠けしまま首抽んでて地蔵立ち在す

井戸端

汗あえて粘りつくさへ胸弾みうまご連れ立つ小さきその掌

沛然と打てる豪雨の駅前に自転車並ぶ煙りて二千

星一つ見つけ得たるを喜びて幼き声は繰り返し言ふ

如何許り怖《こは》かりけむと犬小屋の犬にかがみぬ雷過ぎてのち

京《みやこ》より運び来たれる梵鐘ぞわが銘文の鋳られある鐘

鐘楼の半ば竣《な》れるも肌寒く暮れてシートを雨打ち始む

高麗芝刈りつつ進む上天気縞の刈跡草に残して

暑き夏過ぎ去りたりと井戸端に硯を洗ふ水に打たせて

論争の激しかりにし記憶あり今朝の訃は九十六翁石田吉貞博士

聖上の病み給ふ日々と落ち着かず小半月過ぐ秋の半ばに

鐘楼の建ちゆく手順楽しみて朝に夕に足場をのぼる

午前よりしきり降れる雪池の面に暈《かさ》見ゆる迄シャーベットなす

暖房の利き過ぎならむ教室に学生の匂ひヤングの匂ひ

二百年経ちゐしものを一日に毀《こぼ》たれぬ庫裏の残るひと棟

下草沈め

歳晩の光やはらかに差せる日々いよよ竣りゆく鐘楼一宇

十二月二十八日入相の光の中に鐘吊り終へぬ

五百年残る鐘とぞその鐘につたなきわれの一首も鋳たり

我に次ぎ総代が撞き妻も子も鐘撞き終へぬ涙のにじむ

梵音《ぼんおん》は塵払ふとふ先賢の遺偈の身に沁む鐘撞きし夜

降り積もり手つかずの雪藪かげにいささ小笹を拉《しだ》き凍れる

雪の上に幾百十の足跡か概ね浄しバス発ちしあと

庭木々は夜もすがらなる雪受けて時に蕭々と枝直る音

岩礁にとどまる鳥ら一向きに身を寄せ合へり春の疾風《はやて》に

敷石に流れ残れる砂のあと豪雨は去りて散斑《ばらふ》のひかり

濡ればめる鼻面あげてうごめかす犬は風の香楽しむ如く

草むらを鳴き移りゆく行々子《よしきり》の声紛れなし新キャンパスに

明海大学

発車まで間あるホームの遠くにて屈伸なせり駅員ひとり

砂の上に雀の木乃伊落ちてあり頭《かうべ》をとどめ身は襤褸《らんる》なす

風　鐸

音立てて温泉《いでゆ》の流れ注ぎゐるつひにさみしき響きといはむ

温泉饅頭買はず帰れる心残り遅き湯浴みにまた思ひ出づ

弔ひに経読み終へて帰り行く絽も紗もあらぬ土砂降りの中

抱へ持つ甘藍は姉青葱は弟らしく人待ちて立つ

徐ろに親猫の来て仔に添へり細くひそかに声に呼びたる

生コンの汚れ流すと撒く水の白き煌《きらめ》き路躙《にじ》りゆく

声あげて家居の犬の未だ呼ぶ勤めに出むと急ぐ歩みに

紫の花の豊かに際立てるトルコ桔梗も墓に参らす

狂草の筆《て》をさながらに曲《くね》る枝水木は雨後の土にかげして

霧雨に櫨《はぜ》は緑をまだ保つ九月の果てむ力なき朝

翳りなき冬の日差しに温まり石の如意輪の微笑むと知る

霜の夜を早く寝たらん老い猫は益体《やくたい》もなきかのハウスにて

縁側を障子を瞬時かすめゆく鳥の影あり一月の果つ

風鐸の中を巣となすは何鳥か見定め難きものの犇く

蔦紅葉

はぜ釣りの小舟なるらむ夥し東京湾は小春の土曜

冬近き研究室の静けきに千鳥鳴く声折り折り伝ふ

何の木の実とも知れざる三つ二つ続けざまにぞ夜の庇打つ

乗り来ては廃車捨てゆく何ものか墓地の傍へも秋深まりぬ

公孫樹の葉落ち尽したる枝に透き陵《みささぎ》広し小禽《せうきん》の声

平らかに初冬の海と接《つ》くところ河口は光り電車にぞ越ゆ

新木場

鵯《ひよどり》が鋭き声に揺すりゆき紫式部微動まだせる

洪鐘一口鐘楼一宇昼過ぎの時雨の雨に暗くなりゆく

敵の首級蹴り遊べるが蹴球《サッカー》の嚆矢なりとぞ真偽や如何に

咫尺《しせき》にて一度仰ぎたるありき戦後御巡幸の夏野の畑に

只管に乾きゆく夜と知られたり柱の軋み幾たびもして

築地塀長く続くに沿ふ歩み二丁許りを蔦紅葉せる

あたたかに泛かぶ面差し重ねつつ積木選りゆく積木売場に

いちはやく見出でし空の三日月を幼は告ぐるビルのうちより

冬の日の淡きを浴ぶる幹太し染井吉野は老い木の曲《くね》り

霜焼けの薬にもせし烏瓜今宵TVに黄ばみて二つ

昏睡の一つ手前と聞くからに延命真言今日も誦しゆく　陛下日々

大行天皇

父在さば誰彼在さば如何ならむ崩御を伝ふ今かTVに

胸熱くわれは即刻《すぐさま》手づからに弔旗とともへ門に掲げぬ

地下鉄の一本道ぞ妻が行き子も行き我も記帳に急ぐ

ゆりかもめ水掠めつつ十余り閃き舞へり宮居の濠に

大行天皇尊儀と記し檀紙もて位牌しつらふ緇衣《しえ》たる我は

咳き上ぐる己の裡の故由《ゆゑよし》も分かず経誦む御孫命《みまのみこと》に

毀誉のなか褒貶のなか遠々に離《さか》り給へるみ胸を想ふ

したり顔に天皇杯と難じゐるＴＶの男よく見ておかむ

聖上の登霞《とうか》しましし二日ほどのちの曇りに梅咲き初めぬ

紅梅のほころび初めし新たまに岩隠りたり皇孫《すめみま》はるか

昭和逝く昭和果つとふとりどりの車内広告を風煽りゆく

庭の凹所

静謐を破りみ堂を圧しゆく黄鐘調に百の余の僧

椅子の上にからだ漂ひ幼児が食べつつ眠りゆくぞみな見よ

ひと筋の紐の緩みてまた延ぶる羽田へ沖をゆく鴨の列

紙コップ弁当のからその他二三　夜の国道を吹かれ飛びゆく

真寂しき人の世なりと独り酌む野原氏死すと聞きし雨夜に

剛毅訃訥仁ニ近シと今更に野原を惜しむ花實の野原

ざれ言も笑顔も直《ただ》に泛かび来る温かに来る野原庫吉

野原・利根川・楢崎・高久　健やけく雁坂峠越えにしものを

涙湧く涙にこぼるる一人して来し陵《みささぎ》の春の光に　昭和天皇武蔵野陵

ことばなく佇立《ちよりつ》するのみ陵のひそけき午後の三時過ぎごろ

御《み》両親《ふたおや》在します多摩の陵に隣る武蔵野陵埴土《はにつち》の丘

散る花は幾千片かこの庭に光あつめて風に流らふ

おのづから染井吉野の散り積もる庭の凹所《あふしよ》の皓《しろ》き輝き

不身持に嘆きの尽きぬ聞きながら桜の吹雪く苑《その》に入りゆく

骨粉《こつぷん》の効きたるならむ降る雨に牡丹の蕾青真玉《あをまたま》なす

唯一度自筆のはがき猫の歌賜ひにき橋本徳寿先生

畑の上は上昇気流田の上は下降気流とＴＶに学ぶ

幼の指は

自転車の少年過ぎし風に乗り冠毛は飛ぶ光るたんぽぽ

たんほほと言ひしいにしへありしとぞ節用集の記すたんぽぽ

鋸の目立ての如き音させて啼く行々子は暮れても声す

襟もとの未だも寒き庭にあり作務衣《さむえ》の裾の埃を払ふ

垂り藤の真直に垂れし幾百の葉の浅緑《せんりよく》に陽の透りたる

乗車券なくしたりとて叱らるる幼の指は座席撫でゐる

野の遠《をち》に水輝きて幾人《いくたり》か田植機押せり豊橋を過ぐ

仰向くあり俯向くもあり中古車は六つ迄積まれ雨受けてゆく

十二時間に垂《なんな》んとせる勤務終へ蛙しき鳴く夜を帰りゆく

雷雨予報外《そ》れてしまへる夜更けてゴム長目立つ一人前ゆく

海近きテニスコートに飛ぶ球の折々乱る今日の疾風に

縁先に蹲《つくば》ふ石は雨受けて夜のいづこかの光を反す

風に歩めば

絖《ぬめ》の如紬の如きよみがへる類なきひばりの声のかのつや

四千年の治乱興亡の乱ならん亡ならんTVの天安門広場

群雄割拠を梁山伯を繰り返し尽くる日なけん劫の果てまで
是を是とし非を非とすべきマスコミのさらぬ日毎に奥歯噛みしむ
何々反対その他時流の大合唱ひたすら厭ひ今日のわれあり
よき時に来しよと言はれさし覗く月下美人の花を拙僧
葡萄の皮フロアに踏みて転びしが骨折の因とふ耳を疑ふ
蟬の声漸く響く三伏の今年の夏ぞこころほぐるる
ホラービデオの惨殺通りと報じゐる古代説話に似たる酸鼻を
紗の法衣《ころも》玉虫色に綺《あや》なすを風に歩めば袖ひるがへる
雨霧らふ蔵王の裾に巨いなる朝虹の見え間なくし飽きぬ　「花實」遠刈田大会
実方が西行が歩みたる坂ぞ水の洌きが細くくだれる

千年を越え来て墳《つか》は変哲もなき二尺程うたびとの墳

木漏れ陽の辛くも及ぶ碑《いしぶみ》を掌《て》に撫でぬ西行の歌の碑

さくらのさは斜を用ゐあり実方の草仮名の歌碑読みおほせたり

勧請《くわんじやう》をカンセイ果ては「土《つち》饅頭」新人ガイドよはらはらさすな

中欧初秋

摩滅せるローテンブルクの石畳彩りてプラタナスの落葉幾ひら　ロマンチック街道

石畳戛々《かつかつ》と来る馬二頭遊覧馬車を穏やかに挽く

一人来しドイツの宿の寝ね際ぞ合掌なして眼鏡をはづす

折々は柿の赤きも見えなどすタウバー川に沿へる朝霧

野の尽きて靄の中より現れぬ直ぐ立てる塔の白鳥の城　ノイシュバンシュタイン城

狂気の王の執念凝りて成れる城断崖深き巌に屹つ

滔々とゆく白濁のザルツァッハ秋の初めの風乾く下　ザルツブルク

モーツァルト生《あ》れて育ちしここぞこの床板きしみ唯去り難し

マリオネット踊らす一人若者に投げ銭《せん》し微笑み囲む半円

秋の陽の水にきらめく広濶をひとり巡りぬ離宮の庭に　ヘルブルン宮殿

城塞は巨いなるかな時かけて巡りゆく中世的砦の深奥　ホーエンザルツブルク城

アンティークの我楽多広げ素人の五六人カテドラルの傍の日向に

雪氷の影に光に言葉呑む圧され来て傾《かし》ぐ褶曲氷河　スイス

心神を脱けゆく何か何ならむ酸素の薄き山の高処《かうしよ》に　クライネ・シャイデック

アイゼンに氷踏む音確実に霧の中より人影は来る

徐ろに霧晴れわたるユングフラウ雪を被《かづ》くは襟正さしむ

大いなる虚空に向かひ静かなり光なきアイガーの壁の屹立

鷲を見ず禿鷹を見ずアルプスの千山万岳唯晴れわたる

緩慢に近づく牛ら大人しくカウベル鳴らす首のカウベル

移りつつ草食む牛のベルの音野の遠近《をちこち》に響《な》りて冷え来ぬ

公園にコンサート今し始まりて涼しくなりぬ夜の維納《ウィーン》　ウィーン

八十の余にもかあらん肝斑《しみ》の浮く音楽師に両の掌を差し伸べつ

それらしき老音楽師笑みて立ち猶太《ジュウ》のあはれをひそかに思ふ

観光馬車《フィア・カー》を挽きゆく白馬つややかに鬣《たてがみ》なびく顔の賢さ

秋の光くづれくづほれ寂かなりドンナー広場の高き噴水《ふきあげ》

マリア・テレジア納むる柩ほか幾つ巨いなり地下にくろがねの色

濁れりといへど豊けき光あり秋近き空湛ふるセーヌ　パリ

大型遊覧船《バトウ・ムーシュ》の解纜迫り唐突にエンジン響くアルマ橋畔

マロニエの円き実りの数多《あまた》見ゆ巴里廁上《そくじやう》の窓に近々

唄ひ喚きホームの端に屯《たむろ》せり樽ほど肥えし黒人の女

予期せざる出会ひとなれり沛然と雷雨打ち来る巴里の西郊《デ・ファンス》

夏がゆき秋の近づく徴《しるし》にか巴里の雷雨の夜更けてやまず

老い犬は上目遣ひに切れ端の投げらるる待つ軽食《ビユッフェ》の傍へに

諸主人《ウィムッシュ》声高々と給仕去りテラスに一人麦酒《ビア》その他待つ

移りゆく思想

左翼ならずば知識人《インテリ》ならずと大方が思ひ怪しき時代ありにき

ためらはぬ革新批判のこのわれを聞こえよがしに難じし者ら

左翼不信右翼不信を核として昭和一桁のわが史観あり

階級史観前提として源氏物語講義されしも豈忘れめや

唯物史観振りかざし舌鋒鋭《と》き彼等変りゆくべし恥らひもなく

移りゆく思想の波に漂ひていづこ指す自称文化人氏ら

教条主義遙か超えたる釈尊の忝な涅槃会の経を唱ふる

豊けき世長くはなしと一人思ふ肉の余りを猫にやりつつ

まろき幼手

地に低く童形《どうぎやう》地蔵の石古りぬかうべに白き雪を残して

雪解けを渉禽類はためらはず脚運びゆく屈曲の脚

老い犬といへど木下に静まらず絶え間もあらぬ雪墜《しづ》り浴みつつ

融けゆくと降り積みゆくとせめぎ合ひ終《つひ》に雪墜るる遠近の音

雪解けの雫の音の間遠にす更けて寒さのつのれるならむ

地下鉄に暗き東京くぐりぬけ雪降りしきる湾岸に出づ

篩《ふるひ》の目くぐり整ふ黒土を薬の如く芝に撒きゆく

海近きキャンパスに風荒るる午後不死鳥《フエニツクス》の葉の煽られやまず

戟《げき》長き構へ躍れる毘盧勒叉《びるろくしや》高山寺旧蔵の尤物《いうぶつ》にして

請来《しやうらい》の毘盧勒叉即増長天日も夜も怒る北の壁際

増長天踏み轟かす甲冑の紙本といへど勁き身構へ

水蕗の皮むく指にその皮の淡き緑の繊く垂れたる

釈尊の和面《にぎも》に小さき柄杓もて甘茶を注ぐまろき幼手

花粉症癒やす術なき猫四匹涙垂りつつ目を繁叩く

誰もゐぬ庫裡の奥にてＦＡＸの受信の音の密か未だす

駟も舌に及ばずと帰宅せしのちも湯に浸かりても長くこだはる

土の粒墳丘の形なす迄に築き上げなほ蟻のいそしむ

頭振りつつ

手も足も出ぬ迄詰めしこの枝に見よ緑噴く百日紅は

講義棟のあかり連なるキャンパスに海の匂ひの風寄せやまず

目の粗き鋸持ちて間引きゆく今年の竹のいまだ稚きを

ＴＶ画面の瞬時といへどアンナプルナ巌根こごしく神の屹つ

あたたかき午後の光にいくたびも河原鶸らは声交はし飛ぶ

欅樹の梢をわたる河原鶸訖里《きり》訖里《きり》転《ころ》の声遠ざかる

安からぬ行く手待つらむ湾岸を北へはるかに幾千の鳥

紫の淡き花房高々と屋根越えて立つ桐のひともと

ヒマラヤ杉《シーダ》細かき針の葉を散らす御影《みかげ》石の上に大谷《おほや》石の上に

一日の何が終りて帰るのか頭《かしら》振りつつ麻痺の児の列

張れる肘突き出す鞄新聞紙日々憤り地下鉄にあり

声の響き鋳持つ響き胸を打つ大統領ブッシュ夜のＴＶに

蚤虱鼠もをらぬ安けさにたまさかの蠅飽く迄も追ふ

ひと日のみ病みてみまかり給ひたる先考なりき七年の経つ

　夜の闇に

母と呼び四たりの母に仕へたる中に忘れ得ぬ生みのかの母

病みがちの眼いたはり硼酸の罨法《あんばふ》なしし母を忘れず

梔子《くちなし》の花咲き初めし夜の闇に母を想ふは己を思ふ

梅雨の間の光は薄く梔子のほぐれかかれる蕾が二つ

秘むべきが確かありしと朧気の夢辿りゆく一人ひそかに

釈尊に乳粥献じたる娘名を留む今日もここに須闍多《スジヤータ》

昼飯ののち時の間の微睡《まどろ》みに己が弔ひの夢かすめたる

風向きを測れる如《な》して揺るる蓮広き丸葉を霧雨の打つ

童女観音目瞑り在《ま》すとこころ和《な》ぐ柩の中のあはれ幼女

所在なく人を待つ間を声ひそめ不動慈救呪《ふどうじくのしゅ》百ほど唱ふ

雷神《はたたがみ》近づき来ると雲の間に繊きプラチナの閃きを走《は》す

つまくれなゐ

香色《かうじき》の映れる被布の三本紹畳紙《たたう》開けば仄けき香り

未熟児として生まれたる猫二匹心経誦して土に埋めゆく

老人ホームに明日は入るとさしぐみて墓参の供花《くげ》を霞へ携ふ

「始めもなく終りもなし」と表白《へうびやく》に読める文言《もんごん》夜更けて思ふ

幾ばくも涼しくならぬ夕暮を蜘蛛はいそしむ糸光らして

こときれて間もなき蟬を土の上に羽根むしり合ふ雀がふたつ

膝の抜けしジーパンなどの何がよき心病むものと我は見て立つ

長谷寺観月会

爽やかに風の渡ると花すすき揺れて静かに月はのぼりぬ

ありがたき秋の夜ごろの虫の声ひたすらにして長谷の山里

小初瀬《をはつせ》の山の高みに掌を合はす今日の証《あか》しの月の光に

夜もすがら月の光の清浄《しやうじやう》にかがやき給ふ一山《いつさん》の上

触れ合ひて音の涼しき蚊帳の環《くわん》耳に残るを告ぐべくもなく

まくなぎを目に追ひゐしが扉鈴《ドアフオン》に応へ忽ちとりのがしたり

解き放つ鎖待ちかね犬二匹身もだえしつつ闇に喜ぶ

やはらかき茎の緑の目に立てり鳳仙花《つまくれなゐ》もやがて咲くべく

足なへの足引きなづむ嫗《おうな》なり犬よ吠ゆるな暫くが程

聞かでもの言葉を胸に帰るなり電車は空きて秋日寂けし

株安も株高も我に関はりなし貪欲《とんよく》すなと戒律にあり
不貪欲《ふとんよく》、是れ戒律の一なり

新聞を広げつつ読む朝夕の畳の上も寒くなりたる

中国紀行

五星紅旗風にはためく楼上に天安門は秋暑き晴
北京

熱烈歓迎の墨痕貼れる石門を潜《くぐ》り広済寺は木槿咲く庭

大立者の趙樸初《ちょうぼくしょ》先生慇懃に飲茶《ヤムチャ》勧めて挨拶を終ふ

大廈高楼聳ゆる下を黙々と幾千台の自転車の列

八達嶺に九月の陽差し肌を焼く壜売りの水にのど湿しつつ

紫禁城秋日に光る中庭に柘榴目に立つ熟れし紅肌

微かにし右に傾《かし》ぐは何ゆゑぞ藍深く屋根の光る天壇

貧しさの故にか否か自転車の幾千台なべて無灯火にてゆく

百貨店の中に入り来て驚けり人蛸集してかほども暗し

夏いまだ衰へぬ空暑き風北京瑠離廠《ルリチヤン》に胸弾み入る

蓬頭垢面《くめん》蹣跚と行く足許へあはれ食ひ物投げ与ふ見ゆ

遠く来て西安街路一望す土埃舞ふ街と民屋《みんをく》

西安市南大街絡繹と騾馬は首垂れ荷を負ひ急ぐ

朝八時過ぎの一室に謎めきてトランプなどすバスに見て過ぐ

雑踏に距離保ち立つ腕章に公安局と記す幾たり

西安を西へ幾里の平坦は玉蜀黍の果てなき緑

弘法大師遠く偲びて法会《ほふゑ》なす秋暑し青龍寺《しやうりゆうじ》埃だつなか

右恵果左空海の像祀る紀年堂にわれら声明の和す

人民帽脱がんともせぬ老一人陝西省仏教会の大所《おほどこ》などか

突兀《とつこつ》と聳ゆる山の幾十か藍のおぼろの影たたなはる

桂林

天秤棒かつぎ農婦ら貌険し桂林貧街を数多連れ立つ

いつまでも嘘涕《うそな》き続け小孩《シヤオハイ》は物乞ひやめずバスの発つ迄

尻割れのズボンを穿かせ落とし紙使はぬと聞く児ろの後ろ姿《で》

襯衣《シヤツ》白き晴れ晴れと着て民衆の静かに満てり昼の故園に

上海は夜来の雨ぞ出勤の自転車群は濡れてただ行く

秋へんろ

遠く来て阿波の遍路としもなれり竹群に風の寂けき秋日

業病の身を運び来し往昔《わうじやく》の遍路らと聞く低き墓群《はかむら》

涎掛けとりどり掛かる格子戸の古りし御堂に経誦《よ》み申す

沛然と山打つ雨に心経を高誦《かうしやう》しゆく先達として

煩悩の清まりて来しとどの顔も山の霊場に秋の陽を浴ぶ

山坂の石塊《いしくれ》にしも滞る老いの歩みを振り返り待つ

朝寒の室戸の岬見おろして宿坊に百舌のしきる幾声

遍路一団率《ゐ》てゆく旅の身の疲れ心疲れに夜は早く寝ぬ

生姜《しやうが》畑続きに続く土佐晴れて響き涼しも順礼の鈴

秋の日の四万十川の眩しきを越えて旅ゆく順礼のバス

伊予の海近き御荘《みしょう》の観自在寺秋の真澄に鷹一つ舞ふ

天　狼

寒の水閼伽《あか》香水《かうずい》に供へむと作務衣のからだ折り低頭《ていづ》なり

昨日まで黄の著かりし烏瓜鶫の仕業か跡方もなし

冬の日の早く暮れたる灯の下に牡蠣雑炊はふつふつとして

憚りのなきしはぶきを繰り返す若者漸く降りてゆきたり

秋へんろ重ねし日々の蘇る錫杖の鐶《くわん》振れば音して

風寒き幹の高きに登り来て柳を払ふあらかたの枝

天狼の冴え冴えとして移りゐる夜更けと思ふ疾風もやみぬ

あとがき

ここに漸く第二歌集『銀礫』を刊行することとなった。第一歌集『天耳』を上梓したのが昭和五十五年であるから、全く思わぬ歳月を経過してしまったことになる。本集には、その昭和五十五年以降平成二年までの作品から五九七首を自選して収めた。その殆どは所属している「花實」での掲載作であり、これに短歌新聞・短歌現代・短歌・十月会レポートなどへの寄稿作を若干付加してある。

本集所収作の制作期間は、ほぼ昭和の最末期に相当し、「昭和の終焉」に立ち会った感慨は格別なものがある。加えて、ソ連の消滅に代表される国際情勢の激変と、これに伴う国内のもろもろの起伏には、津々たる興味を覚えて今日に至っている。本年還暦、昭和六年生まれの自分にとって、極右から極左まで、振幅の大きな歴史のうねりに身を置いて、偏狭や絶叫の空しさを見届け、巨視と普遍と冷静の正しさを知り得た現実は、まことに感謝すべきことと思う。

このことは、作歌に当たっても、事物の把握と表現の方法において、独自性を確立する一方で、偏頗、独善、頑迷はできるだけ排したいと思うようになってきた最近の心境につながっている。誤解を恐れずに言うなら、およそものごとにもことばにも「絶対」などありはしない「相対」こそが真実だと、わが唇はいつもつぶやいているのである。

歌集名の『銀礫』は、星の異名である。本集末尾の一首にちなみ、とってもって題名とした。この文字が、年齢相応のイメージにつながれば望外の幸せである。

＊

さて、その後も主宰平野宣紀先生には多大の恩義をいただいて現在に至っている。今回の歌稿にも、精細にお目を通していただき、種々のお導きを賜った。ここに厚く御礼申し上げたい。また「花實」の会員諸兄姉にも、折りにふれて数々のご恩情ご厚誼をいただいている。そして「十月会」会員の諸氏には、有形無形の励ましと慰めを、また有難いご教示と示唆を不断にいただいている。いずれにも、衷心より感謝を捧げたいと思う。

本歌集の出版に際しては、短歌新聞社石黒社長のご高配をいただき、装丁その他については「短歌人」高瀬一誌氏にお願いした。いずれも「十月会」の先輩であり、そのえにし浅からぬ方々である。深甚なる謝意を捧げる。

平成四年五月二十五日

高久　茂

友待つ雪

目次

I

姫沙羅 …… 一四一
雲雀 …… 一四二
遍路行 …… 一四三
ものの紛れに …… 一四四
野の丘の上に …… 一四六
葦の穂 …… 一四七
白駒の隙過ぐ …… 一四八
自動改札 …… 一四九
外面似菩薩 …… 一五一
水平線 …… 一五二

蟬騒の声 …… 一五三
八思巴の文字 …… 一五四
もろ鳥よ来よ …… 一五五

II

友待つ雪 …… 一五七
水のひかり …… 一五八
釣瓶落とし …… 一六〇
美貌の僧 …… 一六二
清からぬ娘子 …… 一六三
青　山 …… 一六四
不断の行に …… 一六六
折れて水漬くは …… 一六七
楢の小川 …… 一七〇
銀の遠山 …… 一七一

オウム戦慄刻々　　　　　一七二

月代きざす　　　　　　　一七三

あけぼの杉　　　　　　　一七四

まくなぎもゐぬ　　　　　一七六

Ⅲ

恙の深く　　　　　　　　一七七

八重のさくらを　　　　　一七九

無為清浄の　　　　　　　一八一

あとがき　　　　　　　　一八四

Ⅰ

姫沙羅

姫沙羅の幹のおもてのなめらかに即かず離れぬ細きふたもと

岩塩を熟成せしめ作るなどタバスコの赤き壜に読みゆく

かつがつに命支ふる椋鳥ら供花の黄菊に見境のなし

榛名より遠く来たれる行者どの低く額づく暗き祠《ほこら》に

牛頭天王《ごづてんわう》ここに祀りて年久し古りし縁起に記す一劃

赤松の高き傾き清々《すがすが》と枝払はれて朔北の風

のぼりたるヒマラヤ杉も枝払ふわれも揺らるる寒の疾風《はやて》に

おごりなき夕餉の膳は白飯《しらいひ》に風呂吹きのありひじきにも足る

閼伽水《あかみづ》の閼伽と羅甸語《ラテン》の水《アクア》との遠き同根は想ひ見ざりき
沙羅双樹象《かたど》る対《つい》のしろがねの四花《しくわ》はひそけし祭壇の上に
思ふさま鞭打たれつつ息喘ぐ挽曳競馬のＴＶは消しぬ
半世紀ほども隔てて蘇る寂しき節の軍歌のひとつ
風鐸の中を喜び雀らが巣となしてより十年《ととせ》の余経つ
幾百輪か散れる紅梅　夥《おびただ》し人知れぬこの墓地のかたかげ
備長炭作る手立てを懇切にＴＶは教ふ寒き夜さりに

雲　雀

摺鉢を伏せたるほどのささやけき雪残りあり越《こし》の山寺
春寒料峭《れうせう》越のみ寺に遠く来て即身仏をひそかに拝す

紫の法衣の袖をふくらます風にぞ歩む桜吹雪に

満天星《どうだん》も山椒も目覚め萌えづるに早よせよ銀杏菩提樹その他

駅の真昼向かうホームに人なきを喜び移る雀らいくつ

三つ二つ屋根移りくる雀らに嘴《はし》ぬぐふあり首をかしげて

両の脚揃へては跳び疲れぬか雀といへど懸命の声

千葉みなと望む湾岸の空晴れて雲雀の声は高きより降る

人を待つかすかないとま板壁に定かならざる木目を辿《たど》る

遍路行

みなづきの伊予に讃岐に結願《けちがん》の遍路なさむと空に旅立つ

水清き流れに沿ひてゆく歩み遍路の鈴の凛凛として

四十人《しじふにん》うちも揃ひて土下座なす弘法大師の堂のみ前に

霧こむる朝《あした》を早く起き出でて宿坊に誰かはや鈴の鳴る

懈《たゆ》き懈き足さしのべて寝ねんとす遍路のひと日終はる頃ほひ

楠の大樹の枝の下陰に声よく揃ふ心経の声

雨傘をさして遍路の行き過ぐる崇徳陵《すとくりよう》木立に暗き細道

怨霊のいづこ辺りにましますか杜鵑御陵の上啼きて過ぐ

先達のわれに従ひ声響く涙まじりの結願の経

ものの紛れに

五千万から一億といふ水子の霊長き放逸の戦後日本に

軟弱惰弱貧弱柔弱然《しか》り然り腰細きヤング連れ立ちてゆく

苧環《をだまき》の咲かなくなれる背戸口に花訝《いぶか》しく時計草這ふ

偶《たまさ》かの我を乗せたるリムジン車柩車に続きハイウエイ行く

今宵溽暑《じよくしよ》忍ぶ可《べ》からずなどの件《くだ》り荷風日歴の蘇りくる

寒蟬《かんせん》は辺り憚《はばか》る鳴きさまにひとしきりゐて移りゆきにき

両の足土を掻きては後退《あとじさ》る鶏なども見ず久しかり

些かも我は恐れず命終《みやうじゆう》の唯妻よりも早かれとのみ

ご精が出ますなどと煽《おだ》てることなかれ炎天は毒喉のひりつく

充電を終へたる植木鋏もて皐月刈りゆく葉並み平めて

置き所なしといふまでたゆき身にシャワーを浴ぶる暑き朝明け

簪《かんざし》の飾りの朱《あけ》をさながらにおゆび触るれば散るさるすべり

スミチオン薬剤ややに効きたらん葉蜱《はだに》薄れし皐月の緑

おのづからものの紛れに身を任せ生み終へし子を猫は舐《ねぶ》れる

粗《あら》ごなししたる竹輪の十片《とひら》ほど撒けば喃々《なんなん》猫は仔を呼ぶ

はつ秋の伊予の渚に程近き業《わざ》の匠《たくみ》の石のみほとけ

馬越正八氏　童女観音像

蜩《ひぐらし》と油を問はぬ男の子らの蟬に昂る人かげもなし

野の丘の上に

弁別《わいだめ》もけぢめもあらず茂り合ひ龍《りゆう》の鬚《ひげ》らに芝は入り行く

人のこぬ野の丘の上にま輝くひとむらすすき旗幟《きし》の如くに

弔《とむら》ひの知らせに来たりこまごまと癌の終末を語り帰れり

送り来し宅配便の松茸は包みほどきていくたびも嗅ぐ

桂林のかの小姐《シアオジエ》より求めたる陶《たう》の梟《ふくろふ》掌《て》にぞ温《あたた》む

朝ごとに掃く竹箒竹の柄に浙江省産のラベルを纏《まと》ふ

「幸福の科学」に蝟集《ゐしふ》せしといふひとの胡乱《うろん》はＴＶより来る

大理石光るロビーの盛り花に現《げん》の証拠の小さき実の添ふ

土じめり乾かぬままに菩提樹は葉のさにづらひ紅葉し初めぬ

遠方《をちかた》の声は庭守《も》る犬二匹野良猫などのよぎるなるべし

小半日巷の噂振りまきに来たれるならむ梵妻《だいこく》にまた

葦の穂

法要の供花に混じれる鳥兜《とりかぶと》魔事《まじ》なくぞ冴ゆ花の紫

高気圧おし移りくる先端は雲のほぐれて真澄みの高き

ロドリゲス研究すとふ留学生生きと卒論のプロセス語る

水霜の兆す夜ごろか風やみて街の遠くの音の際立つ

劣情のあからさまなる蘆花日記読み果し得ず書架へ戻しぬ

地下のしじまに耐へ得ぬ折りもありますと改札員の若き居眠る

ま輝く穂を靡かせて幾千の葦群立てり打ち伏すもあり

白駒《はくく》の隙《げき》過ぐ

平らかに海の光れる見つつゆく暇なき日々の中のつかの間

二十三歳の家猫遂にこと切れぬ蹣跚《よろぼ》ひをれる土の上にて

底知れぬマル秘の進み夜深く入試問題の一字を正す

糸瓜《へちま》の水採りたるは五十年以前日露戦士の父在《ま》ししころ

水神《すいじん》の祠の石の寂けきに餅《もちひ》を供ふ小さき重ねを

若干《そこばく》の雪と知れれど掻き始む間なく生徒ら通る頃なり

湯気だてる大根だきの薄味の程の宜しも雪の夕暮れ

石蕗《つはぶき》の花終はるころ巨大国家重く静けく崩れ朽ち果つ

白き駒隙《げき》を過ぎゆく壁に向き暦掛け代ふこの暮もまた

地団太を踏み珍しく喚《わめ》く声ホームを移る視線集めて

世に誇る文言《もんごん》多き読み泥《なづ》む歌人名鑑の稿の浄書に

自動改札

枯れ果てしおどろが上に尉鶲《じょうびたき》訶他訶他《かたかた》と摩訶不可思議の声

茶に黒に身を粧《よそほ》へる尉鶲とりわきて斑《ふ》の真白際立つ

朝起きの賜りものと胸はづむ庭に我呼ぶ鶺の番《つが》ひ

今更に何を願はむ夜を寒く伝道掲示ひとり掛け替ふ

もの想ふ媼《おうな》のここに屈《かが》まると障子にうつる桜樹の影

温かき豆腐汁など賜へかし水気薄るるこの皮膚のため

如何様《いかさま》の覚えもなきに緊褌還魂《きんこんくわんこん》自動改札に足竦《すく》み立つ

二三日囀《さへづ》り高く留《とど》まれる赤腹いづこ冷えの戻れる

青竹にしつらひ替へし建仁寺垣の清《すが》しも書院の奥に

三十年昔となれる己《おの》が筆《て》に火の噴き出づる顔拭《ぬぐ》ふなり

戒律になきが不思議の醍醐味とブラックモンブランの濃きにしぞ足る

おほかたは縁の下にて終るべきことも幾つか還暦を超ゆ

辞書の類佩文韻府《はいぶんゐんぷ》迄引くは女傑に相応《ふさ》ふ戒名のため

梵妻の留守の一日却々《なかなか》に二十度の余も玄関に立つ

金盞《きんさん》に非ず銀盞にも非ず野坂参三の百《ひゃく》歳に魂《たま》消《ぎ》る

外面似菩薩

面白きこと何もなき日常と檻《おり》のゴリラの手は手を弄《いろ》ふ

目を瞑《つむ》り宙《そら》に一画づつ書ける浴び来し花の繽粉《ひんぷん》の繽

今か今かに歯の神経の抜かれたり流石《さすが》平成痛みのあらず

美しき顔俯向くと思ふ間に美貌の教授嚔《くさめ》小さくす

外面似菩薩《げめんじぼさつ》而して内面如何なりや十秒がほどこころ悩ます

目の前の小石見つめゐたりしが犬の眼《まなこ》はうとうととして

哀しみのいよいよ淡く是非もなし日に夜に届く訃を捌《さば》きつつ

人は斯《か》く老いてさみしく行くものかリハビリの脚緩《ゆる》くめぐらす

アラーの神にか禱《いの》る留学女子学生誰も来ぬ三階の廊の片隅

水平線

かすかなる傾きありてしたたりを低きへ誘ふおくつきの石

揚げもののころもの中に青紫蘇は幻なせり葉の浅みどり

暗がりに燭の灯を受け剣《つるぎ》立つ不動明王の降魔《がうま》の刃《やいば》

巨《おほ》いなる朝明けゆく空港の蒼穹《さうきゆう》遙かみづがねの色

雪舟が究《きは》みの果てに引きたるを水平線の創出と聞く

もの忘れ多くなりたるはかなきは告げず云々《うんうん》と頷《うなづ》けるのみ

安逸を責めみづからに早起きを人遣りならぬならはしとせる

　蟬騒の声

明けてゆく薄くれなゐの天の原嗚呼と訶訶《かか》とよぎる鴉ら

クーラーゆ吹き吹く風は折々に神棚の幣《しで》揺すりて遊ぶ

シベリアに六十万人拉致せしはいづこの国ぞ忘るるなゆめ

小野子山《をのこやま》十二ヶ岳は霧深む伊香保の朝の艮《うしとら》の空　花實年次大会

踏みごたへなき尺寸《せきすん》の床《ゆか》を踏むエレベーターに深夜のひとり

戯れと半ば思はす借問は鋭き針よ帰りて気づく

喪の家に銀色《ぎんしょく》並ぶ見て過ぎきここは開店金色《こんじき》の華

思はざる蟬騒《せんさう》の声凜々と国会議事堂の塀に沿ひ行く

後退《あとじさ》るタイヤに顔を踏まれゆく路地にこどもの描ける少女
　八思巴《パスパ》の文字
利《き》かぬ子が駄々そのままの声放つ柳の幹に今朝の蛁蟟《みんみん》
夕暮れに戸道を走る雨戸あり人の力のこもれる響き
久々に本気で曇るらしき空一千万人の余も雨を待つ
孵化旨くゆき過ぎたらん駅の中かしましき迄すだく松虫
階段に転び忽ち世を隔つ殊の外なるあはれ歌ひ手
威勢よく駆け登りたる槙の上に猫は見おろす朝の境内
王朝の貴族思はす子の名前リュックサックの背に書かれあり
シャンは独逸バンプは米語而《しかう》して歌留多《カルタ》多用語の転じしスベタ

鉢巻に拍手を加へ鱈鱈と能書きの声響く魚屋

木食《もくじき》の糧《かて》なるべきを榧《かや》の実の落ちて空しく山に朽つらむ

珍《めづら》かの八思巴《パスパ》の文字を見て帰る上野東博秋霖のなか

チベット仏教の僧パスパ、フビライの命によりて作れる元朝の公用文字

もろ鳥よ来よ

おのづから花の移ろひ葉の移ろひ衰へ著し十薬の群

「常常《じやうじやう》綺羅《きら》ノ晴レ着ナシ」など箴《いまし》めを己に刻み昼の街ゆく

柔らかさパンに似たれば犬は可笑《をか》し軍手を銜《くは》へ確《しか》と離さず

秋の陽に水の小さく煌《きらめ》くを幼気《いたいけ》の口すぼめては吸ふ

幾千万漲《みなぎ》りゐたる蟋蟀《こほろぎ》の他界に遷り野の静かなる

夜の遅き湯浴みの飛沫かからんに竈馬《かまどうま》ひそと跳ぶ気配なり

嬉しからずや吉吉の百舌の声朝戸を開けて仰ぐ高みに

身に纏《まと》ふ絹の重さが法要の起ち居に擦《す》るる鋭き風の音

世塵粉塵くぐり来たれば是非もなし畳む袴の裾潔からず

和蘭《オランダ》語ポンス即ち橙《だいだい》がポンズと訛《なま》りポン酢を成せり

自販機のポタージュスープ有難し始発を待てる駅のベンチに

厳《いつ》かしき遠き世よりの戒めぞ自讃毀他戒《じさんきたかい》は仏典の中

南天に青木に赤き実の映ゆるもろ鳥よ来よ山を下り来て

汝《なれ》のほか誰の言葉を聞きゐしといふならねどもまた聞き返す

心こめ火鉢の灰に刷かれゐし筋目の円《まろ》みいまだ目にあり

Ⅱ

友待つ雪

贅《ぜい》の奢《しゃ》の光映せる大理石床《ゆか》に踏みつつ足休らはず

「遇《ア》ヒ難ク別レ易《ヤス》シ」と書ける諷誦《ふじゅ》読みみづからに胸迫り来る

記者団に申し上げるとは皇太子殿下言葉が逆しまにて候《そろ》

柿若葉心潤すふるさとの従弟の庭も久しく訪はず

光もつ言葉ならずや瞳をば目ほとけとしも古人の言へり

五合庵を五号庵なる見落としの誤植ぞ悔し早く目覚めぬ

吹きやまぬ風の烈しき嘆きつつ各も各もに人は訪ひ来る

秋深きあしたあしたの変幻のうらうら沁むるさくらもみぢ葉

さだ過ぐるみづからゆゑと一人知る淡きにほひの部屋開け放つ

老いゆゑに是非もなしとぞ書かれたり歌の結社の亡びむ一つ

源語には「友待つ雪」の言葉あり心和《うらなご》ましき女性《によしやう》の書ける

ティッシュ下さいなどと受験生何を言ふ鼻水ぐらゐ汝は男《をのこ》ぞ

指輪八個光らす男子受験生気味悪ければしばしばも見る

水のひかり

その芽立ちしろがね色に光りつつ紡錘なせる沙羅に近づく

霞にはいまだ間のある花冷えに雄鶏は遠く鬨《とき》繰り返す

逃水の揺れ定まらぬ遙かより郵便車らし赤き近づく

相槌をいつまで打たす長尻の客の向かうは柳のそよぎ

憎らしき面構へして言ひ募るＴＶの中に今朝もエリツィン

応《いら》へなき花と知れれど声かけてひとり掃きゆく朝まだきより

濃緋《こきひ》あり全き朱《あけ》あり臙脂《えんじ》あり築地に映る牡丹幾群

久々の晴れをいそしむ瓦屋が高きに叩く音の澄みつつ

踏みしめよ徐ろに行け躓《つまづ》くなこの暗がりに転《こ》けしことあり

水の上に松の雄花の散りて浮き蟻は愚かよその上あゆむ

フィラリアの名残の咳を繰り返し犬も老いたり尾を頻り振る

幾千輪咲き極まれる移りゆく今朝の皐月に蜂は音して

皺ばめる肌理《きめ》に心を走らさず清き夏着を唯目守るのみ

吹き過ぐる風の行方を見むとして立ちゐるならむ犬は茫々

珍しき花のかたちの整ふを風は励ます菩提樹の花

やはらかに湯気立ちてゐる味噌汁の朝の匂ひの青き絹莢

父と呼び母とは呼ばぬ雀子とまだきの床《とこ》に囀りを聞く

ほとばしる水のひかりはてのひらを力もて打つ朝の目覚めに

停まらんとしてなほもゆく窓にホームの柱幾つ過ぎたる

釣瓶落とし

屠《はふ》らるる運命《さだめ》近きを知る牛ら聖者のごとく佇むといふ

注がれて燦き走るいささかの水はみかげの黒きおもてを

箸か椀か転げしならむ身を捩《よぢ》り笑ひいつまでやまぬ娘ら

豆《とう》と吹きあとの喇叭《らっぱ》の腐が鳴らぬ否聞こえぬか叩く雨脚

死せるのち遊離しゆくを魂《こん》と言ひ魄《はく》はしばらく留《とど》まると聞く

宣長大人《うし》鈴もて心遣りしとか我は爪もて机を弾《はじ》く

板金《ばんきん》は板金なりの難しさありと日向に長々聞かす

言ひ難き瞬時待たせてワープロが変換遂げぬ稍《やや》長き文

骨粗鬆の鬆のひと文字記憶せよ大根牛蒡に入る鬆《す》もこれぞ

釣瓶《つるべ》落しの釣瓶知らぬを責められず戦前は噫遙けき昔

池を打つ幾億粒《りふ》の雨つぶか分《わ》き難きまで水の面の曇り

複製《レプリカ》と言へど埴輪の馬の肌雨のしとどにつや立ち光る

日を連ね聞くにも余る為政者の汚れ果てなきまた繰り返す

はばたけぬ障害鴉少しづつ慣れゐたりしが何処《いづこ》行きたる

強《したた》かの雨の日なれば躊躇《ためら》はずゴム長履きてデパートを行く

美貌の僧

般若湯たしなみて赫《あか》きかんばせを撮《と》る勿《なか》れやよ朴念仁ら

甘しとか今少しとか言ふならむ山茶花にまだ鵯《ひよ》啼きかはす

風絶えて十一月の陽は移る隣る雑木の林のなかば

意味深き沈黙しばし支配して野心露《あら》はの人事を議せり

灯点しの早くなりたる足元は今年別れの葉の吹き溜まり

食はるべきものと思へぬ力満ち仔豚二三十高速路ゆく

空に散り槻の枯れ葉は目を誘ふ風のあり処《ど》をそこと示して

遅れ来て講義のペース掻き乱すペアの学生憎さも憎し

園バスを待てる幼の声弾む葉を落したる楡の真下に

大徳に従ふ僧の年若き六尺の背に際立つ美貌

年の逝く寒きひかりにささやけく石室掃ふ虫のむくろも

清からぬ娘子《ぢやうし》

塵あくた色美しくおぼめけり役所定めのごみの袋に

ためらはずコンコース深く歩み来し鳩はとどまり回り窺《うかが》ふ

頼りなき宰相頼りなき与党左右顧み流し目も日々

解けきれぬ氷もあらむつくばひに沐浴すらし鳥は交々

隣る家向かう耶蘇の家いづれにも吠ゆる犬ありその声を知る

思想なき無名の世とぞ人の言ふ或《ある》は然らむ無尽数《むじんず》の星

春寒きゆふべの風の吹きかゐむ枇杷をはぐくむ房《ふさ》の山々

何心なく来かかれる夕暮れにもういいかい噫まあだだよとも

無常迅速人に説ききて蹲《うずくま》る庫裏の奥なる寒き炬燵に

清からぬ娘子《じやうし》ならずやロングヘア飽くまで弄《いろ》ふ隣る座席に

最新流行《トレンディ》に装ひ人目惹《ひ》けるもの長き抜け毛を車内に払ふ

まかがやく長汀曲浦《ちやうていきよくほ》春の日のせはしきなかに遙かにぞ恋ふ

天空へ抽んでて立つビルの壁あかつき方を昏《くら》く輝く

青山

春の日の光は閉ざし童馬山房跡もマンションも覆ふ静けさ

鬼県令などの誹《そし》りも相応《ふさ》はむか三島通庸の聳ゆる墓石

積年の想ひ果たして一人佇つ偏奇館《へんきかん》跡と示すしじまに

明け方にころころこころ庭なかの老いし桜の幹打つ小啄木《こげら》

その嘴《はし》に連打なしつつ幹をしも斜に移る小啄木のひとつ

妄語戒《まうごかい》犯し果てなき饒舌を常恥づるなし彼《か》の声遣《こわづか》ひ

石段の高さが足に合ふならんのぼりおりして児のはづむ声

何ゆゑの托鉢かとも見え分かず暑き地下道にただ鈴《れい》を振る

客を待つ広間は膳の整ひて屛風の金に人語《じんご》の二三

跳箱を跳び得ぬ我はおづおづとうなだれてゆく夢の半ばに

香《かう》あらず臭《しう》とや言はむ菩提樹の樹下《じゆげ》に散り敷く淡き黄の花

結び目の緩め難きを解く指の爪にさしたる薄きくれなゐ

新しき傘のおもてに弾《はじ》かるる梅雨の雫の玉なす光

不断の行に

閉ざしたる闇ささやかに慰めん燠《おき》の残りのかそけきあかり
二十四万字記憶なすとふフロッピー掌にこれしきの一片の板
猛りたつ雷のひびきの過ぎしのち草生《くさふ》はぬれて息吹こもらふ
床屋より戻り来たれる卓の上に友の訃伝ふ一枚のメモ
節操の微塵もあらぬ宰相の眉根が何ぞ唯暑き日々
諫止《かんし》なく風刺もあらぬ悶々に胸すく記事の地を払ひたる
殷々と鐘の放てる夜の響き息継ぐ胸に深々と吸ふ
明け方の空に閃く蝙蝠も間なくし失せてつばくらの来む
いつにても尻に敷かるる亭主《マスター》の腹が鳴りたり剃られつつ聞く

ＰよＰよと鵯は鳴く駐車場空《あ》きありますの看板の上
暗剣殺《あんけんさつ》侵したるにか労《いたづ》きは夏の終りを唯ひれ伏さす
本山の不断の行に子はゆけり硯の墨を時かけて磨る
曲のなき日頃夜頃の傍らにイチローの記事丹念に読む
のど迄の言葉を呑みて土にあり一人して日々極熱《ごくねつ》の作務
炎暑劇暑烈暑虐暑の日々又日々逝き移ろひて虫語幾千
弔ひに間に合はすべく空を飛ぶ紺青《こんじやう》燦と晴るるなかぞら
富士が嶺の頂薄く真白にぞ雪の鮮し遙か目な下
　折れて水漬くは
なに心持ちて築地へ登りたる蟷螂ならむ夕暮れの風

風鎮《ふうちん》を忘れし故に墨蹟は吹き入る風に戯れやまず

老少の不定《ふぢやう》の場の幾十《には》に開けて畳める浅黄の袱紗

落ち葉焚くひとりの耳を喜ばす梢の百舌の二声三声

音もなくうたびとは逝きその知らせ新聞に読む淡き知り人

姿なき虫のあはれは草はらに霜夜の降《くだ》ちきれぎれの声

澄みわたる枯葭原《かれよしはら》の向かうより海風は来る冬を待つ海

枯れ乾く葭《よし》のなびきのしらじらと折れて水漬《みづ》くは解けて漂ふ

萌黄より黄に移りゆく頃ほひの無患子《むくろじ》の葉の二ひら三ひら

方丈の秋の終りの夜深く子は嚠喨《りうりやう》と笙吹きやまず

朝凪ぎのまなこに深きくれなゐのいろはもみぢよ露霜の空

ひと掬ひ程とや言はむ百歳の姥《うば》清浄《しやうじやう》の御骨《みこつ》の白さ

生きの緒をあかりの下にたゆみなく虫の微粒は机上を急ぐ

見おほせぬ片傍《かたかた》麻痺の歩を運ぶぬくしといへど疾風吹くなか

花も葉も長く保ちて庭の辺に咲かなくなれる萩を切りゆく

北寄りに荒《すさ》びてやまぬ今日の風黒衣の袖を供華を吹き吹く

幹ながら寒さに耐ふる赤松は老いて梢の葉群の翳り

ながれゆく師走の日々にうちそよぐあしたゆふべの柳の諸葉《もろは》

夕空へおりむ構への椋の群竹藪を薙《な》ぎ林に散れり

靄深き台地の朝を高々とメタセコイヤの冬木の上枝《ほつえ》

夜深く幾千粁を馳すと言ふ津波の力思はざらめや

明々と除夜の和尚は照らされて吉祥招く鐘打つばかり

誰彼の病みて臥すとふ逝けるとふ賀状千枚の中に交々《こもごも》

楢の小川

冬の日の賀茂の社に添へる水明神川は音清くゆく

連なりて歩みいざなふ築地塀清き流れに樹々らも映ゆる

いかづちのみ神祀れる上賀茂の人なき昼をゆく水の音

やはらかに光集めて上賀茂の樽の小川は流れをいそぐ

まさびしく立砂《りふさ》を盛れる神の苑ひとり歩みの響きつつしむ

遠つ世の御手洗川《みたらしがは》をさながらに絶えぬ流れは神域を貫《ぬ》く

枯色の芝生の広き日を受けて遠くやしろに太鼓の響き

従《つ》きくるは賀茂のみ神のやしろ鳩許し給はれ餌ひとつなし
いまだ見ぬ葵の祭偲ぶにも寒の薄日に唯身は冷ゆる

銀の遠山

水子地蔵に供へられたる黄のボーロ砕きては撒く鵯に雀に
移りゆく人の心のおのづから毛皮のコート廃《すた》らしめたる
音長く引く声明《しやうみやう》の圧す響き胸の響きに窓白み初む
色清き土耳古《トルコ》桔梗の花を葉を青磁は支ふ細き首もて
みづからの清き翳りを内深くレタスは抱くラップまとひて
遠山《とほやま》の銀に光れる刺繍《ぬひさし》に大正僧の袈裟を荘《かざ》れる
春の風邪癒えぬいくたり葬礼の経終はるまでしはぶきやまず

瑠々と鳴き璃々と鳴きつつ移りゆく鶲《ひは》は欅の高き緑に
あたたかきみ堂の燭の茜色磨きぬかれし床に仄めく

オウム戦慄刻々

これの世の終《つひ》の果たてを見よとまで瓦斯を撒きたり人間ならず
教祖などいつ迄言ふか唯単に人殺《あや》めさす肥満の首魁《しゆくわい》
辞書になき言葉に五体冷ゆる日々サリン縮瞳サティアンにポア
七十日経て地《つち》深く戦慄の人体焼却器出でて来しとぞ
屋根裏に潜み隠れてゐたりとふ「尊師」が何ぞ只の曲者
天竺の釈尊在しし金剛宝座けがししといふかの「妄者」ども
自らがメトロにあらば如何しけむ縮瞳なして死にもしたりや

月代《つきしろ》きざす

苗代に立てられたりし種案山子《たねかかし》未だもありや無けむ恐らく

夜の遅き庫裡に客間に幾つかの時計鳴り終へしじまの寒し

五十年隔て春夜に蘇る飯《いひ》に炊きにし五加《うこぎ》の若葉

引くわれの腕に抗《あらが》ふ藪枯らし土の中這ふ根はあきらめむ

隠口《こもりく》の長谷のみほとけ在り立たす遠きみ姿胸に眠らむ

雀子ら家となしたる風鐸に出入りの声の朝より響く

些かの気管支痛む障りにも一の大事の己かと問ふ

てのひらに鞄《かばん》の皮のよく馴染むいづこの牛の肌《はだへ》なりしか

学生がかく迄居りて鶏鳴《けいめい》の雄《をん》か雌《めん》かを知る一人なし

オームに非ずオオムに非ずうた人よ眼見開き新聞を見よ

「オウム真理教」なるべきを誤れるもの少なしとせず

みづからの掌《て》のぬくもりの右左ひたごころもて互《かた》みに通ふ

極まれる暑き日差しにみ墓べの雄日芝《をひしば》を抜く力ある草

項垂《うなだ》るるなかれと風は力もて竹群を吹く青深む空

出でゆける幼き声はうち連れて蟬鳴く彼方《かしこ》木立よりする

竹群のみどりは暮れて徐ろに月代《つきしろ》きざすすだく虫の上

つなぎとめ飼ひ始めたる迷ひ犬孕《はら》めるものと誰《た》が思ひゐし

折々に音密《ひそ》やかにガレージの屋根打ちて落つ欅の粒実《つぶみ》

あけぼの杉

鴉らを遠き林に追ひやりて今日尾長らはほしいまま飛ぶ

ゆふぐれのみ寺の庭に風受けてあけぼのの杉の高きかがよひ

十月会深大寺吟行即詠

かき撫でて涼しき風の過ぎゆくとあきつは憩ふ噴水《ふきあげ》の傍《はた》

しろがねの光を朝《あした》やはらかに穂にか出でたりひとむらすすき

日に夜に幾万粒の落つる実ぞ槻の木下をちからもて掃く

のぼりゆく焚き火の煙おのづから槙の上枝《ほつえ》に光り纏《なづさ》ふ

纏の字は、意を体し私に当てたり

うち交はす声の百鳥《ももとり》遠近《をちこち》に霧の中ゆく僧の幾たり

音のなき野の広がりは霧雨の幻なして夜に近づく

この庭の晴るる朝《あした》に戻り来し鵙《もず》の高音《たかね》の三声五声

フェロモンを辿る辿るの帰途《かへるさ》か宵の歩道をひたすらの蟻

蟻の類「道しるべフェロモン」を分泌するは周ねく知らるるところなり

真白きは雲の湧くさへ胸はづむビルのあはひの駿台の上

こころ解き夜の沼沢《せうたく》に憩ひゐむ空渡り来し鴨の群鳥

かぐはしく草に臥したる犬の仔の姿真胸にむばたまの夢

　　まくなぎもゐぬ

ゆきゆきて孤りの思ひ遂げたりとアイガーを近く仰ぎ立ちにき

夜の遅き駅にとどまり漫画読む塾の帰りの少年らしく

いつよりかダンベルなどといへるらし鉄亜鈴とは形も変り

木々の間に空は浅葱の尽くるなく雨後の朽葉の音やはらかし

ひととせのいや果て罩《こ》むる空を見よ雲なき朝の寂静《じやくじやう》の空

藍深き結城の対《つい》の背を立てて秋気身に添ふ闇へ踏み出づ

年終ふる空の曇りをそれながら映して寒し澄江《ちようかう》の午後

もの深き漆の器拭ひゆく真白き指の繊《ほそ》きはたらき

凩にひとのからだは吹き撓《しな》ふ灯点《ひとも》しどきの駅近き坂

見る見るにあかつき方を遠ざかる鵯は一《ひ》と呼び二《ふ》と答へつつ

折々に炭火爆《は》ぜ立つ音のして静寂《しじま》の深む夜の方丈

まくなぎもゐぬ夕暮れを西に向き橋を見おろす遠水明かり

曼荼羅華《まんだらけ》降り敷くものと想ひ見む雪間《ゆきま》の庭の鮮しき朝

Ⅲ

恙《つつが》の深く

唇の微かにひらきもの言へり恙の深き息を継ぎつつ

細りゆく腕《かひな》支へむ術もなし身を刻むまで滴る輸液

生きの緒の命の今に通はさむ酸素の細き夜の更けの音

病む窓の外は春呼ぶ陽の光り癒えて生きよと潤ひ湛ふ

温かに二月の光差す床《とこ》に永遠《とは》の微粒の日が移りゐる

在り経たる互みに深き春秋を今日の看取りの慰めとして

梅の散り桜はまだき黒土にひとときはの日々愁ひ移ろふ

音もなく昨日はゆきて浅春《せんしゅん》の光は還る病棟の窓

その母に篤き看取りの日を重ね憂ひを解かぬ双《さう》の眼差し

空寒く秩父の山も目に近ししみじみと病むものの窓より

たぐひなき心際《こころぎは》寄せかたはらに四十年《しじふねん》在りき病みて衰ふ

平らかに心保ちて明け暮れの残り少なきを知りつつぞ病む

うち払ふ術なき定め想ふ夜にダイアナ・ロスの声澄みに澄む

折から巷にダイアナ・ロスの憂ひ深き曲頻りに流る

散るべきを咲きながらふは天上に仰ぐ万朶のあかつきざくら

咲き撓《をを》る染井吉野の光り立ちほのけく移る入相《いりあひ》の風

数限りなき花びらの咲《ゑ》まふ夜を見納めとして労《いたづ》く姥か

花の雪はららかに散る晨朝《じんてう》を汝《なれ》が脈搏《パルス》の機器に息づく

古言《ふること》のあけぼののぐさは枝ながら咲き極まれり庭のさくら木

おもむろに恙の重き歩を運ぶ終《つひ》の後姿《うしろで》暁のまぼろし

八重のさくらを　〈妻、自宅にて永眠〉

病み深き日々重ね来て迎へたる己が家居の安けき臨終《いまは》

おのづから極まり近き妻になほ普賢《ふげん》延命の陀羅尼《だらに》誦《ず》しつつ

ふかぶかと熟睡《うまい》重ねて今し今ことのきれたる安けき面輪
こと切れて未だ保てる温もりよとはの別れの淡きぬくもり
声のなき人のあはれは臥すままに再び起《た》たずとはのなきがら
忝《かたじけ》な忝な汝《な》の限りなき優しさ想ふあかつきの闇
ひと一人逝きて過ぎゆく刻々に天の極みの白み初めたる
息の緒も今は絶えたる寂寞《じやくまく》に外ゆく鵯《ひは》のあかつきの声
労《いたづ》きの並々ならぬ明け暮れに看取り尽くせし子の忘らえず
今生の残り少なき身を運び八重のさくらを仰ぎ立ちゐき
連れ立てる外出《そとで》も稀に四十年《しじふねん》ひたすらにあり先立ちゆけり
枝を葉を縦《ほしいまま》なる庭の樹樹《きぎ》いのち冥加《みやうが》のみどりを湛ふ

ゆゑ知らぬ夜更けの涙滲むこころものの紛れに面影ひとつ

徐《おもむろ》に梅雨の深まる夜をひとり命繋がむ音なき臥床《ふしど》

淡々《あはあは》と己が極まり胸にとめ言葉少なに黄泉《よみ》へ移れる

紫の木槿《むくげ》の花の咲きて散る想ひ見ざりし妻の墓処に

梅雨明けの空澄みわたるさみしらに天衣《てんね》の白きふた筋がほど

無為清浄の

嵐去り木草の清き朝の間を勤《いそ》しみやまぬつばくろのかげ

思ふさま枝葉伸ばせる菩提樹の下かげ涼し作務の憩ひに

新しき何の病の天刑か今日ふたつ目の鴉のむくろ

おのづから弓手の指になし果《おほ》す紙縒《こより》一つを明かりのもとに

形《かた》なしをとり繕へる漫《すず》ろ言《ごと》いづれ閻魔《えんま》の裁きに逢はむ

流されず草も朽木も蟠《わだかま》る沢水緩《ゆる》く堰《せ》かれ澄みつつ

先立ちてゆける愛妻《はしづま》繊細《ひは》やかに秋の夜さりを寝に就きたらむ

花ののち勲《いさをし》のなき葉の輝《て》りを夏日に焼かす牡丹幾十

土を灼き犬の咽喉《のんど》を喘がしめ遠く去りたり夏の極まり

煎餅のひとひら程の広辞苑電子ブックに日々瞠目す

下北に紫霞む山いくつ海を距てて陽の遙々《はろばろ》し

凪ぎわたる北の海峡平らかに蒼《あを》を延べたり世に越ゆとまで

としつきに手相の甚《いた》く変はれると運命線にまなこを寄せぬ

雨を乞ひ晴るるを願ふとりどりの人の気儘を聞き秋の過ぐ

係《かかづら》ふ何の絆《ほだし》のありとせぬ小床にひとり目の覚めやすく
手に余るさだめのありと身に沁みて秋は移ろふ小雨の幾日
白髪《しらかみ》の覆はむものを否とよと罷《まか》りたりしか病みて儚《はかな》く
雲多き儘に暮れ行く土湿《じめ》り金に彩《いろ》ひて木犀の散る
石《いは》走る山下水《やましたみづ》の勢ひの直《ちよく》として野の朝晴れ渡る
抜けゆくは闇　兆せるは仄明かり　寂《せき》として野の秋の深きに
ほぐれゆく雲のあはひの天高く無為《むゐ》清浄《しやうじやう》の光かがよふ

あとがき

第三歌集となる本書には、平成三年以降八年までの作品から三九四首を収めた。

集名の「友待つ雪」は『源氏物語』若菜上に見いだし、早くから心に留めていた言葉である。『新潮日本古典集成』の本文により該当部分を抄出する。

（源氏が）白き御衣どもを着たまひて、花をまさぐりたまひつつ、友待つ雪のほのかに残れる上にうち散り添ふ空をながめたまへり。

ここにいう「友待つ雪」とは、一旦降り積もったのち、ある程度にまで融け、しかるのちに、あとから降り積るのを友のごとく待つ雪という、天然現象へのまことに繊細な、心情のこもったことばである。

年輪を加えるに従って、天地自然への親愛の情はますます強さを加えてきているが、本集の期間に、自分にはみずから創作の転換を思わせる意識の変化が明瞭に自覚された、ある一日、いやある瞬間があった。「友待つ雪」はその意識と通底して現在の自分に連なっている。

非力な自分に何ほどのことが達成できるというのでもないが、つたなき歩みをささやかにまとめて、ここにご清鑑を乞う次第である。

末筆ながら、自分をして今日あらしめた故平野宣紀主宰をはじめ花實短歌会の諸兄姉、とりわけ深きえにしにつながる神作光一代表、また在籍三十年に余る十月会において懇篤なご高誼を頂いて現在に至った鈴木諄三氏、大滝貞一氏ら、そして自らが事務局を担当している「昭和六年生まれ歌人の会」にてあまたのご配慮を頂いている来嶋靖生氏、田野陽氏ら、さらに日常種々の用務を快く処理してくれている長男夫婦をも含め多くの方々に、この場を借りて心からの感謝を捧げたい。

本集の刊行については、石黒清介社長のご懇切なお心遣いを頂いた。記して厚く御礼申し上げる。

平成十五年五月十二日

高久　茂

初瀬玄冬

目次

Ⅰ

欅の落葉　一九一
孫枝のかげ　一九二
小草むら　一九四
遠ざくら　一九六
梅雨の笹群　一九八
夜の野丘に　二〇〇
しらはな戦ぎ　二〇二
除雪マシン　二〇四
ガンジス　二〇六
空の窮みを　二〇八
穂のあかり　二一一
冬青の茂り　二一三
隣れる男に　二一五
桐の花群　二一九
つひに行く　二二一
大運河　二二三
無為の昼　二二四
木槿の散るを　二二五
金阜山人展　二二六
インドの窓　二二七
寄り合ふ昴　二二八

Ⅱ

フォントを太く　二三〇
阿波の遍路の　二三三

チャドル纏ひて　二三四
リアルト橋を　二三八
有明の月　二三九
笹鳴き　二四〇
唐梅の香　二四三
天山南路を　二四五
葉籠もりの闇　二四六
アンダルシア　二五〇
爆裂の華　二五一
初瀬《はつせ》玄冬《げんとう》　二五二
熟睡の孫　二五五
ストレッチャーに　二五七
ほのくれなゐの　二五九
敗　荷　二六二

あとがき　二六六

Ⅰ

欅の落葉

堰越えてささらぐ流れまなこにも耳にも清し朝の歩みに

吹き紛ふ夜半の嵐に槻の木のさだめもあらぬ葉を散らしけむ

噴水《ふきあげ》の光りに歩む秋の日の心躍りを微か保ちて

俯きて剃られつつある盆《ぼん》の窪《くぼ》幼きものは肌《はだへ》の清く

潮時として客人《まらうど》は立ち上がる話途切れし有り無しの間に

萎え枯るる野薮《のらやぶ》ありて深くゆくいたくも冷ゆる四肢庇ひつつ

竹群に犇く椋の居溢《ゐこぼ》れてけたたましもよ寒き暮れ合ひ

おし迫る師走なかばの寒けきも和《やは》らび朝の光澄み澄む

村雨の過ぎたる朝安けくは燃えむともせぬ欅の落葉
休らひのなき日々過ぎて一年の葉を散り果てし庭の冬木々
腎肝《むらぎも》のあくがれ惑ふこともなし老いの独りの冬帽を選る
ささやけき電車のカード失ひて帰り来たるは誰にも告げず
やはらかき葉を喜びに日を浴びて金盞花添ふ供花の束《つか》ねに
逸《いち》早く春の兆しを知る紅葉枝を払へば樹液の光る
温かき供養も稀に英霊は冬のみ寺のいしぶみの中
「有り合はせ」なども追ひ追ひ廃《すた》るべしおのづからなる旧き物言ひ

孫枝のかげ

やはらかに風吹く午後を竹群のそよぎの音の胸深く澄む

部屋の奥畳の奥に通りくる冬の光に淡きわが影

犬を埋め猫を埋《うづ》めて歳移る柳の下のあはれ塚原

古墳《ふるつか》の丘に老いたるひとつ松風待つ己が幹を撓めて

胸拉《ひし》ぐ人の訃音《ふいん》の切抜きを手帖に挟む寒の夜深《よぶか》に

あらかたは啄まれたる梔子の実の極まりのくれなゐ保つ

幾たびも寒夜《かんや》の夢に返り来よ遍路の鈴の野を渡る音

人が行き人に従ふ犬の行き歩みととのふ遠き草はら

雪催ふ空の乱れを奔《はし》らせて光はせめぐ雲の透《す》き影

幹太く立てる桜の肌へにも春待つ雨の小半日ほど

雨注ぐ参道の石光りつつ欅の高き影を浸せる

掃き進みゆく冬土に連なりて槻の孫枝《ひこえ》の影ひそかなる

亡きものの影も遙かに歩みゆく風ひそめたる冬の草むら

老い果てず清く逝《ゆ》きたる面影も声音《こわね》も還る寒の畳に

身みづから息こまやかに起き伏すと胸処に告げむ額《がく》を仰ぎて

温かく雨は上がりて耳近く転《まろ》ばし移る鶸の幾声

小草むら

水光りせせらぐ沢に舞ひくだる木伝《こづた》ふ鳥の中のさきがけ

早々《はやばや》の芽立ちも二三陽を浴びて冬凌ぎ得し小草《いささ》むら

みづからを浄むる雨の至らぬと夕草陰は息吹細れる

大方はまどろみ浅く有り過ぐす老い徐ろに深まれる犬

白雲のおし広がりて輝くを亡き影想ふ慰めとせむ

声のなき墓に向かひて蹲る連れ立つ犬よ判るのか汝も

居住《ゐず》まひの足の捌きを助けたる何ごころなき左のかひな

理由《ゆゑよし》の何かは知らず石をもて棺に釘打つ慣らひも消えぬ

降り注ぐ今日のひかりを葉に透かし新若草《にひわかくさ》は土に挙《こぞ》れる

攫はれて風に微塵となりたらむ染井吉野の花の無尽数《むじんず》

雲動き光の淡く照りかげるビルの肌へは街を映して

もの深き灯《ひ》ともしごろを谷越えて風に微かに遠き激つ瀬

八重桜散りかかる下頼りなく歩み啄む椋のひと群れ

三十年前に求めし年月日玄能の柄に著く残れる

思ひ出づる何となけれど温かく頬に触《さや》りて過ぎし夜の風

蘇る朝の光にみづからを引き立たすべき膝なり然なり

遠ざくら

俄かなる雲の翳《かげ》りにうち仰ぐ光包める空の遠方《をちかた》

欅木の高きを風の渡るとぞ小枝《さえだ》は震ふ風花のもと

何のゆゑならず移ろふ齢ゆゑに冬の夜更けの足の皹《あかぎれ》

土の上に潤ふものは如月《きさらぎ》の木草に加ふ雨夜のひかり

花ひらき光放てる石南花を仰ぎて立てり朝のいとまに

打臥して闇のまなかに眠り待つ甚《いた》くかそけきみづからの息

薄々と痛みの走る天柱元《ちりけもと》今宵いたはり臥床にひとり

つばくらの身の翻りまさやかに参道は檜《ひ》の翠の並木
床《ゆか》走る幼き足はみづからの脚に躓《つまづ》き打ち倒れたり
丈低き蒲公英なども仕方なく戦後遙かに過ぎし春の野
夕顔の死迄講じてチャイム鳴る大教室の蒸し暑き昼
寂《せき》として大会議室音もなし人事案件否決したれば
幹古りて広き影なす菩提樹は人去りてのち椋《むく》らも憩ふ
バス停に所在なく立つ目を留め草鞋虫這ふ時速を測る
篠懸の下出でて来し幼子が短く曳きてその影もゆく
在りし日に作り呉れたる切り干しの大根なども折々に恋ふ
泣き縋る幼き声は狂ふまで地下道長く遠ざかりゆく

遠ざくら咲きて耀《かがよ》ふ道もがないづれゆくべき黄泉《よみ》の果たてに

憎き迄強き投手が憎き迄のさばれりとぞ太きかんばせ

意味薄きことば連ねて上﨟のみまへにとまれ挨拶を終ふ

梅雨の笹群

降り荒るる雨の寄り合ふ俄か川庭の低きへ光り傾く

ゆくりなく眼に満つる八つ手の葉しとどに打てり四囲暗む雨

目の先は窓の硝子に当たる雨光り流るる帯弛みなし

いつの年いつの冬にか小吹雪のかかりゐき今日梅雨の笹群

出で立ちを整へ出づる外の面には雨に暗がる街の見下し

折々に光の移り埒もなき蓬《おどろ》の草に露真玉《またま》なす

みづからに水を凝《こご》らし草の葉は朝けの露の光を掲ぐ

雲居より降るにはあらず樹樹《きぎ》の葉の霧を集めていや垂る滴《しづく》

池の面の遠きに今し泛かびたる鳰も聞きけむ汀のそよぎ

暗がりのかしこの一つともし火を映し静けき閼伽坏《あかつき》の水

宵いまだ暑き瓦に跡しるく通りの雨の今か過ぎたる

旗雲を透り来る日はやはらかに虎杖の葉に小笹に及ぶ

些かの奢りもあらぬ朝飯に尾をしきり振る老い長き犬

如何許り如何許りかとリハビリの脚をめぐらす道の辺を過ぐ

知らぬ間にうたびと一人逝きたりと暑中見舞の文の端に知る

新しき白緒の草履並べあり風を涼しむ広き三和土《たたき》に

夜の野丘に

徐ろに夜の深みゆく野丘《のづかさ》にひそまりたらむ椋鳥《むく》のひと群

秋草の名もなきものに目は及び風の日暮れを翳りの兆す

直向きに刈れる芝生に蘇り露きらきらし今朝の雑草《あらくさ》

幼《いとけな》く道のほとりに見しままを雨受けて咲く露草二三

人知れず葉蔭に実りつや立つと石榴を仰ぐ朝の歩みに

健やけき身に軽々と庭の段越《きだ》えにけるもの逝きて声なし

汗あえて辛くも凌ぎ得しものを夏果ててなほ目覚めの懈《たゆ》き

退職《リタイア》ののちと覚しきいくたりか日ごと御堂《みだう》に来て掌《て》を合はす

図《はか》らざる風はまともに顔を吹く地上に出でむ夜の踊り場に

明け烏ならぬ夜烏夜半烏憚りもなし喚《をめ》く破《や》れ声

あきぐさの花野なりしを引きたがへ宅地整備のダンプの埃

力なく梅雨注ぐ日をうたびとの葬《はふ》りへ急ぐ改札を出づ

三言ほど言葉交はせる亡き影の昨夜《よべ》蘇るうつしごころに

おのづから秋の乾きのくまもなく肌へは憩ふ起き臥しの間に

朝夕の暑き舗道を往き来していそしみたりし蟻も途絶えぬ

荷の紐をほどく手許をそれながら今朝の寒きに言葉の通ふ

曼珠沙華過ぎて間もなき黒土に山茶花散るは何をか急ぐ

くれなゐのつやめく珠実さしかざし朝の光に立つ花水木

海近きキャンパスの朝翳りなく百舌の激しきいくたびの声

草むらの中に困ぜし蘇る頑是なき日のかのゐのこづち

仄明けの光を胸にうずくまる門のかたへの石の狛犬

ゆふぐれの迫れる庭に声聞こゆ遠《をち》の椋鳥近《こち》の雀子

踏みしだく桜もみぢに紅の火襷《ひだすき》走る暗きひとすぢ

徐ろに冬にい向ふ庭の面をもとほる脚に日暮れのひかり

蓬《ほほ》けたる芒をとどめ冬近し入江を囲む丘の連なり

もの言はぬ空気の如き軽さもておし留まれり空蟬ひとつ

還り来ぬ在りのすさびを幻に眼の覚め易し秋の暁

ターミナル近き電車に一人なり浅き夢見の仮睡《まどろみ》解きて

雨音の微かなれども耳に立つ黄泉のいましの言問へるかと

草群はいぶせき迄にうら枯れて分けゆく脚に土に音立つ

暮れ惑ふ歩みにあらず老い人は手向けの花をしかと携ふ

風乾く朝の苑にレプリカの埴輪の馬の直き眼差し

置賜の籠る訛りにつつましく洋梨《ラフランス》ひと箱送りしを言ふ

天明の遠き昔の刃傷の言ふべきならぬ過去帳の文字

衰亡の兆しひそかに憂ひつつ国旗をぞ立つ秋吹く風に

声ひそめ車内に言へる私語《ささめごと》停車せる間を近く耳立つ

沈黙を戒律として墨守せるトラピスト修道士折々想ふ

しらはな戦ぎ

あたたかき湯気立つ飯《いひ》は仏前に輝き放つ真白き供へ

おはします神のみ前に畏みて切りゆく紙の幣《しで》のひらめき

浄まれる心のままにふり仰ぐ秋の真澄をよぎる浮き雲

かがやきを遠く延べたる海境《うなさか》のしろがね杳《はる》か空に紛らふ

健やけきいづこの牛の給はりか乳の純白《ましろ》をひといきに今

秋浅く咲けるしらはな戦《そよ》ぎつつ広き牧ゆく雲とその影

つつましく遍路の鈴の響かふは白装束に杖を携ふ

かんばせの品高きをも忘れめや陛下の愛馬たりし白雪

磐が根の遠く眩しき雪山《せっせん》を夢にいくたび伏し拝みたる

除雪マシン

雪の来る予報を前に静もりて水は飲まるる猫の舌もて

稜《かど》々の鋭き刻み彫《ゑ》られたる梵字に石に夕ぐれの影
提げて来しとりとめもなきポリ袋音させやまぬ白髪《しらかみ》の姥《うば》
降りしきる朝よりの雪廂間《ひあはひ》に思ひ設けぬ累積《かさね》みゆく
カナダ製除雪マシンを働かせ冷ゆる参道一人掻きゆく
謀らひか何ぞの如く明滅しコンコース遠く謎もつ明かり
押し迫る歳晩の日々夕映えを寒き水面に繰り返しつつ
積む雪に淡々《あはあは》として梔子《くちなし》の啄まれたる名残の滲む
いちはやき紅梅の花散り零れ雲あたたかにゆくてに浮かぶ
蕗の薹七つ八つほど摘み得たり雪解《ゆきげ》のあとの庭の湿《しめ》りに
病み深く身の震ふ犬かき抱《いだ》き入院さすとい行くセダンに

如月の夕べの光遍ねきに鶸はほろろの声軽く飛ぶ

高々と梢広がる欅木も春を待つらむ芽立ち微けし

マンションの高きに餌のあるらしく鵯呼び交はす水飲むも見ゆ

ひと月を越えて消残《け》り蹲る雪のなごりは土をまとひて

殺《あや》めたる童男《をぐな》の血汁飲みしとふ酒鬼薔薇の酸鼻読む夜の静寂《しじま》

ガンジス

遙けくも来たれる朝の晴れわたり水蕩々と展くガンジス

あくがれて遠く来たれる身の震へ心の顫《ふる》ふ聖ガンジスに

あかつきの光帯びたるガンジスの水はいざなふ尊き岸に

あけぼのの光見よとぞ身に迫る果てなき恒河《ごうが》空を映して

しののめの光透れるガンガーの水ゆく際《きは》を諸手にぞ受く

ふなべりを張り移るガンガーの会ひ難き水平らかに澄む

音もなく寄するガンガー天つ日の色あたたかき荘厳《しやうごん》湛ふ

ひたすらに祈り籠もれる行者《ぎやうじや》らが浴みこぼす水混沌の暁《あけ》

劫初《ごふしよ》より尽《つ》きぬ水嵩《みかさ》にガンジスは滔々とゆく曠野の果てに

死せる豚腐《くた》し混《ひたた》け漂ふも輪廻に霞み流れかゆかむ

施すな無視せよと言ふ目の前の癩の老婆の物乞へるにも

せむ術もあらぬ躄《ゐざり》の躙《にじ》り寄る低き呻きに銭を乞ひつつ

襤褸《らんる》臭ひ芥漁《あくたあさ》りて蹲《うずくま》る不可触の賤ベナレスの昏

街をゆき村に漂ふ限りなき跣足《はだし》の民は見むに見難し

大いなる涅槃の堂を包みくる乾季の土に蕭々の雨

休まらぬ心　困憊《こんぱい》の四肢五体　ネパールへ夜の国境《くにざかひ》越ゆ

空の窮みを

空耳にわれ呼ぶ声の還り来るみ冬づきたる奥津城どころ

聞き覚え見覚え残る幾たりを胸にもとほる寒き塚原

梔子の莢実《さやみ》日に増す彩りに鶫は待つらむその熟るるころ

走り来る犬の幾匹燥ぎつつ我に近づく夜のテレビに

をやみなく吹き頻《し》く風は廃線の土手に花咲く葛を甚振《いたぶ》る

つかの間の晴れに閃《ひらめ》く黄揚羽を庭の遠きに見て掃き始む

夕暮れの空の窮みをふた分けに航路遙けし繊き輝き

石南花の花に一途の蜂いくつ羽音折々立て移りゆく

粛々と青竹群に雨注ぐうたびと逝くと聞ける真昼間

宵暗き庭の蝙蝠この儂《わし》に然《さ》まで迫るな扉《と》を閉《さ》しにゆく

歩みゆくわれの眼の移るゆゑ美形凡形みな見果《おほ》せず

丈高き植木梯子を確かにと念込めて据う年嵩の腕

過ぎて行く列車の響き重く立ち無言電話は忽ち切れぬ

むし暑き宵の歩みに黄の冴えて未央柳の雄蕊の繊き

程々に菠薐草の浸し物一人作りて昼餉を始む

堪《こら》へゐよ腰低くせよ咎るむな盛者必衰《じやうしやひつすい》盛者必衰

金属の足場をくづし積む響き我が建つビルは胸を弾《はづ》ます

指先にまとめ捨てたる消しゴムの屑細《ささ》やかに散る犬走り

わが一《ひと》世《よ》余る程にも下衣いつ揃へにし先立てるもの

宴張る若きをのこをよそ人に冷えしビールを喉にくだす

水子地蔵移しし所明るきを躊躇へるにか参詣客減る

寂々《せきせき》と今年の蟬の鳴きいづる昼の曇りの黐の木群に

只管に働き成しし身代をくらはるるとぞ耄《ほう》けたる媼《うば》

木々の間をくだりにかかる雨上がり光湛ふる水跨ぎゆく

明日もまた暑くなるべし夕雲の淡き紅いまだも暮れず

今生の命絶たれし幾人の名に線を引き死を記すにか

際立てる黄色《わうじき》の縞眼に残し蜥蜴は消えて暑く曇れり

些かの風もなき儘夜となりぬ梔子の花香を流しつつ

輝かに明かり漲る石南花に蜂はいそしみ羽音の響く

黙禱のしじまを解きて微かなる息吹を伝ふ歌のともがら

穂のあかり

子のちから親の葉群をおし分くるおのづからなる譲葉の季《とき》

子に譲るゆゑにぞ名づく譲葉といへどいつかな古り葉は散らず

自らも去年は親葉をおし退《の》くる若葉なりしを今か散りどき

虫に朽ち色も褪せたる譲葉が命冥加をいまだも保つ

留めむに甚《いた》も術なき譲葉のいのち継ぎゆく永遠《とは》を想はむ

歳長く枝葉延ばせるみづからを売子《えご》は木下に影深く置く

汗あえて作務を果たしし身は憩ふ風くぐりゆく売子の木の下

未だきより力漲る蛁蟟《みんみん》ら槻の秀枝《ほつえ》の風払ふなか

雨あがり蕗のまろ葉のひと群に見過ごし難き朽葉の二三

ふき出づる総身の汗もものかはと葉蜱《はだに》防がむ噴霧器を押す

そのかみの攀ぢて墜ちたる得手いづこ幹拗ねまさり立つ猿滑

身ひとつを労り潜む竈馬夏のおどろの奥に黙せる

回りかね掃かぬ木下に石楠花の散り葉はまみれ土に近づく

明け方のありなしの風この丘に花つつましくそよぐ山萩

ひと夏の暑さを凌ぎかねたらむ黄の幾ひらを散らす桜木

身を軽く風にまかせの幾里ほど山降りて来し秋茜らか

小止みなき雨に俯向きゐしものを晴れて薄はその穂のあかり

ささやけき重さならむを傾けて薄は土に影淡く置く

痛ましき木の切り株の五十ほど墓標《はかじるし》なす月かげの下

尾を振りて擦り寄る力加減せよ汝が犬めしの飯《いひ》がこぼるる

朝々の歩み定めてみづからの足を励ます扉を閉《さ》して出づ

つくばひに湛へひそけき水鏡天のまほらの雲泛かべ澄む

横笛《やうでう》をかひなに構へ雅男《みやびを》は唇《くち》を舐《ねぶ》れり舌ひらめかせ

冬青の茂り

透きとほる蟬の羽衣ひたすらに引きゆきて蟻は餐となししや

力なき冬青《そよご》の茂り道の辺に常磐を保ちわれも秋待つ

見めぐらす秋の河口《かこう》は満ち潮の水泡《みなは》伴《ともな》ひうち寄す光

憚りもなく泣きとよむをみなごも声静まりぬ収骨堂に

有明の月の傍《かたへ》にオリオンの煌《きら》らに架かり澄みわたる風

誰もゐぬ暁《あけ》の速歩の身を軽く音かすかなる街川に添ふ

身一つを鍛へん歩み朝明けを声なく孤り野に行き向かふ

忽ちに色移りゆく東雲と足急ぎつつまなこは憩ふ

あまたたび人の通れる堅土はおもての光り夜の闇のなか

耳に立つ隣の席の忍び声発車を待ちて冷ゆる始発に

顧みるいとまなければ大根は皺ばみてゆく頂ける儘

灯のもとのグラスの水に微かなる光乱して夜の地震《なゐ》過ぎぬ

まろばせし桂の枯葉先立てる葉に突き被せ風のいたぶる

乗りかけて子供の去りし鞦韆の余力微かに風の揺すれる

寝《い》ぬる前少し想へり幾日を笑ふことなく過ぎゆくにかと

朝々に寂びわたりゆく欅木を遠見に憩ふ目見も冷えつつ

隣れる男に

図らざる跳びの紛ひのこほろぎの盥の水に浸《つ》きてすべなき

やはらかき犬の鼻づら夜の闇に舌加へつつ湿りを伝ふ

ガンジスに浮き流れゐしなきがらの豚も転生《てんしやう》果たししころか

寂しまずこの我を見よもみぢ葉の散り果てにける丘の桜樹

影深き幹にも冷えの徹れると怺へ立つにか老い積むさくら

風のなき日の暮れ方を桜木は小腰屈まり翁さびたる

ゆゑ知らぬ涙の出づるみづからを叱りつつ行く北吹く風に

一人摂《と》るミルクに心ほぐれゆく電子レンジが温めしミルク

人の来ぬ朝の光のおくつきに白鶺鴒《はくせきれい》の羽の閃き

コンサート明日に迫れる笙の音の息長々と子は庫裏に継ぐ

光の輪頰に伴ふレンズもて見難きものを仰ぐ老いびと

芒《のぎ》ものの滅び尽くして冬の野は没《い》り日の頃を遠き人かげ

かしましく空よりくだり椋の群れ冬　篁《ふゆたかむら》に身をひそめたり

言ひたきを胸に怺《こら》へてをのこ子《ご》の悪戯やめぬ見つつ番待つ

心して歩む段差に片時《かたとき》もまなこ離さず白足袋の足

剪り残し年を越えたるさるすべり寒の日向にひとり整ふ

虎杖のいまだ落ちざる実なるべし望遠レンズの中に震ふは

めぐらせる縄目整ひ根回しの根巻き捗り槻は傾く

鉈をもて楢を櫟を焚木にと樵《こ》りにしものを遠き冬の日

炙《あぶ》りもの何か食ひつつ工事場は午後の日陰の焚き火に憩ふ

手心を加へ揺さぶり抜きにしが杭は思はぬ泥土をまとふ

粗塗りの壁乾きゆく冬日向多摩の秩父の嶺を遠見に

残りなく冠毛風に飛ばしたる麒麟草寒き土にさらぼふ

まをとめは匂ふばかりに微笑めりわれに隣れる男に向きて

天上は如月の蒼《あを》茫茫と遠き黄沙のいまだ至らず

虔しく老いの己を顧みて振舞ひにしや自らに問ふ

思はざる徴《しるし》は文字に表れて血の乏しとぞ医師の見立てに

まろばせし口中の飴おのづから唾をいざなふ酸味を持てり

相つぎて告げくる訃音《ふいん》鮮しく老いをし倦まむ暇与へず

膨らみの微か明るみ庭の上に蕗の薹萌ゆ十四五が程

音のなき寒の暁起き出でて御堂へ行かむあかりをともす

温もりのいまだも淡き昼過ぎを紅保つ梅の下枝

風寒き庭に影して巨いなる榧《かや》は屹《そばだ》つ葉群のみどり

快く手入れ済みたる赤松の幹なめらかに春浅き風

春いまだ至らぬ風になよ竹は萌黄の戦ぎ乱るる許り

好ましきものの如くに新聞が葬式無用論また掲げたり

コンビニに求め来たれる赤飯をあたため少し心ほぐれぬ

衰ふる国の行方を正目《まさめ》にも見届け終へず間なく死は来む

病づき帰国し来たる身を臥せて陀羅尼を唱ふ寒き小床に

桐の花群

澄み透る声繰り返し四十雀槻の梢を離れむとせず

飽きもせず同じ声にて七平《しちぺえ》と呼ぶ四十雀《しじふから》庭の高きに

高砂の尉《じよう》ならぬ手に熊手あり鶸の声音に耳澄ましつつ

にひ緑よみがへりたる槻の木の梢に鶸の声しきり延ぶ

明け方に藪発ちゆける椋鳥ら如何にしてゐむ氷雨の昼を

あらかたはつつき尽くして皮のみの林檎を残し椋鳥はゐず

枝にありぎこちなき身のこなしして微けきものを椋は放ちぬ

幾千の花濡れそぼつ重くれに枝撓め立つ八重の老桜

朝明けの庭のひかりにともに立つ開き初めたる牡丹花の前

くれなゐの蕾ほどきて芍薬はかがやき咲《ゑ》まふわづかに寒し

リビングの硝子戸に透き石南花は光り立ちたり朝の晴れ間に

当たらるる剃刀の音遠のくを知りつついつかまどろみに落つ

仰ぎゆく雨のやみ間の道すがら紫高し桐の花群

夏帽に替へて出で来しあかつきの速歩は響き脚を励ます

春紫苑白花《しらはな》かざす土手に沿ひ二粁も来しか歩度を緩めむ

人の詠むカサブランカを何ぞとも街の花屋に寄りて問ひたり

つひに行く

流るるは硝子に当たりいとどしき霧の凝りの朝の滴り

穫りごろの隠元胡瓜畑にあり朝の速歩の目にとどめゆく

犬の舌微かに水を舐る音軒の先には明けの来てゐむ

「つひに行く」業平の歌低く言ひコーディネーター葬儀を始む

枝も葉も見えぬまで花夥し如露の注ぎにきらめく皐月

気遣ひは言葉に籠もり年輩の方などと言ふ吐胸《とむね》に閊《つか》ふ

ひたすらに苑に古りたる石の面《おも》肝斑《しみ》か黴にか著《しる》けき濁り

遠からぬ命の終り掠めつつ書物求めむ思ひの迷ふ

遠き世の山下水の清さもて丘の下水をゆく水の音

みづからの脚を嘴《はし》もて啄むは痒きを掻くか枝の鸚鵡《あうむ》ら

列なして菓子か何かを買ふらしき暇ある者は幸せならぬ

耳遠く微かなれどもなり来しか聞き返すことの多くなりたる

蔓延れる鼠麹唯伐り詰めて昼にも近し蒸し暑き庭

雨の夜の盆の迎へ火明々《あかあか》と妻よ早よ来よ歩み確かに

秋草の淡き灯籠点《つ》けしのみ盆のみ霊《たま》の妻に詫びつつ

眼伏せかうべ垂れたる六体の地蔵に注ぐ盆の夜の雨

土を這ひ行方定めぬ滑莧《すべりひゆ》引き抜く指に茎折れ易し

踏まるるをものともせずと車前草《おほばこ》は道の辺の葉に力こもれり

穂に出づる前を鋭く茎立てて芒は暑き日々凌ぎゆく

折り合ひのつきて光のやはらぐと雲に透きたる八月の真日

稚《いとけ》なき虫のすだきの夜の闇に木々吹く風のをやみもあらず

たぐひなき微笑み湛へ臥しましアジャンター彼の永遠《とは》のみ仏

沼の辺の微風に羽根をそよがせてあきつは二つ繊き輝き

盆の間を薄らに青く灯籠の辺にたゆたひて早も去《い》にしか

大運河

目見《まみ》双つ眩《くら》めく迄に巡りゆく北イタリアの旅の八月

速やかに過ぐる時の間惜しみつつ仰ぐミラノの夜の聖堂

アルノ河水の豊けき橋の上に夢見ごころのフィレンツェの朝

水展《ひら》け光溢るるヴェネツィアに夏の終りの風乾き寄す

サンタルチア駅にも近き夜の宿に一人湯浴みの響きを控ふ

暑き日をアドリア海の沖に向き宮殿はゴシックの細かき光

八月の光まばゆき水の面にシルエット濃く美《は》しきゴンドラ

大運河《カナルグランデ》水けざやかに揺らめくを船に分けゆく晴れわたる朝

遠く遠く命一つを運び来て今ダ・ヴィンチにその絵にぞ寄る

無為の昼

老い深き犬は伏せたる土の上に眠りを堪ふ目をしばたたく

六月の近づくころを夜の寒さ暗く覆へる谷地の隅々

墓の辺の土の湿りに振り零す草を枯らさむ真白き顆粒

整へる畑の広きに甘藍《かんらん》は露光りつつ芯《しん》巻き始む

泰平に倦みて久しき無為の昼鶸に鶸に微か耳寄す

身につかぬ煙草忙々《せかせか》ふかしつつ品高からぬをみなごふたり

売子《えご》の木の花の散り敷く十日程風の通ふに土燥ぎゆく

饑《ひだる》きは猫よ汝もか　すべもなし正午に近く作務果たし来て

チャイム鳴り時刻みゆく身を運ぶ院生一人待てる講義へ

木槿の散るを

覚め易き眠りを惜しみ短夜の暑き臥所《ふしど》の闇に自伏《ころふ》す

待ちてゐし盆も忽ち打ち過ぎぬ木槿《むくげ》の散るを日々土に見て

湯上がりの体冷《さ》まして端近《はしぢか》に団扇を使ふ亡き汝《なれ》の如

稀々に近づき来たる蚊のひとつ耳をかしらを唯苛立たす

長雨の湿りに幹のか黒きを陽の斑はなぶる年古り桜

みづからの裡に含める鉄分の錆あらはれてみかげ古るとふ

芝草の上にむくろを軽々と髪切虫は朝露のなか

金阜山人展

浅からぬ心を寄せて訪ね来し荷風展なり横浜の丘

夕近き文学館はひそやかに荷風山人《さんじん》を示すくさぐさ

その小さき新書が程に目を見張る断腸亭日乗《だんちやうていにちじよう》和綴ぢの細字

かのものの壮者凌ぐと書かれしもこの日乗と目を凝らし読む

秋海棠即ち別名断腸花金阜《きんぷ》山人の愛《を》しまれしなり

偏奇館《へんきくわん》の書斎名づけて葷斎《くんさい》と知りしも嬉し来し甲斐のあり

常々《つねづね》に携へられし洋傘の破れほつれの茫と置かるる

四月廿九日祭日陰とのみ命の際《きは》の簡朴の文字

インドの窓

アラビア海に浮く雲幾つ悠悠と入江も船も見下ろしの朝

インド・サラセン様式贅を凝らしたる鎧戸開く海に向かひて

カーテンを膨らませつつ風の入《い》るボンベイ晴れて清しき光

泥の如家畜のごとき幾千のスラムよブラインド上げし目な先

安らかに釈迦は微笑み臥《ふ》し給ふ窓より差せる仄か明かりに

ハンセンに心の窓の奪はれしものも横たへ死を待つ家か

ヒマラヤの白皚々の刻々とコックピットに移る絶巓《ぜってん》

寄り合ふ昴

手に馴染む剪定鋏研ぎ上げて陽ざしの中に仕事を始む

けぢめなくいつか去りたるいとどしき今年の暑さ幾人《たり》も言ふ

折りふしを励む倅の厨ごと簡単にせよ老ゆるわれには

思はずも水は溢れて花舗の前きらめく迄に空映したり

逆さまに行かぬ年月逃れ得ぬ老いを歎けり光源氏は

自らを恃みいささか物言へる越の山姥胸にまだあり

遠く嫁ぎ三十六にて逝くさだめ誰《た》が思ひみしあはれ教へ子

かたはらに長く添ひたるものはなし心も細く冬に入るころ

秋の果て冬の至れる裏山に鵙《もず》の鋭声《とごゑ》の還る時あり

温かき玉露を注ぐ冬の朝諸尊に供ふ金《かね》の仏器に

胸深く香ぐはしきもの通ひ来るニュースを待ちて一年暮れぬ

汗あえて夏を旅せしヴェネツィアに氷点の日の訪れしとふ

懐手してくれなゐの極まれる残り紅葉の明け暗《ぐ》れの下

散り残る茶の白花《しらはな》の垣巡り農を継ぎゆく素封《そほう》の構へ

屋久杉の繊き木目の天井の渦をし仰ぐ千年の渦

ひとり来て櫟林《くぬぎばやし》の上《へ》に仰ぐ寒の昴《すばる》の寄り合ふひかり

天来の雪の兆《きざ》しの真白なる鳥の羽毛か地に届きたる

Ⅱ

フォントを太く

年越えて辛くも保つもみぢ葉に残んの紅の微かに湛ふ
いささかの寒のゆるびに立ちこむる霧の朝に身のほぐれゆく
風来れば風にか遊ぶ冬の枝老いて気ままに古りゆく柳
身に響きいまだも抜けぬ風邪をしも臥して咳く重き咳き
やみがたき情《じやう》の発《おこ》ると声あげて成人《アダルト》の猫暁をもとほる
斜めにし雪の降れれば乾《いぬゐ》より圧しくる風のありと知らるる
秋のころ明け方に見しオリオンの冴え冴えかかる寒の夜空に
あくまでも粒の小さき宰相が力なくまた何をか言へり
みほとけのお下がりをもて拵へし夕飯ぞ猫奴拝み味はへ

曲のなき総理答弁聞ける間に猫は忽ち飯食ひ終へぬ
雪雲の先端風に奔らせて近づく寒気ビルの上に見ゆ
光りつつ自転車の輪の遠ざかる風に逆らひ凝らす眼に
輝きて墓の真上に白花を枝垂れの梅のさしかざしたる
皹《ひび》を持つ拇指《ぼし》の痛みの安からず乗換へ近き夜の電車に
目にとむる程にてもなき雲は過ぎ蕗の薹また陽を浴び始む
エンゼルの微笑み湛へ幼子は心をとらふホームページに
自画自賛自足自己愛自己顕示大和歌には稀なりにしを
亀の死を嘆く子供に言ひしとぞ一万年目が昨日なりしと
神棚の榊を替ふる十五日昨日と過ぎぬ夜床に想ふ

ふるさとへ回る六部の如くにも在処を胸に霙降る夜半

致し方最早なき迄生ひ立てり蕗の薹明日は庭に払はむ

老耄にならざるうちと言ひたりしその魂魄か風少し出づ

甲斐駒の北岳の雪に輝くを春待つ夜の夢に眩しむ

類《たぐひ》なき茂吉が大人《うし》の仏性《ぶつしやう》を継ぎし歌びといづこにかある

身に迫り寒さに徹《とほ》る朗々の二月堂声明夜を籠めてゆく　東大寺

際高き華厳の堂に継がれゆく悔過《けくわ》の修二会《しゆにゑ》の夜籠りの冷ゆ

風荒るる夕べの水に浮き添ひて北に帰らむ時待つ鴨か

バロックを低く流して火葬待つ特賓室に二月のひかり

冥界《めいかい》の遙けき領域《エリア》幻にインターネット今日か立ち上ぐ

指に応へ眼に応ふカーソルに字体《フォント》を太く歌紡《つむ》ぎゆく

独り身を長く守りて来し犬の姥となりたる身をすり寄する

阿波の遍路の

斯くしつつ今年も春の移りゆく吉野の花を唯夢に見て

独り居に「今春《こんしゅん》見ス見ス又過グ」と詩句の想ひのよぎる黄昏《くわうこん》

枝撓め雨を重荷に咲き堪《こら》ふ心がかりの年かさ桜

やはらかに月の光をおぼめかす老いし桜の淡きくれなゐ

喜びの淡しといへど書きとめむ燕初見を今日の日記に

去りがたき想ひもあらむ土に散り塵に塗《まみ》るる木瓜の白はな

槻の木を今日かりそめの憩ひ場に来しかと思ふもろ鳥の声

夜をこめて春の月かげ浴びてゐむ阿波の遍路のかの墓石ら

継ぎ出せるアルミの梯子高々とその先端へ竦《すく》みつつ攀《よ》づ

怪我すなと己戒めチェーンソーの唸り響かす蒸し暑き庭

大鋸屑《おがくづ》にまみれて何か心足る風吹く中に枝おろしつつ

幹の芯半ば洞なし病み深し伐り横たへし勢《せい》なき檜

虫歯なく入れ歯もあらぬ道理にて日に五度は歯刷子を持つ

憤《いきどほ》り半ば哀しみ身に深し少年殺人の報今朝もまた

昨夜《よべ》の雨雷の響きも浴みつらむ幾千輪の野の姫女菀

ひとの話聞きも果《おほ》せずものを言ふ改めずこの友も老ゆべし

チャドル纏ひて

単衣より麻に移らむ頃ほひを風入るるべく吊す幾枚

張り透る越後上布《じやうふ》の夏着をも縁に吊して暫し休らふ

平絽《ひらろ》過ぎ三本絽へと深みゆく夏の法衣の畳紙《たたう》を展く

香ふふみ身を浄くして筆を持つ弔ひの諷誦記す奉書に

イスラムのチャドル纏ひてキャンパスに留学生の深き眼差し

とめどなき話の腰をいつ折らむ聞きとり難き夜の携帯を

病む母の看取り六十八年とふをみな歌びとに唯かうべ垂る

深井戸の中に何をか落としたるいとけなき日のはるけき響き

成長《ねび》勝る金髪染めに二人子の手を引きよくぞ墓参なさるる

かげ細く沙羅のふたもと寄り添へり暑さに喘ぐ犬を遠見に

先島《さきしま》の海碧く澄むＢＳをまなこに残し眼鏡を拭ふ　ＢＳ／衛星放送

草覆ふゆくての道を示しつつ岡虎尾《をかとらのを》は穂をかすか振る

垂り深く柳の木群立つところおづおづと蟬一つ鳴き出づ

オーボエの高々と鳴るＣＤをその儘に鍵掛けて外に出づ

迎へ火の名残の土を清めゆく手箒《てばうき》の音耳にとめつつ

喜びの何か待つらむ黄揚羽は竹群を越えなほも行きたる

風の道知れるあきつかユリノキの並木に添ひて軽々と過ぐ

クーラーの風に随ひ揺れやまぬ丈《たけ》九尺の淡きカーテン

空高き航跡雲は深々と水の底ひに映り延びゆく

鳴き急ぐ蟬のもろ声一天の俄に暗く雷馳する下

身の影の淡き惑はし次々と映り生《あ》れゆくビルの廊下に

寝《やす》みてもゐむと思へどEメールマウスもて打つ夜の零時ごろ

ムンバイのヒンズーの神あやかしの香木の像まだ薫り立つ

杖ひきて老いたる一人去りしのみ遠いかづちの折々響く

うち湿りいまアイロンに熨《の》されゆく琉球藍の着慣れし単衣

アドリアの光も水も蘇る業暑《ごふしよ》去らぬと瞑《つむ》るまなこに

業暑／悪因ゆえの猛暑と私に名づく

豆腐屋の喇叭に応へパブロフのけたたましもよ犬小屋の犬

遠花火眉を掠めて過ぎしのみ新幹線に脇目もふらず

朝より暑き庭面に振り零す槐の木の実の粗粒《そりふ》の蒼き

衰への著き牡丹の葉のおもて季移りゆく雷を聞きつつ

鋸をもちて氷を挽くなども絶えたるならむ久しくも見ず

リアルト橋を

澄みわたる巴里の碧落《へきらく》胸にあり船もてくぐりゆく橋の下

アレクサンドルⅢ世橋を際立たせ可惜《あたら》命を断ちたる妃はや

きらめける水に辷らせゴンドラはリアルト橋を隔てたゆたふ

波の打つ桟橋にしも光ありアドリア海の展く運河に

アルノ川越ゆるヴェッキオ橋の上に心落ちゐず汗垂る独り

ガンジスの沐浴見むとくだりゆく艀《はしけ》に渡る板の懸け橋

尼連禅河《にれんぜんが》に架かれる橋を遠くゆき躄《ゐざ》る子供の詐欺にも遭ひき

尼連禅河／インド、ガンジス川の一支流

遙かなる四国遍路の十夜ケ橋《とやばし》よろぼひ渡るわが死後のかげ

＊

焚く程もなき枝二三薄々と煙は乱れ地を低く這ふ

有明の月

砂子如《な》す斑《ふ》のくれなゐに隠元の手亡と名づく豆の幾粒《りふ》

あくがれを保ち幾とせ待つ旅かイスタンブールの写真を壁に

安らがぬ心もいつか解《ほぐ》れたり茶に漬け茄子の飛びきりが添ひ

オリンピック過ぎて忽ち深まれる今年の秋の晴れの乏しく

空渡る雁の連なり見むものとあしたの早き作務のはかどる

ぬくもりに涙の湧くと思ふまで巻繊汁の久々の椀

行き遅れ秋のゆふべの石の面に当てどのあらぬ蟻唯孤り

秋深く死後の己の夢に顕つ伊予の遍路の野を行く己

誰も来ぬ朝の光のおくつきに白鶺鴒の羽根の閃き

老いづきて幹に空《うつほ》の紛れなき桜と知りて問へる小啄木《こげら》か

せせらぎを庭にみちびく夢見つつ作務に孤りの日々深めゆく

笹鳴き

畳なはる嶺の翳りをさながらに染《し》み重なれる古き唐紙

わくら葉は筋目あらはに潤へり時雨過ぎたる桜木の下

信号を待つささやけき時の間も傘打つ氷雨滴りやまず

潭《ふち》の水淀める蒼にたまゆらの鶺鴒白く陽に映えて飛ぶ

水垢離をとるは女人か滝壺の飛沫もともに燦めく螺鈿

とり崩す垣の下より現はれし草鞋虫らよ何処を目指す
葡萄酒の瓶より抜かれ安々とコルクの栓は卓に休らふ
幾千の魂鎮まりて日暮れ待つ秋の草伏す丘のおくつき
灯に光る鍋にたゆたひ絹漉しは温もりたらむ身を揺すり初む
つや立てる木守の柿の五つほど晴れてこよなき歩廊《ホーム》に仰ぐ
朝早き翳《かげ》りのまにま笹鳴きの来たり移ろふ枯れ木山原
暮れなむとして土壁に横さまの光は薄れ冷ゆるバス停
冬草は土にか堪へて伏し靡く夜すがらを来て熄まぬ疾風《はやて》に
百年《ももとせ》の終りの果てを幸はへと歳末くじを声立てて売る　二十世紀終焉
木立にか霧にか眼導くはアクセスしたる等伯の松

朝明けの目覚めの窓にあらたまの色冴え冴えし庭の臘梅

去年の葉の枯るる保ちて花を待つ支那満作は寒き光に

竹群にひと夜過ぐしし仮枕覚めて来にしか庭の鶲ら

寒に入り幾日経ちにし梔子は啄まれまだ朱実を残す

柴垣に沿ひゆく顱頂《ろちやう》青々と座禅終へたる僧の幾たり

白鶴《しらたづ》の羽展き舞ふ札《さつ》の裏見つつし長く呼び出しを待つ

凍て果つる時化《しけ》の波間の運命《さだめ》ぞと水漬《みづ》く屍《かばね》の漁夫らを報ず

いつの間に積もれるものか自らの齢に今朝の浄き白雪《はくせつ》

膝の上に備前の壺の小振りなる包むをみなの手だれの捌《さば》き

流れ来る洗車の水にうたかたの白きが眩し歩をためらはす

老い　あらず　衰へ滲むかんばせはわれのみならず冬の灯のもと

終息の近づき来るに否も諾《う》もあらず耳立つ夜のワーグナー

あらざらむ来む世の冥《くら》き墓どころ定かには見ずつゆ定かには

花魁靴《おいらんぐつ》と名にこそ立てれ細脛を濡らしい行くは夜半の霙に

流れゆく時世《ときよ》に遠く霞みたり独語乞食《ルンペン》仏語の男妾《ジゴロ》

赤松の高き梢をとりわけの舞台に今朝も呼ぶ四十雀

唐梅の香

うなばらの明るき安房に培へる寛《ゆた》げに朱し雛罌粟《ひなげし》の花

とりどりの色温かに雛罌粟は日々花開くまろき花びら

蒼海《さうかい》の遙けき望む安房の丘あくがれ想ふ春待てる日に

ささやけき雛人形は口許のO《オー》と言ひをり何か仰ぎて

霜柱融け滲みたる黒土の潤みて匂ふ朝凪ぎの畑

頬白の声幾たびも移り来る芽ぐみ初めたる庭のそよぎに

竹箒取りに来たれる放さじと戯《そば》へ纏はる犬はこもごも

忌まはしき病《やまひ》の故に幾万の牛を羊を豚を焼くとふ

ものみなの凍れる朝玉の緒の黄を輝かし香る臘梅

身にとほる寒き庭面に朝々の歩みは憩ふ臘梅の黄に

陽に透きて黄のつや立てる花の壺枝にかざせり香《か》の仄けきも

唐梅《からうめ》とまたの名を負ふ臘梅の香りもともに世紀をぞ越ゆ

黄はむしろ鶸色《ひはいろ》なして光り立つ蕾伴ひ咲《ゑ》まふからうめ

白梅に紅梅に花先がけて夜も弛みなしからうめは香を

尉鶲閃きよぎる遠見にし歩みを反す朝の苑生に

有り難き晴れの首途のさきはひを祝はざらめや継ぎゆくものを　長男康憲婚儀

澄みわたる秋のひかりも汝《いまし》らを寿《ことほ》ぐ空ぞ仰ぎゆけかし

天山南路を

崑崙に遙か連なる銀嶺を眼路の限りに風冷ゆる空

春浅き天山南路幻に遠く玄奘のい行く人かげ

驢馬の引く貧しき車温かに日干煉瓦の崩《く》えし城址

世の果てに彷徨《さまよ》ふならね身のめぐりなべて地平ぞここは西域《さいいき》

砂漠砂漠ひたすら砂粒ひたすらに細かく風に散る鳴沙山

果ての果てタクラマカンに行き接《つ》ぐと悠遠の世に流れゆく沙《すな》

乾き尽き塩を生みゆく湖の燦々《きらきら》しクムターグ砂漠の彼方

天空を映し静まりささやけし月牙泉とはの尊き水の面《みも》

爪ほどの芽ぐみを掲げウルムチの冷ゆる朝を並み立つポプラ

葉籠もりの闇

徐ろに晴れ間の兆す雲遠く離り給へるみ魂を想ふ

ま盛りの庭のけやきの青若葉老いたる幹を包み漲る

透きとほる水の底ひに連れ立ちて魚の走れり五月のひかり

遠つ世の人の遺しし箴《いましめ》をダウンロードに移し読みゆく

夕暮れに仏飯の器洗ふ音微かに聞こゆ庫裡の奥まで

抽《ぬき》んでて杉菜は春の陽を浴ぶる箒の先の届かぬところ

庭石のいささ窪みにみどりごの無垢を思はす実生のひとつ

庭に来る紋白蝶の乏しきを晴れたるみどり見つつ寂しむ

彩りは移り移りて白々と沙羅の幾花地に落つるころ

怺へなき老いたるものは何をかを羽織り息つく梅雨の寒さに

蹐《せぐく》まる石の傍への片明かり翳り仄けく窪みを抱く

隔たりて逝き給ひたる面差しをみ恵みとして経奉る　平野宣紀主宰逝去

長く長くうたよみ給ひともし火をかかげ給ひきただ健やけく

有り難き心くばりの忘らえず朝早き折々の電話の声も　高瀬一誌氏逝去

惜しむにも余りのありとくさぐさの言の葉は来る悼む胸処《むなど》に

裡《うち》昏く梅雨の曇りを抱へたり桂のみどり葉籠もりの闇
高々と音響かせて地下街へくだるミュールの若き幾たり
退職《リタイア》の遠からぬ日日踊り場に遠く湾岸の灯を眺めつつ
かくしつつ時は光の薄るるに唯添ひに添ふ菩提樹の下
日を通し林の中に啞々として鴉は声に雛を培ふ
麦畑の明かるむ頃と思ひみむ心移ろひ雲重き日々
逆らはず風に戦げる野ぼろ菊午後の晴れ間の兆すいとまに
打付けに罷りたりしよ家犬は暑さ極まる庭の暗きに
玉の緒の尽きて果てたる土の上に今蘇る犬よ汝が声
只管に耐ふる庭木と見めぐらす熱気の去らぬ暁の四時頃

開きたる新聞の上徐ろに冷気は動きこころ鎮むる

はかなくもこの世離りて行きたりと阿部正路大人暫く想ふ

つややかに光を弾く椿の葉雨の滴もさまで残さず

温かき闇の奥処《おくか》に水神の祠のありと背戸の静けさ

荒神《くわうじん》に捧げむものと葉の清き榊を剪《はさ》む春の朝に

長き冬耐へ来し枝に溢れたり彼岸の入りをくれなゐの梅

せぐくまる鞍馬の石に縋りゐし蔦も枯れたりきれぎれの跡

纜《ともづな》の弛《たる》みを浸し夕暮のうしほは寄するまだ浅き春

拵《こしら》へを弓手《ゆんで》に押さへ身を斜《はす》に構へ姿の凜々し立雛

なりゆきの言葉のままに応へつついつの間に手は紐束ねゐし

今更に何を包まむこの齢老頭児《ロートル》梅干何れも相応ふ

捨つるなよ勿体ないは呑み込まむ言葉の多き老いは厭はる

アンダルシア

マドリード発ちて間もなき灼熱のトレド台地はタホ川の谿《たに》

雲一つとどめぬ大気灼《や》くばかりトレドの丘の片陰をゆく

けものの血混じへ使へる油彩とふグレコの冥き絵に息を呑む

いささかの乱れも見せず身を開くゴヤの裸のマハの眼差し　プラド美術館

アンダルシア灼く八月のコルドバに寺院《メスキータ》の中庭《パティオ》静けき平《たひら》

かぐはしき光収むる黄金のカテドラル天にいざなふばかり

蒼穹《さうきゆう》の紺の茫々地平にはシエラネバダの遠き山なみ

爆裂の華

空遠く三万余粁旅をせし夏のもなかの懈《たゆ》き四肢はや
滴りは光を綴り絶え間なしアルハンブラの暑き中庭《パティオ》に
セゴビアのかのトレモロを宛《さなが》らにアルハンブラは燦《きら》めく雫《しづく》
イスラムの匠《たくみ》の凝《こご》るアラベスク光も寛く壁は屹《そばだ》つ
天空の紺を透《す》き延べ水展くアルハンブラの奥の奥庭
果てしなきイベリアの丘隈もなく彩り続く橄欖《かんらん》の青
シエラモレナ雪に輝く遠見にし幾百万か開く向日葵
ジブラルタル間近き海は遠開け素肌をみなに砂の眩《まぶ》しさ
セビリアの夜を吹く風に身一つの清々《すがすが》と立つ星の真下に

秋の野のいづべを恋ふとなけれども身に添ふ夜の空気の乾く

強かに萩群がりを叩く雨硝子を隔て音をし伝ふ

覚めやすき秋の明け方徐ろに畳の上の影踏みて立つ

庫裡深く孤りの留守を守りをり電脳にしも時長く向き

人参が大根がまことやはらかし倅《せがれ》の嫁が煮て呉れしなり　電脳＝中国語にてコンピューターを指す

歩み寄り石の仏ををろがみぬ野の秋萩に水も供へて

新しき世紀の秋の紺碧に恐怖《テロル》の惨の爆裂の華　9・11同時多発テロ

虚像《バーチャル》にあらぬ実況《ライブ》が戦《をのの》かす思惟超えて遠きかのペンタゴン

初瀬玄冬《はつせげんとう》

こもりくの初瀬のみ寺冷えまさり遠世の光放つ星々

永劫《やうごふ》の闇を鎮めてこの冬も斧鉞《ふゑつ》を聞かず小泊瀬《をはつせ》の山

室町の遠き夜ごろをその儘に息吹も淡し長谷の往還

何も足さず何も削《そ》ぎ得ぬなりゆきに門前町は寂寂《さびさび》と冬

参道に湯気温かく吹き上げて饅頭は冬のまなこに親し

風あれば風のひびきに風なくば寄するしじまに耳聡《さと》く立つ

*

地に敷ける雪の広きを喜びて横臥す影か沙羅のふたもと

時至り咲《ゑ》まふべき花幻に水木の幹の影細く立つ

緋襷の備前の炎さながらに桜もみぢに走るくれなゐ

桜もみぢ三ひらがほどの朱《あけ》をもてあかりのもとの卓を飾れる

折からの日暮れに松は抽んでて紅葉の浅く兆す里山

せはしさに揉まれふためく日の果ててTVに仰ぐ富士の新雪

北寄りの朝のはやてをひとかたにうち靡け葉の騒立つ柳

北満に死して帰らぬかの兄の黄泉も間なくし冬づく頃か

かりそめの夢の夜明けの上空を連なり高く渡るかりがね

散り際に韓紅《からくれなゐ》のみづからを顧みしけむ桜もみぢば

草なべて尽れたる野は二粁程遠見に展けかぎろひのなし

ビン・ラディンに氏のつく不思議解けぬ儘禍禍《まがまが》しくも年暮れむとす

み墓べは花新しく供へられ葬りの済みしのちの静けさ

徐ろに水の面を移る鴛鴦《をし》二つ離宮の池の碧《あを》き分けつつ

桂

紅の深き紅葉を残したる離宮を暗め時雨の過ぎぬ

道細く暗き横川《よかは》へ消えてあり回峰行者辿る跡とふ　叡山

声高にいくさのことを姫御子を論じゐるわれも友も老いたり

熟睡の孫

年越えていまだ輝く萱の穂の力失せたる白きひとむら

雀子の脚の真下に凋びたるこその枯葉を目に想ひ寝む

頸細き一輪挿しに直ぐ立てり花きはやかに黄のフリージア

冬構へ怠りあらぬ薪を積み遠き戦後の村に在り経し

見の限り土均らされし苑広く芽吹き待つらむ万の球根

ひとはひと言挙げはせじしかすがに歌を離れていづべに遊ぶ

安らぎは冬の日ざしの翳りなき操車場《ヤード》より来て音を伴ふ

吹き過ぐる風に水皺《みしわ》の応へつつ春待つ遠き沼のあるべし

寒さややゆるびし庭の土湿り枝垂桜の下にほぐるる

風のなき今朝の光に見めぐらす庭面を低く飛ぶ尉鶲

フィラリアと見立て受けたる犬の息喘ぎ荒きを壁隔て聞く

んんんんと言葉少しく濁したり病むを問はれし人は端居に

きさらぎの土手に枯れ立ち高高と泡立草の暗く連なる

七十のわれが聞きとめミーシャだね唯それのみに人は愕く

ＸＪＡＰＡＮサザンモー娘《むす》あゆキロロＪポップなぞも捨て難きかな

日に干せる座蒲団にしも眠る猫ドリカム耳にわれも安らぐ

ストレッチャーに

とき長く移ろひゆくを病棟の身ひとつに待つ冬のあかつき
若からぬ身に受けとめむみづからのなかば招ける死に近き淵
身に深く負ひたる傷をひたすらに子規居士に似てただ臥しに臥す
いまだしも死なしめ難きこの身ぞと弘法大師救ひ賜ひき
あらたまの碧澄む空を眼裏《まなうら》に立ち居のならぬ身を反側す
何しかも生き残り得しこの四肢ぞストレッチャーに鶇呼ぶを聞く
今はただ人やりならず想ひ見む一生《ひとよ》のなごりつひの夕星《ゆふづつ》
生くる身の証しぞと聞く泉水のせせらぎ細くゆまりゆく音
日を加へ癒えゆく望み身をひたし明けて暮れゆくこの窓の外

かぐはしく咲き出でたらむ庭のべの素心蠟梅想ふはるかに
睦む声駄々こねる声薄明に聞くすべもなし犬は死せれば
潜り戸の出入りのたびに呼ばはりし声今はなしフィラリアに死し
歯の検査させてみよなどその口を開け睦みたる犬なりにしが
亡くなれる犬の俤《おもかげ》ありありと水木の咲ける夜の庭に出づ
鮮しき黄の花ひらき連翹は枝差し交はす彼岸も近し
麦の穂は芒直ぐ立てて青々しカットグラスの光る華瓶《けびやう》に
人よりも木草がよろし空がよし別の己の内なる声す
寒さやや緩むのなりと臥せる身に絃音重し夜のバルトーク
みどりごはまなこ安らに何をかを言はむとすなりゆりかごの中　内孫誕生

平らかに雨の一日《ひとひ》を明るますかひなに抱く小さきみどりご

みどりごは瞼重げにゐたりしが睫毛を伏せて間なく眠れり

慰めはかひなに抱くみどりごの温もり持てる肌より来る

徐ろに風吹く春の朝まだき赤子のあぐる声ささやけし

桜木にあまねき花の匂ふ日を夢紡ぎつつ眠る孫《うまご》か

先立ちてゆきたる妻も見てあらむ熟寝《うまゐ》の孫のまろきこの頬

ほのくれなゐの

豊かなる水ほとばしりきらかに春過ぎゆくを何か嘆かむ

幾巻きか指に覚えの螺子《ねぢ》締まり夜の裏木戸に身をひるがへす

石南花は丈余の一樹《ひとき》輝けりくれなゐ走る白き花々

掌にまろばせゐたる伽羅《きやら》の数珠お召しの声に捌き蹲《つくば》ふ

ほどもなく果つべきものを只管に荒び騒立つ馬蠅ひとつ

ひそやかに語る電話に犇々と修道院のしじま籠もれる

サラマンカ修道院の遙けきに言葉抑ふる旅の汝が声

長男欧州へ声明公演

木隠《こがく》れの静けき昼を何がさて宅配便は高々と呼ぶ

ゆふぐれの草生過ぎつつ目に仰ぐ定かならざるゆすり蚊の群

いのちなきものおもむろに運ばるる嗚咽幾つか伴ふひつぎ

日を重ね諷誦を読みつつ息細る無常不定《ふぢやう》の梅雨注ぐころ

老いゆくは売子《えご》のみならず夕暮の湿れる土を徐ろに踏む

風のなき梅雨の曇りに蕺草《どくだみ》は十字を開く四ひら白花

丈長き幅《ふく》に自在の字の奔る酔余か渠《かれ》の暢達の筆

古稀の耳聞くすべもなき音域を計器は示す嘆かざらめや

梅雨深む夜々の庭面《にはも》に空耳と紛ふ幽けき地虫の韻《ひび》き

遠き世の拈華《ねんげ》微笑《みせう》を現《うつつ》にしほのくれなゐの蓮の初花

新しき共同制作《コラボレーション》涼やかにＣＤは響《な》る朝の書斎に

樹々の間の七月十七日の朝ことしの蟬の低く鳴き出づ

明け方のけやきの老樹のぼりゆく蟻の孤独を少しく想ふ

「靖国の夏」近づくと南溟《なんめい》の積乱雲の遠き輝き

山頭火の名のみなもとの納音《なつちん》は井泉水も然《さ》なりとぞ知る

納音／干支を五行に配当した陰陽道の運命判断

打ちつけし燐寸《マッチ》はあなや卓上に折れて忽ち火を発したり

囲《めぐ》りみな大理石もて広々と竣《な》れる焼場に来て落着かず

汗あえて盆の提灯しまふなりはかなきことを一人黙して

蓮の葉のまろきそよぎに光りつつ露の真玉の揺れ定まらず

母そはか妻のかいづれ草むらにみたまの秋の虫すだき初む

みづからに執《しふ》し生くるを肯《うべな》はず世尊は逝けり八十にして

ふたおやと姉と四たりに青蚊帳の清しき夜々のありき遙かに

ナイフもて削れるままに鉛筆が稜《かど》もて分かつ濃き淡き影

昼も夜もあらず遙けき天空に直《ただ》に向かひて立つ墓はみな

この宵の忝《かたじけな》きは秋茄子の煮も揚げもあり妻にも供ふ

敗　荷

ひと夜さの嵐は過ぎて篁《たかむら》を名残の風に秋は来向かふ

衰へのまぎれもあらぬ敗荷《やれはす》は水の文へに朽葉を掲ぐ

ひと夏を保てるいのち水の上に茎うねり立つ蓮葉《はすは》の傾《かし》ぎ

ささやけき水辺に生ひて風を受く彩り褪むる蓮の今年葉

音ひそめ降りつぐ雨は細やかに蓮の諸葉を光こぼるる

敗荷のけぢめもあらず包む闇おぼめきにつつ暮れがたの庭

深まりてゆく秋の日々はちす葉の色変へて夜はその水明かり

プラハにもウィーンにも見ず帰り来ぬ水にか折れて伏せる蓮葉

幾たりの訃音を耳に逝く夏か水に頽《くづほ》るはちすの名残

ひと気なき朝思ひの極まりにブランデンブルク門を掌《て》に撫づ　ドイツ再訪

森林太郎い行く幻影瞼にし菩提樹下《ウンテルデンリンデン》は今日風通ふ

わが立つは時世《ときよ》のはざま東西をわかつベルリンの壁崩えし跡

蝶ひとつゆらめき過ぐる草はらを残しはるかにヒトラーの影

夏日浴びものの音なしヒトラーの官邸跡はひなげしの花

ドイツの萩ポツダムの萩ゆゑ知らぬ涙を胸に道ただならず

石南花の咲ける苑生をポツダムの館に入ると足を慎む

けざやかに金のロココの輝ける宮居を掠め燕頻《しき》飛ぶ

サンスーシ宮殿

＊

梔子の実の徐ろに太りゆく日々鴨の見にか来てゐむ

蝙蝠の閃き飛ぶも途絶えたり寒さの早き霜月なかば

赤松が高々と立つ幹の肌いつか触れむと仰ぎつつ老ゆ
かぐはしきみ冬の花の近づくと一日一日の庭の臘梅
ゆめに来る古往今来夜しぐれのひさしを叩く遠く聞きつつ
まともには目を注がれずながらに菊一輪を供へ来しのみ
振り乱す山姥の髪ゆふぐれはおどろの奥に影冥《くら》くなる
僅かなる登りとなるを足に知る葉の落ち果てし雑木林に
枝に葉に力尽くしし漲りの身を軽くして冬待つ樹樹ら

あとがき

昨年夏に刊行した『友待つ雪』につぐ第四歌集である。ここには平成九年から十四年まで六年間の作品七〇五首を収めた。

収載作品の期間は海外への旅が数次に及んだ。インド・イタリア・西域・スペイン等、いずれも多年渇望しての旅ゆえに感銘の深さは想像を遙かに越えた。ただ作品への結実はご覧の通りで忸怩たるを得ないが、その収穫はいずれ何らかのかたちで顕在化させたい。

さらにこの期間には、長く師と仰いできた平野宣紀主宰の長逝に逢った。天寿を全うされたとは言え、長きに亙る御鴻恩を思い萬謝の思い頻りなるものがある。

思えば既にみずからは古稀を越え、昭和も終わり二十世紀も過ぎて、作歌に費やしてきた歳月も半世紀を越えた。光陰の速やかなるを顧み、時世の幾変転に思いを馳せるとき、仏教の根本に言う「諸法無我」の哲理は、ますます心の裡に強く響いてくる。

この世にいかなる存在も「絶対」という本質を持ってはいない、とするその強靭な真理は、諸行無常・涅槃寂静と並んで三法印と呼ばれる。いま激動の世に身を処し、仏者としてまた歌詠みとして日常を送るに際し、右顧左眄することなく、また我執を離れることが出来るのも、この真実あってのことである。

集名『初瀬玄冬』の初瀬は、所属する真言宗豊山派の総本山長谷寺の所在地である。「こもりくの泊瀬」と歌われた古代から現代に至るまで国の歴史とともに歩んで、この名刹の古典文学に果たした役割は極めて大きい。集を編むに際し、篤きえにしを胸に、集中の一項をとって以て名とした。玄冬は五行による冬の別称である。

いまここに、前年に引き続き歌集を刊行することの出来る仏恩に感謝し、日ごろ種々の恩義を受けている神作光一代表はじめ「花實」のスタッフにも心からの謝意を表したい。さらに、妻亡きのちかけがえのない心のあかりとなって、自分を支えていて呉れる二人の娘、長男夫婦と孫にも心から有り難うと言わせて貰う。家族の親和こそは、弘法大師への帰依とともに、晩年の荒涼への最大の慰藉となっている。

末筆ながら、今回も種々お世話になった石黒清介社長に厚く御礼申し上げたい。

平成十六年七月

高久　茂

川瀬のひかり

目次

みどりごの　二七二
あはれめしひは　二七三
鏤むる星　二七四
遠きせせらぎ　二七六
冬のあとさき　二七八
呪《マナ》の微笑《ほほゑみ》　二八〇
あなやをとめご　二八二
今春、見ス見スマタ過グ　二八四
水のほとりに　二八六
川瀬のひかり　二八七
エジプト行　二八九
山木枯らしの　二九一
われを呼ぶさへ　二九三
数ならぬ身とは思へど　二九五
摩天楼の巷を　二九八
身を低くして　二九九
真顔の言葉　三〇一
海境越えて　三〇四
影踏むばかり　三〇六
幽けきものを　三〇八
世のおほかたに　三一〇
草のほとりを　三一一
みづからの影　三一二
あとがき　三一五

みどりごの

とりみつばなるとこまつな白もちひ庫裡の御慶《ぎよけい》の朝を湯気立つ

かけまくも吉祥天のかしこしや清汁《すまし》にほのと白き餅肌

生ひ初めし小さき前歯みどりごの声あぐるとき真白に著《しる》し

這ひ這ひを始めしゆゑにみどりごの袖よごるると嬉しげに告ぐ

病みて死に老いて死にして家犬《いへいぬ》は六つのいのちのいつかほろびぬ

ひよどりが椋が訪れ寒林は聖域なして日々を静まる

ああ何と言語未満の音色《ねいろ》せり床《ゆか》を這ひ来るみどりごのこゑ

みづからの手を足を振り立ち初むるみどりごよ雛のまつりも近し

あはれめしひは

暮れの二十八日、本堂裏にて負傷、救急車にて病院へ

些かも恨みはあらねみづからが堕ちて潰しし脊椎ひとつ

シンメトリ、アシンメトリいづれをも映しメナムの豊けき水面《みなも》

重ねたる齢《よはひ》は指の楽しみに縺《もつ》れたる紐《ひも》時かけて解《と》く

やすやすと櫟《くぬぎ》の炭を鋸《のこ》に引くかひなのわざの今日蘇《よみがへ》る

夜《よ》のあかり星の如くに映したるボディー燦《きら》めき馳《は》すメルセデス

なきがらの如く手を組み寝てゐしか暁《あかつき》がたの寒きしとねに

ためらはずむくろの父に手触《てふ》れゆくあはれ盲《めしひ》はつひの別れに

草の上《へ》にとりすがりゐし空蟬もちりひぢと消え花よみがへる

花冷えといたはりもなくいふ声す冷ゆる花らの上想ひみよ

諏訪の湖《うみ》見放くる丘にはつなつの光は注ぐ鳶の舞ふ空

鳶の声つばくろの声いくたびも光の広き湖《うみ》の面《も》に降る

言の葉のいまだ芽生えぬ一歳児《ひとつご》も頂きますの両の手合はす

凹《あふ》五画 卍《まんじ》六画凸《とつ》五画いとまのあれば目も手も遊ぶ

濡れ縁と言ふが如きも見ずなれる世の移ろひを嘆かざらめや

万年の尺度《スケール》を持てばフセインが何ぞかそけき塵の微粒子

重畳《ちようでふ》と万象《ばんしやう》は汝《な》を拉《ひし》ぎゐむたゆみのあらぬ蟻のまなこに

銀《シルバー》の席に近々《ちかぢか》女菩薩《によぼさつ》は臍《ほぞ》もあらはに目を瞑《つむ》らしむ

鏤むる星

目晦《めくら》ます奇岩怪石あやなせるカッパドキアの影また光

モザイクの幾万片を見むすべもあらね整ひ全けきモスク

偶像のなき穹窿《きゆうりゆう》を　それながらビザンチンモザイクは鏤《ちりば》むる星

幸はへしオスマントルコの宮居とぞトプカプの城踏む　甃《いしだたみ》

ハーレムの寵姫《ちようき》ら出でて陽を浴びし中庭《パテイオ》は今し舞ふ蝶もゐず

朗々とコーランを読む髯の濃き白衣《はくい》まとへるモスクに今し

バザールはものの匂ひのいづくにもイスタンブール黄昏《たそが》るるころ

ボスポラス海峡広き紺碧《こんぺき》の空に真日《まひ》ありアジアの果たて

*

生《あ》れ出でてあかつきがたの幹を這ふ蟬はその翅《はね》風にそよがせ

夏過ぐる名残の水着乾かして幼き声はものかげにする

誰を待つ己ならねど穂に出でし薄を目守り野づかさの上

あやかしは空越えて来む卓上にダイオード蒼くわななきやまず

音のなき霧の雫《しづく》を先立てて秋は移ろふ目路《めぢ》の限りに

竹群にひと夜結べる清《さや》けきをしらしら明けて露時雨せる

立ちこむる秋霧にしも薄れつつ計の幾たりの影遠ざかる

をさなごの歯にか嚙まるる煎餅のかりりころろと夜寒のあかり

遠きせせらぎ

行き暮れて定かならざる足許《あしもと》の水に空あり分き難きまで

囃《はや》し立つる虫らも絶えて寂々《せきせき》と夕草陰は西に傾く

朝明けの葉群にこもる雀らが氷雨いとはぬ声にはげます

身を包み胸処《むなど》にぞ沁《し》む洪鐘《おほがね》のひびきを拝す山のみ寺に

駆けゆくは犬引かるるはをみなごの力みなぎるひとすぢの綱

いちはやき暁《あかつき》起きの幽《かす》けきに耳の裡《うち》なる遠きせせらぎ

輝きてゐし蜻蛉《あきつ》らも朝寒み三途の川を越えてゆきしか

はろばろと二重《ふたへ》の虹のまかがやく木の葉時雨の比叡《ひえ》の山の上《へ》

草も木も音してなびく洛北の雲ゆく隙《ひま》に日を遠望す

七草の風に当つなと言ひ伝ふ鳶《とび》職に払はれ地に鳥総松《とぶさまつ》

言の葉のまだ定まらぬ幼子が呼鈴《ピンポン》にはーいとはづむ声あぐ

抜裏《ぬけうら》の庇間《ひあはひ》に暗く立ちてゐし夜《よ》のをみならを見しもはるけき

老いづくはものの窄《すぼ》むと日に幾度《いくど》蕩《とろ》めき襲ふワープロの前

些かのウォーキングに気の晴るる電話の来ぬが何にもまさり

影ひたす水の面《おもて》を目守《まも》りゐむ頭蓋《づがい》がほどの石の蹲踞《つくばひ》

涅槃会《ねはんゑ》は昨日と過ぎし伊予の寺　庭に清しき走りのさくら

冬のあとさき

空に向く小枝《ささえ》の高き目にとどめ馬手《めて》に弓手《ゆんで》を添へ伐り果《おほ》す

幾万の槻《つき》の枯葉は散り尽くし隠るすべなき小さき囀《さへづ》り

永らへし三百の歳《とし》石の面《も》に痣《あざ》としとどむ地蔵立像《りふざう》

人の来ぬ丘の傍辺《はたへ》の冬ざれの藪に触れゆく歩みゆるめて

草の間を出でていづちを指しにけむおどろが中に枯れし徒長枝

生ひゆくは老いゆくと知る春秋《はるあき》のひとかたならぬひととせの果つ

陽の薄き寒気のなかに相つぎて訃報を聞かす歳のいや果て

今はしも顧《かへりみ》られぬ魍魎《まうりやう》を水神《すいじん》をしも祓《はら》へまつらく

忝《かたじけ》な金龍山の御手洗《みたらし》の冷えとほる水五指《ごし》を浄くす

胸底《むなそこ》に斎《いつ》き畏む聖観音《しようかんのん》　閻浮檀金《えんぶだごん》の一寸八分

東京浅草寺の御本尊、身の丈一寸八分と言ひ伝ふ

ひとひらの心ゆかせに歩み寄る今日ふたたびの臘梅のもと

たまゆらの恩寵《おんちよう》として身に浴びむ暮るる庭面《にはも》を覆ふ寒凪《かんなぎ》

遠からず我もかからむいつの間に賀状届かず人は隔たる

年若く貧しき時世《ときよ》生きたりな霜柱斯《か》く燦《きら》めくを踏み

澄みのぼる寒の夜さりの月ひとつ遙けき世をも照らすにか今

ローム層拓ける地形《ちぎやう》測りつつレーザー光を鳶職《とび》は走らす

とらはれし髯の領袖夜の夢に盛者必衰《じやうしやひつすい》ゆめ思ふまじ

呪《マナ》の微笑《ほほゑみ》

晴れ晴れと濠《ほり》に豊けく水光りアンコールワット濁世《ぢよくせ》を隔《へだ》つ
いつくしむ笑みと見る見る謎を帯ぶアンコールトムの四面《しめん》仏頭
刻まれし砂岩のほとけただならぬ呪《マナ》の微笑《ほほゑみ》影濃くぞ置く
消《け》ぬべくもあらぬ光にバイヨンの二丈に余る仏頭の笑み
まぼろしを夢に通はす唇《くち》厚み瞑《めつむ》り深し仏バイヨン
日の光翳《かげ》り移ろひ身の竦《すく》む謎深々《ふかぶか》と秘むる仏頭
おぼめきの蝕《しょく》を想はす日のもとに影深く抱くテラス癩王《らいわう》
凪はらむ薄ぎぬ　夢のおぼろけに声低く低く暹羅《シャム》の朝蟬《あさぜみ》

＊

新しき緑は伸びていしぶみに讃《たた》へらるる名見むすべもなし
後《うしろ》より来るは鴉の只ならぬ翼ぞあなや婆娑《ばさ》と掠《かす》めつ
歳積もる己憐れむにはあらず熱き湯呑を諸手に包む
閉ざしたる曇はれゆき朝明けを背戸にかぐはし黄鶲《きびたき》の声
病むものは病める辺りに手を当ててたまゆら何を安らぐものか
草の間を行き行く蟻はをさな児の指をのがれてパニくるあがき
月が照り兎は草に跳《は》ねてをり通夜のお斎《とき》の醬油《むらさき》の皿
夫《つま》と子に隔たり翳る起き伏しに美《くは》し肌《はだへ》の皺畳み初《そ》む
ここ過ぎてぬくき日向に憩へよと売子《ゑご》の木《こ》かげは梅雨寒《つゆざむ》の風
深みゆく薄闇にしも生き生きと蝙蝠《かはほり》は飛ぶ身を掠めつつ

整へる電子辞書より目に胸に「言語過程」かこのプロセスも
杜鵑郭公雉《ほととぎすくわくこうきじ》と投稿の文字に聞くのみ編集黒子《くろご》
野次馬のわれも一頭　朝まだき衝突《クラッシュ》現場に来て腕を組む
香ぐはしき肌へのありき　真闇《つつやみ》に梔子《くちなし》は邃《ふか》き反魂《はんごん》の華

あなやをとめご

風立つと言はば言ふべきあかつきの涼気圧《お》しくる看経《かんきん》の座に
梅の実は何の力を養ひに田黄《でんわう》の色湛《たた》へ熟れゆく
田黄＝印材。寿山石系のもの。黄褐色の半透明で美しい。
囀りを転《まろば》し続く黄鶲を朝の祠《ほこら》のみ前に仰ぐ
取り合へば足らざるものを分け合へば余りの出《い》づと誰が言ひしか
墓石をつなぎとめたる目地《めぢ》の跡　筋目隈《くま》なく黄泉《よみぢ》を境《さか》ふ

陽の翳《かげ》り忠犬像に倚《よ》るをみな　恋にも倦《う》むと憫《たゆ》き身熟《みごな》し
ないかなと何故《なぜ》になを付く簡単《シンプル》にないかと言へばそれにてよけむ
パーシー・フェイス夜の小床《をどこ》を清むまでCDは生む隈なき響き
つはものの旗指物《はたさしもの》のい行くかと川辺の萱《かや》の遠光り立つ
声ひそめ水子《みづこ》の供養せむと来し茶髪ネイルのあなやをとめご
偶《たま》さかに駄々揑《こ》ね転《まろ》ぶ声にさへ爺の瘦胸弾《やせむねはづ》むと言はめ
ケータイは何劣らざる持ちをれど用ふるは稀　時を失ふ
青墨《せいぼく》の滲みの遅き和紙に向き拝復のあとためらひ泥《なづ》む
あらざらむこの世のほかを楽しみに夏の終らむひと夜も更けぬ
秋盛《さか》る斯《か》かる月夜に想ひ出づ講義を終り胸の満てるを

乱れなき雲のおほふと観念し朝《あした》を出でて槻の下掃く
澄み極む秋の盛りをもろ鳥の声響くなり背戸の奥より

今春、見ス見スマタ過グ

強《したた》かに鼻腔《びかう》を打つは安南の伽羅《きやら》の連《つら》ねの薫る数珠玉
耳伝ふ忍び忍びの手鞠唄遠く少年の日を想はしむ
音のせぬ二重硝子の窓の外死への一日《ひとひ》と見えず人過ぐ
吊革を摑《つか》む腕《ただむき》白きさへ老いの孤《ひと》りの目を楽します
見慣れたる収骨の場にみづからの髑髏《のざらし》を置き夢に見下ろす
力尽き果つるもあらむ波の上の渡りの鳥を思ふひそかに
励まされあへて徒歩《かち》にてひと駅を身に吹雪く夜《よ》のさくら浴びつつ

石鋏紙《ぐうちよきぱあ》繰り返し繰り返しして児は倦まずほとほと見えぬバスを待ちつつ

日の及ぶ明るき往還《ゆきき》乙張《めりはり》をつけて登らな高みの緑

黒々と水気《すいき》含める直土《ひたつち》に秋の深まり枯れ葉の二三

威のありて猛からぬ文　玉章《たまづさ》をいくたびひらく墨匂ふまで

スマトラに大地震

巨いなるうしほの響き海嘯《かいせう》の力もて薙《な》ぎき南の島嶼

いとけなきもののいのちをひとときに拉致《らち》し去りたり海嘯《つなみ》の巨力

思ひ咽《む》す母らの嘆き尽きせぬと南の果ての海ただ蒼し

*

幼きは思ひもよらぬ言葉にて客の話に相槌を打つ

雪の上にひかりはさして枝のかげ長く横たふ風なき日暮れ

賑はひは夕片設《かたま》ける駅の辺《ほとり》　歩み離《さか》りていま音はなし

今宵しも水のおもては灯を揺らす　何の力の然《さ》は及ぶにか

あかつきのいまだも寄せぬ宙《おほぞら》は星座を掲《かか》ぐ巨杉《おほすぎ》の上

水のほとりに

平らかに行く水の上　影揺れて柳川《やながは》は花のまだしき曇り

すれちがふ舟かげまれにひらく水　月の夜《よ》さりを瞑《めつむ》り想ふ

赤々と醤油の倉の並ぶさへ夢見ごころに水面《みのも》の揺るる

空高く四手《よつで》の網《あみ》のひかり帯ぶ水さへたらら揺るる春の日

堀水の湛《たた》へ広らにぬるむ水　おもてひらけて舟を泛かしむ

ちかぢかと啼きたるものは還り来ず梟《ふくろふ》は遠き五十年前

プライドを過ぎ驕慢《けうまん》をためらはず朝青龍は今日も見難し

福江島

遙か遙か東支那海遠見《とほみ》にし大気茫たり人なき遺跡

培《つちか》へるいのちの積もり七十五《しちじふご》歳　捨つるに惜しと言ふにあらねど

ある人の死に

人知れぬ想ひも胸をよぎりけむ水のほとりに月かげを浴び

水の辺にいのち絶えたるししむらの固く冷たし風吹く四月

たたなはる峰のかなたに光る雪過ぎし厳《きび》しき時世《ときよ》にも見き

水清く幼きころの幻にひかりはかなき蛍をば追ふ

わがいのちいづれ亡びむ日にも斯《か》く花びら風に彷徨《さまよ》ひかゐむ

水の辺《へ》に翳《かげ》りを与へ上空をたまゆら過ぎき飛翔せるもの

川瀬のひかり

この硯《すずり》世になきものと勧《すす》めたるかの瑠璃廠《ルリチャン》の色あるをみな

解衣《ときぎぬ》の乱るる崩れ目に立つは土を境《さか》へるいさかひのゆゑ
解衣の＝枕詞

埒もなき繁みの奥は何しかも　もののはざまを踏むべくもなく

凬あれば凬にかしなひ音の立つおどろが下に虫は起き伏す

夕ぐれははかなき色にかげりつつ葭戸《よしど》の向かう人の声あり

夏山の緑を貫《ぬ》きて落つる滝千年《ちとせ》ののちも清々《すがすが》とこそ

みな人の遅く臥《ふ》するは謐《しづ》かにて休日ひとり参道を掃く

念ずれば花ひらくとぞその花をしかと携《たづさ》ふ石の和面《にぎも》に

襟もとを長き指もてかき合はす姿瞼《まぶた》に雨音を聞く

胸元の小さき黒子《ほくろ》を思ひ出づ近々《ちかぢか》として見つめけむもの

ホームレス殺人頻発

朝宵のたつき乏しき匹如身《するすみ》を亡きものとせり嘆かざらめや

きららかに川瀬の光り子を連れて渉《わた》る人あり夏のゆふべに

またたく間なりし戦後の六十年このししむらと共に老いたり

時ありておのづからなる蓮《はす》の花そのくれなゐを高く掲げて

エジプト行

天空を切りて屹《そばだ》つピラミッド微かに霧のただよふあした

二・五噸の石を如何にか積み上げし金字塔二三〇万個のやはか体積

金字塔はピラミッドを指す

澄みに澄む虚空しりへに揺るるぎなし面《おもて》を確《しか》と坐すスフィンクス

アブシンベルの灼《や》けつく地《つち》に仰ぎ立つ噫《ああ》夢に見しラムセスⅡ世像

巨《おほ》いなる王の彫像石山《いしやま》に光を浴ぶる全《また》きそのかげ

三千二百年の歳月超《こ》えて天そそり巨像迫り来《く》背に寒きもの

大神殿の向かう展けるナセル湖は長さ五百粁水面《みのも》も碧《あを》く

あめつちの中に際立つ土と石　テーベは「百門の都」ならずや

ホメロスの『イリアス』にルクソールは「百門の都テーベ」と称さる

首垂れて歩みひたすら生まじめに日盛りを騾馬《らば》は人載せてゆく

顔立ちの穏やかにして慕《した》はしも体軀《たいく》小さきをものとせぬ騾馬

エジプトの夏の炎天灼くばかり騾は埒もなき車挽きつつ

みづからの身にか余れる荷を負ひて炎天のもと騾は苦にもせず

滔々《たうたう》と流るるひかりゆるやかにナイルは朝のさざ波を延ぶ

昼過ぎて部屋に憩へる時の間に私《ひそ》かにひらく持参の粥を

今ここに果てむとするも肯《うべな》はむ王家の谷を見て来たる夜

一人してスイートルームは身に余る片隅に膝抱へ寝しのみ

七十を疾《と》うに越えたるみづからをいたはり寝ぬるエジプトの夜々《よよ》

西へ向き王家の谷を奥深く日差し灼くなか粛粛と行く

デーモンの襲ひ来るかと相《さま》悪しき王家の谷はわれに傾く

ハトシエプスト女王葬祭殿

岩壁の峨々《がが》たる悪場《わるば》従へて女王葬祭殿の何たる現代《モダン》

人間の営みとは何　土塊《つちくれ》に石塊《いしくれ》にしも及ばぬいのち

山木枯らしの

まぶしくも光り立てるをたまものと白妙の粥を捧げまつらく

たき上がり飯《いひ》の粒だち光りつつとろみも粘《ねば》き粥の真白さ

谷へだて声を交はせる山の鳥すがたは見えずただこだまのみ

てのひらを合はす目な先みほとけは唯見そなはす眼《まなこ》なかばに

流れゆく渓川《たにがは》の音　風のゆくこの山の音　響《とよ》もしかよふ

下かげの明るきまでに黄に染みて土佐水木あな歩をとどめさす

幼子は風邪にのみどを痛めつつ折々ひびく深きしはぶき

栄耀《えいえう》に飽きたる心惑ひにか穴のあきたるGパンに行く

手に掬《むす》びのどを潤したるかの日　剣岳《つるぎ》も見えし山の広漠

この胸をひらき語らふ友もなし忙《せは》し過ぎるは老いを妨ぐ

身にこたふ激しき暑熱漸くに肌《はだへ》を去りて供花《くげ》を設《しつら》ふ

歳加へいよいよ近き楽しみと陀羅尼《だらに》を唱ふ火葬の場《には》に

いつかなと動かぬ台風旬日も洋上にあり何を窺《うかが》ふ

詞も節も覚えてをれど伝へ得ず若き頃ほひの春歌《しゆんか》の幾つ
敗荷《やれはす》の葉は茎折れて水漬《みづ》きたりまともには見ずさだ過ぎしもの
間なくして山木枯の至るころ空明るめて寒き日の差す
長針の一秒たりと狂はぬを見定めてなほ胸落ち着かず
水草は風吹く向きに片寄りて水明らけし朝の寒きに
訪《と》ひ来るをその都度求め幾足ぞ花川戸《はなかはど》なる草履売りより
浅草花川戸は草履の産地。亡妻はよく小生のものを求め呉れたり。
全身を染むる蘚苔《せんたい》　雨なかに際立たせたり古りし石仏

われを呼ぶさへ

握力の弱くなれると一人知る瓶《びん》のキャップにかくは梃摺《てこず》り
老年の身のつつしみに心責め日日頭《つむり》剃るみづからの手に

耳のあり聞こゆるゆゑに休まらず日に幾十度呼び立つチャイム
人の心は金で買へると莫迦《ばか》を言ふ何でもありの世情と言へど
餡饅《あんまん》の熱きひと口おのづから頰を緩《ゆる》ますたましひもまた
水揚ぐる音のすなるといふ辛夷《こぶし》　春まだ遠き庭のもなかに
果てのなき人のいのちの一区切り死をもて境ふ雪の降る日に
臈長《らふた》くる香りを好み待ちゐしに臘梅およそ芽を啄《ついば》まる
樵《きこ》るとき大樹の前に身を屈《かが》め礼《ゐや》深くなすケルトらもまた
笹鳴きをいくたび聞かす鶯は朝を喜び葉叢《はむら》のなかに
境内を徘徊《はいくわい》するは猫のみとなれり犬族はみな捕獲され
金色《こんじき》に燦然と扉《ドア》輝けり火葬《ジヤペータ》進む酸鼻《さんび》を覆ひ
高度成長以後、火葬場一般にホテルの如き景観を呈す。Ｊｈａｐｉｔａは荼毘に相当する音写語。

然《さ》もらしく喉仏《のどぼとけ》などと聞かすなり隠亡《おんばう》と言はれしも昔語りに

遠くよりわれを呼ぶさへ声小さく小さく叫《おら》べり遙けくなりぬ

滑《した》むとも淘《よな》ぐとも言ふ農夫らの手練《てだれ》を見しも半世紀前

淘ぐ＝細かいものを水に入れてかきまぜ、ゆすってよりわける。

数ならぬ身とは思へど

おほぞらは冬の名残をふふみつつ月日を透《す》かす光まぶしも

過ぎて行くジェット機の音深々《ふかぶか》と空統《す》べ覆ふ地に響くまで

歌をなし筆あと細く刻む石慎ましくあり梅咲くほとり

岩稜《がんりよう》を幾たび踏みて越えゆかむ夜明けも近き夢と知りつつ

交はし合ひ喜ぶものか山の鳥谿《たに》越えて呼ぶ朝の早きに

胸底《むなそこ》に何を憎むにあらざれど互《かた》みに生きて日は速く過ぐ

朔果《さくくわ》に非ず臍《ほぞ》に固まり滞《とどこほ》る　指使《およびづか》ひに抉《くじ》りてやまず

朔果＝アサガオ・ユリなどの種子

夕さりの道にうつむき一様にケータイを押し人あまたゆく

絨毯《じゆうたん》の末端をしも固定する金具なり「への字」とは業界用語

何げなくが何のゆゑにて何げにと変りたるにか思惟《しゐ》にぞ余る

如何ばかり煙に噎《む》せて死したらむ親の留守守《も》りゐたる幼子

瞬く間茂り払はれ陽の差せり幾百年翳り湿りゐし背戸

翳りあるパフィオペディラム卓の上にかがやきて咲く言ひ難きまで

パフィオペディラム＝ラン科の花

ふたたびは行き得ぬものと遠く恋ふカッパドキアを俯瞰《ふかん》の真夏

闇を吹く響きなき風おのづから目に気づかすは柳の揺れ葉

莫高窟《ばくかうくつ》の池水瘦《や》せて滅ぶとふＴＶに見つつせむすべのなし

人の恨み買ひしことなき一世《ひとよ》とぞおもかげはしも心なごます

不可思議の重きひびきはチベットの声明《しやうみやう》を誦《じゆ》す六人の僧

友人M、蓄財の妨げになるとて生涯独身を通せり

かねに執《しふ》し周囲を見下げゐたる友逝きたりと聞く遠き電話に

かねが何ぞ命終ればすべてゼロ黄泉《よみ》に金子《きんす》は要らざるものを

水低く見ゆる車窓に反照《はんせう》の燦めきは来る玉響《たまゆら》の響《ゆら》

梅雨空も間なくし明けむ汗あえてひとり仕事に暁を起く

目の覚むる許《ばか》りの花は紫に底紅《そこべに》加ふ朝《あした》の木槿《むくげ》

数ならぬ身とは思へど枝に来て朝鳥《あさとり》は啼き心を濃くす

忽ちに虫は蝟集《ゐしふ》し秋口の椿の葉をば食ひ尽くしたり

近寄りてくる蚊の羽音《はおと》おほかたは絶対音を同じうすらむ

鼻の先欠くれど量《マツス》重々《おもおも》し哲人プラトンの鬚の彫像

草原《くさはら》の広く開けて空青し牧に尾を振る馬の幾十

いぶかしきまでに細かき神経の叢《むら》がりを見よ人体模型

摩天楼の巷を

滴りはいまだもやまず水の上にいとまもあらず水の輪生るる

水の上に滴り続くうつしつつ壁のおもては光りて応ふ

水の面に月かげはさし微かにも揺るる虫語の絶えむともせず

噴水《ふきあげ》に水の放つは盛り上がりひかりきらめく朝の真澄に

透き通り馳《は》する目高のいくばくか目にとどめ朝の秋晴れの水

双《さう》の目に仰ぎたりけり身一つにコートをまとひああナイアガラ

いつの間か洋の東西わかちなくボトルに水の透明を売る

空暗き幾日《いくにち》か心とざしつつ紐育《ニューヨーク》にあり夏も終らむ

摩天楼の巷を来つつ街路樹の乏しきを知る五番街《フィフスアベニュー》

耳に来る遠いかづちをとどめたる己を支へ余響の深し

寒冷前線過ぎゆくからに庭樹々を風のいたぶるその力見ゆ

心尽くる迄に交叉の交はしあり眼下に広き広きジャンクション

身を低くして

遠く来て雨戸を揺する夜の風ひとたびならずふたたびならず

夜すがらの風の音にも想ふかな貧しくありし遠きかのころ

夕ぐれはとはに続かぬと知りをれど街衢《がいく》を遠く見て歩をとどむ

これの世を立ち去る迅し誰も彼も追憶の中にみな笑みて立つ

ほほゑみをほのけく湛ふ石仏に果てにし今日の余光が差せり

過ぎゆける日差しの夏に落とししは幾千輪か木槿静まり

追憶の中なる位置を見定めむ毀しし庫裡の夜々《よるよる》の夢

白花《しらはな》を面影にせる土の上に沙羅は今年の葉を散らし初む

觘《かひろ》げる薄の白穂そそけ立ち光はたゆくその中にあり

觘ぐ＝すすきなどが揺れ動く

咳《しはぶき》が身を苦しめし時あれど老いおのづから病を癒す

荷を挽《ひ》きてこの長き坂ゆきにけむ昭和戦前の身を低くして

些かの煙《けむ》上ぐるさへたしなめて冬日にさみし枯れし草原

土俵際急に力を抜く相撲飽き足らぬかな今の力士ら

この床《ゆか》にものを言はざる竈馬《かまどうま》跳びゆくを見きそも過ぎしこと

細々《ほそぼそ》と水のひとすぢ流れゆく時過ぐるまで立ち尽くすべし

杉の葉のよくも燃ゆるに手をかざし身まで温もり通学せしが

食事終へ庭の乾くに出でて来ぬ星の輝くおほぞらのもと

いつはりの言の葉なれど力こめまなこそらさず画面の男

何がなしとろめくまなこ瞑り果て七十五爺炬燵にしばし

たちまちに過ぎて行くかと今更の三年五年すみやかにして

真顔の言葉

ナイアガラのとどろく飛沫浴びにしも長き晩年の感銘とせむ

K・Hなる妖しげな霊能者世を壟断す

霊能のわけ知り顔をすな　をみな　今日もTVに人をたばかる

墓石に水かくるなと言へりとぞ人を惑はすそのたはけ言

このあとは道なりに行け幻に魔性の闇の社が見ゆる

いづこより生ひ立ちたるや抽き出しを開くれば蜘蛛の小《ち》さき蠢《うごめ》く

オヂイチャンハイツゴロホトケサマニナルノ　真顔の言葉胸に眠らむ

指先に摘めばよもぎの匂ふなり遠き柞葉《ははそは》の母を顕《た》たして

しろがねのころもをまとふうば捨ての風に吹かるる遠きまぼろし

月光《つきかげ》の音なく照らす砂の上時ながれをりまこと音なく

人はみなＤＮＡを持ちて生く死してなほ生くいのちを証し

春浅きグリーン席に一人想ふ時経《た》たば此岸《しがん》の世の全《すべ》てなし

鰭崎英朋《ひれざきえいほう》描く妖しき口絵なりしばし鏡花にこころ遊ばす

白鵬意外にもきたなき取口を見するにつけて

朝青龍に続き白鵬汝《いまし》もか没法子没法子《メーファーズメーファーズ》濁りどこまで

世に遠き森林限界を一人ゆき山の撓《たわ》とふ鞍部も知りき

面影の幻なせる手鏡に寒夜を遠く天狼の冴ゆ

父逝きて六十三年母逝きて五十五年か想へばさらに

眼差しの仰げるわれに注げるを肯《うけが》ひて賽《さい》す銭の幾つか

行く手には菩提樹のびて枝を張る　見よとは言はず唯さしまねく

白い顆粒しづかにしづかに散《はら》かす光りはびこる粗草《あらくさ》のうへ

雨あがりひかりにそよぐ一山《いつさん》の木の葉の奥は冥加《みやうが》を湛ふ

打ち当たり頭部切断とふなきがらの十九のをとめ口惜《くちを》しからん

薄く淡くなりゆくわが身わが魂か一人まどろむかりそめ伏《ぶ》しに

「こくきやう」に非ず必ず「くにざかひ」守るべし『雪国』の冒頭の読み

立ち上がり目にもとまらぬ前さばき腕《かひな》を胸に一気に決す

海境越えて

暮れてゆく京の街並まな下に遠ざかりたる幾人《いくたり》かあり

近づけるいのちのきはをためらはずいきいきとして鮎はきらめく

豊かなる腰は焼かれておぼろなす骨《こつ》拾ひ上ぐ白く潔きを

貧しかる村のをとめら身を売るとふ昔に似たる天竺のいま

今生《こんじやう》はをととひの夜《よ》で終りぬとのどけき顔す壇の遺影に

面白くもなき世のためと珈琲を飲む俳優《わざをぎ》はＴＶに由由し

なすすべもあらずしとどに濡れながらなほ花保つ今年の牡丹

朝早き近間《ちかま》の空にうながしの軌跡を描けりふたつつばくら

明け暮れに仰ぎて心ゆかしむる藍田《らんでん》の額　筆の起き伏し

藍田＝書家、殿村藍田

朝明けて裏口に蛇横たはりうからとともにのちを慎む

草木国土《さうもくこくど》悉皆《しつかい》成仏《じやうぶつ》と聞くからにくちなはに手は出さず逃がしき

雨に向かひ傘のジャンプを開きさす打ちくる音の強さ楽しみ

渓深くみどりを蔵しその奥のたぎちは見えずかすかゆく音

ちちのみが遠くはるけくうしろ姿《で》に何をか背負ひ渓をゆきけり

覗《のぞ》きこむ水《み》の面《も》に何かうごけるは実にはあらで空ゆけるかげ

ゆくてには望み楽しむ日々あらむ海境《うなさか》越えて逝きし誰彼

近づける雲に蟠《わだかま》る霹靂神《はたたがみ》計らひ超えて重き響かす

耳聡《みみざと》きものの言へるとゆきずりのことのはを聞く夜の巷《ちまた》に

滾《たぎ》る湯をポットに移す音聞こゆもういくばくも入らぬ音に

底知れぬちからの及び越の国みながらふるふ人の死すまで

七十年《ななそぢ》を越えて生きつぐいのち一つ安らに抱くふるさともなく

慕《した》はしきみ胸の嵩《かさ》をてのひらにななそぢを経てなほ母を恋ふ

ガラス越し蟻の行来《ゆきき》に心あつむ猫の視線のあなどりがたし

影踏むばかり

かにかくに穴うがたれし壁の洞《うろ》トルコにて見きスペインにても

虚空より吹きしく風はなりゆきに明日なき蟬の声を聞かしむ

細蟹《ささがに》の目にもとどめぬ巣掻《すがき》あり朝《あした》の庭にいくたびも触る

愛染の心のちりを払はむとひとり夜《よる》更くただに黙して

ゆくりなく烏揚羽はよき日よと影踏むばかり目《ま》な先に舞ふ

めぐりゆく無限軌道の鉄の跡巨いなる哉や土を彫《ゑ》りたる

かすかにも跡の残れる腕を撫《な》づ茶毒蛾《ちやどくが》といふに作務《さむ》を刺されし

無限軌道＝ブルドーザーなどに装備されている装置

入れ歯一本なきを幸ひ取り出だし固きもの食ふひとり秘めつつ

綿《めん》の白衣はもう止《よ》しにせむ長井紬《ながいつむぎ》の単衣《ひとへ》を提げて風をはらます

朝の日がまともに差せり恙なき彼岸の今日ぞ何か嘆かむ

蝙蝠《かはほり》は蠢動《しゆんどう》はじむ夕つ日の沈む薄明の朧気《おぼろげ》に来て

黒水晶磨き重ねてつや光る燦爛《さんらん》といま葡萄のみのり

寂《さ》び寂《さ》びとおどろが中に起き伏せり葉を落としたる枝は撓みて

六歳に間なくしならむをさな女《め》は心経《しんぎやう》をしも宙《そら》にし唱ふ

背後より衝き動かすはバッハの曲繰り返し繰り返すチェロとチェンバロ

新幹線嘱目

数ふれば十《とを》にか余る浮寝鳥沼面は光り瞬息に過ぐ

丘と丘半ばは切れて遠見ゆる蕭白《せうはく》に似る奇峭《きせう》の地景

蕭白＝江戸中期の画家、曾我蕭白

たぐり寄せ巻き込み引き寄せして進む野焼きは時に怖しき迄

冬近き藪畑《やぶはた》はゆく人もなし鳥影二三よぎるのみにて

「おかげさま」のなきゆゑならむこの人の言の葉常に朴直《ぼくちよく》に過ぐ

花白くつけたる蕎麦の夜《よる》更《ふ》けてやせ畑《はた》なれどあたり明るむ

幽けきものを

がらがらと言はれし通りがらがらと女《め》孫《まご》は声立て嗽《うがひ》せりけり

仰ぎ見て心たのしく暫し立つ客殿七十坪新築の材

生き過ぎて何を想ふとなけれども夜《よ》は早く寝《い》ぬ書《ふみ》をも読まず

客殿＝客の使う建物

欅《けやき》樹《ぎ》の梢は空の八方に力漲《みなぎ》る冬のあかつき

寒けくも雲の閉ざせる昼つかた遠きに声しひよどりも呼ぶ

貫きて青き空あり行き向かふ祖霊鎮まる里山の渓

午後の日ざしすでに傾き人もゐず柴舟歌碑に別れむころを

いのちなきものと知るいま非難浴ぶ近藤芳美とは所詮なにもの

拡大し見むすべもがな霜の打ち拉《ひし》がれし庭のさざれ土の面《も》

慕はしき手足は萎えてこの寒《かん》に如何にかあらむ遠き面差し

雪やみて陽かげ差しくる欅樹の枝こまやかに光を返す

今めける墓石《はかいし》並びその面《おもて》互《かたみ》に光り映してぞ冷ゆ

夜の間に月かげ浴ぶと僧堂の隙《ひま》より見ゆる長き舗石《しきいし》

あひ寄りて幽けきものを等伯の松のこずゑは斜めに沈む

がうがうと木枯に鳴り響《とよ》もせり戦後はるけきかの雑木山

世のおほかたに

暮れ方の空はおほむね晴れ渡り未生《みしやう》以前の月代《つきしろ》の差す

シリウスのひとり輝く仰ぐべし果たてを知らぬ冬のおほぞら

逢ふために待つとふこともそのかみは幾度《いくど》かありぬ淡く過ぎにき

「乾杯」と献杯を誤りて人は言ひ皆黙々とやがて席果つ

海に千年山に千年住みしゆゑ世のおほかたに魂《たま》消《ぎ》りはせず

双つまなこ明らかなれば一心の正しと慊堂日暦《かうだうにちれき》にあり

慊堂日暦＝江戸後期の儒学者、松崎慊堂の日記。小生愛読書の一

「あさきゆめみし」繰《く》れば源氏が面影に現れ出《い》づと床《ゆか》しき影が

「あさきゆめみし」＝劇画の一にて巷間書肆にて発売されあり

水の辺に石組のあり傾くは立ちたる際を支へむとせり

陽に光る水辺《すいへん》の石なかば迄水におぼめく泰然として

草のほとりを

土の上にあをくさの芽も出でて来ぬ寒さに心とざす日々過ぎ

いつの間にマンション街となり果てし麦の畑のそよぎゐたるが

目に遊び心楽しむ篆刻《てんこく》の「柳暗花明《りうあんくわめい》」と乱れなき彫《ほ》り

柳暗花明＝春の野の美しい景色にいう。別に花柳街をも

淡々《あはあは》と光はさして石の上何の虫ぞも動かずにゐる

竹群のそよぎてゐたり少《わか》き日の盆の踊りの帰路の暗がり

髑髏水漬《されかうべみづ》き草生《くさむ》す運命《さだめ》ともいくさは果てて歳《とし》長く経《た》つ

在り馴れてその中にしも息づくか安逸《あんいつ》は身を苛《さいな》みやまず

うつつにし永遠《とは》の別れと知らずして軽く別れき　しはぶき二三

夕暮れの近き虚空に弧をなして月のあがれり踊り場の窓

名を知らぬ花びらなれど手を尽くし娘《むすめ》が植ゑて呉れし幾鉢

この空の果てに幾百の銀河あり無為恬淡《むゐてんたん》と地球めぐれど

清浄明潔《せいじやうめいけつ》を略したりとぞ清明の草のほとりをしばし歩みぬ

みづからの影

みづからの影をうつせる藤波も風に揺れたり淡きむらさき

塀の外中学生ら下校すと何かすこやかに笑ひゆく声

七度目の夫《つま》に出会へる女ゐて男運よろしと達意《たつい》の噂

水の面のかすか動くは目高らが遠き蛁蟟《みんみん》に応ふるならむ

晩夏《おそなつ》のひかりは差してうらがなし人なき昼の音をさめて

雷《いかづち》の稀《まれ》ならぬ夏も過ぎんとす法師蟬らも声のおとろふ

みづからの死せるかんばせ目にも見よむくろは冷えて声なき声す

ことさらにかひなを外に振り出でて不遜《ふそん》ならずや宰相福田

番《つが》ひつつ気流に軽く身を委《ゆだ》ねこころよからむふたつ蜻蛉《あきつ》ら

思ふさま殴《なぐ》り合ひつつ死にもせぬK1《ケーワン》といふをしんそこ惧《おそ》る

幾千の鴨目覚めゐむはろばろとみちのく遠き沼のあかつき

魚《うを》、こころあれば　水にもこころありと淵《ふち》の翳りの折々光る

インドより渡来せしとふ異形《いぎやう》なし陽にあかあかと鶏頭は咲く
川すぢのはるかに曲《くね》り行き暮れて仰ぐ虚空《こくう》に繊月ひとつ
蝙蝠はいまだ閃く宵闇に虫のあり処を探れるかして
曾てわが教へ子たりしをみならよ行き散りて噫《ああ》おほかたは終ふ
いづれ近きかの世を思ひ汝《な》を想ひ背を丸くして夢寐《むび》に落ちゆく

あとがき

本書は『天耳』『銀礫』『友待つ雪』『初瀬玄冬』に次ぐ第五歌集である。この間「花實」の編集・発行に追われて、六年も間があいてしまった。まとめてはみたものの、ご覧の通りの作品群である。まことに慚愧に堪えない。

ただし、あえて独創とまでは言わないが、表現に当たっては、自分なりの道を貫かせていただいた。歌に志を立ててから、すでに六十年近くが経過した。今さら何を目論むというのでもないが、戦後六十数年の果てに文学や、文学研究の衰退があるなどと、誰が予想したであろうか。そして時代の混迷、政治の貧困、思想の低迷。このさきどんなに力を注いでみても、不遜な言い方をお許しいただけるならば、われわれが辿ってきた道筋以上の歴史が築かれるとは思われない。

いま年老いて考えることは、宇宙の途方もない広がりや、永遠に続く時間の長さといったことだ。そしてその中の微粒子のような、今日ただ今の自分——。釈尊が開かれた《ほとけの教え》は、こんな混乱を極めている時代にまさにぴったりと符合している。曰く

諸行無常　あらゆる現象は変化してやまない。「有為転変」の世の中であり、「老少不定」がこの世の定めである。

諸法無我　どんな存在も「絶対」という本質はもっていない。金銭・地位・名誉・高齢などへの

執着が、煩悩である。

涅槃寂静　迷いと執着から離れた境地を涅槃という。涅槃こそは「解脱」とともに、仏教修行の究極の目標である。

この「三法印」と呼ばれる教えをお説きになられた釈尊は、先年訪ねたインド中西部の仏教遺跡アジャンターの石窟、その第二十六窟の西壁に一三〇〇年ほどの歴史をとどめ、この世のものとも思われない気高さとやさしさをたたえて、永遠のお姿を横たえておられた。

この歌集がそんな大問題の解決に何の役割も果たすことが出来ないことは言うまでもなく、自覚しているつもりである。

しかし、日々生活している上で右の教えが何らかの手助けになるならば、この上なく有り難く思う。

今回も短歌新聞社の石黒清介社長、及び今泉洋子氏にはお世話になった。また平素お世話をいただいている「花實」の神作光一氏、利根川発氏、西川修子氏、帯川千氏らに対し厚く御礼申し上げる。加えて発行所のさまざまな用件を厭わず処理してくれる家族にも感謝を捧げさせてもらう。

平成二十二年五月

高久　茂

朝朝の声

目次

平成二十二年

心　経　三一一
山茶花　三一二
清き朝あけ　三一三
如何なる明かり　三一四
面安けく　三一五
牡　丹　三一六
身の才　三一七
鳴る霧笛の　三一八
マトリョーシカ　三一九
碩か博か　三二〇
オランダの夏　三二一
山萩の一枝　三二二
咫尺せむとは　三二四

平成二十三年

公園を歩きゐし老い　三二五
水あめ　三二六
夜々の銀河　三二七
枝移りつつ　三二八
寒き彼岸　三二九
父母の墓　三四〇
槻のみどり　三四一
脳励ます　三四二
銀座八丁　三四三
さるをがせ　三四四

練　馬　三四五
ゴビの流沙に　三四七
風にひとりに　三四九
尾花の穂花　三五〇
野の菊　三五一

平成二十四年

蛩の声　三五二
上野地下道　三五三
雪伏せて　三五四
独往の筆　三五五
書に親しむ　三五六
名残りの芒が　三五七
さくら咲きて　三五九
角ぐみそめし　三六〇
花は葉を　三六〇
沙羅の花　三六二
夢のごとくに　三六三
ボロブドゥール　三六四
山百合　三六五
枳殻垣　三六六

心経

平成二十二年

午前五時近く目覚まし鳴るころをなぜに自覚し目の覚めるにや

椀《もひ》に盛る全《また》き白飯《しらいひ》湯気立てり朝《あした》の早き庫裡の厨に

音のなき朝の五時に一人して仏飯《ぶつぱん》いくつ並べととのふ

朝々の勤行の声わが内に響かせて聞くまだ老い果てず

をさなごは仏壇に向きよき声に心経をしも唱《とな》へまつらく

石ぼとけ古りし微笑み湛へ在すけやきのもろ葉明るめる下

言の葉は裡に抱けど独りして留守守《も》る今日は唯黙すのみ

とめどなくくだる落ち葉を掃きゆかむいのち存らふ楽しみとして

惜しからぬいのち一つを保ち得てささやけき夜の奢り一杯《ひとつき》

山茶花

飲食《おんじき》は程々にせむ白湯《さゆ》をもて己浄むるものと飲み込む

いくたびか出席と書きて欠席のそのままなりし歌びとを知る

人の目に触れぬところに山茶花の冬のいのちをやすやすとして

これの世にまた会ふすべのなしと言ひ隠坊は頻りに「お別れ」勧む

やむを得ず卒論の評価不可とせし一人の末をはるかに想ふ

訥弁の外交員を好みたり亡き汝《なれ》はしも己にかへて

りんご園守りてをらむみちのくにいとこの一人なかなかの日々

校正ミス指摘する文とりておく返事は出さずおのれに刻む

地吹雪とふ予報を聞きて目に泛ぶＴＶに見たる猛き風の矢

清き朝あけ

水底《みなそこ》に融けぬ氷のありと聞く加賀白山の夏の日蔭に

天よりの賜はりものと手を広げ白雪《はくせつ》を受く清き朝あけ

したたりは空よりくだりささやかに石のおもてを濡らしはじめぬ

めくるめく渓の奥底蒼深み人をいざなふＴＶといへど

真二つに割れて虚空にあがりけむ勝鬨橋を幻に追ふ

口中に嚙めばほろほろ崩れたり甘さほどよき九重《ここのへ》の菓子

うしろ手に襖を閉づるその刹那大切にして耳に確かむ

ストレスとプレッシヤーとはどう違ふ会議終へきて一人もの問ふ

湯気立ちて明かりのもとに鍋料理ありて頰笑みたりき亡きもの

スペインの旅の日々よりメールあり便利になりしとケータイを手に
　如何なる明かり

竹ひごを細かくさきて編める籠竹なれば艶もちて光れる

水ありて広がる沼面いちはやくあした近づき光を湛ふ

人のゐて団居せりけりその後に如何なる明かりともりをりしか

闇暗き夜の奥よりかすかにも明かりの見ゆる急がざらめや

水の面を流れたゆたふ雛《ひひな》ありゆらめきにつつ遠ざかりたり

きららなすイクラの粒のおびただしそのいろ赤く胸をなごます

湯気立ててSLを引く機関車にいきほひのあり光ともなふ

いづこより生《あ》れ来ていづこまで行くかはかなきものを糠蚊《ぬかが》らの群れ

おほかたは小さき犬を抱き歩むいのちの果てを知りてか否か

戦前のセダンを知らぬ若きらに腕ふり上げて説明をなす

面安けく

涅槃図を掲げ世尊を供養せりひとり声明《しやうみやう》の声を慎み

沙羅《しやら》双樹《さうじゆ》囲むまなかに寂静《じやくじやう》の世尊は伏せり面《おもて》安けく

流れ去る雨の力を想ひをりそをゆかしめし地《つち》の傾《かし》ぎも

昨夜《よべ》浴みし帰途の驟雨をとどめたり枝に掛けある蝙蝠《かうもり》のひとつ

寄せてくる波にやすやす乗りゐたる小鳥ら沼の八方に群れ

寝ねしより目の覚むる迄動きゐし時計目にあり弛まぬちから

新聞に出ずに今年の修二会果つ炎《ほのほ》の帯は曾て目にせど

目に低く枯れ野の続く冬日なり遠き果たてにしろがねの嶺

よく燃ゆる護摩の炎の高々と煩悩を焚《た》き火の粉を降らす

既にして去年《こぞ》の蟋蟀《しつそつ》絶え果てて三途の無明いくばくか行く

牡　丹

くれなゐの花びら広く金《きん》の蘂こまかくこぼる風のまにまに

風吹けば揺るる牡丹《ぼうたん》花重く皆がら震ふ季のさなかに

牡丹の黄を見てあればいづこより来たるか蜆蝶の近づく

むらさきの花をし見れば思ほゆる汝がすこやけくはるかなる日々

牡丹の上に枝垂れて葉のやはし花の過ぎたる桜木ひとつ

重なれる花びらの黄に少しくはみどり交れるかとしも思ふ

鬱金ほど濃くはあらねど黄の花はみどり交へて彩り深し
花びらの薄く透けつつ紅の濃き目に慣れたるも今年の牡丹
蘂の黄の手触れぬに金をこぼしたりその色を見ず蟻の登り来
いつまでか白き牡丹の保つこと日差しあまねく盛り移ろふ

身の才

晴れ渡る総本山に引金《いんきん》の音さやかにし入堂の列
一山《いっさん》をこめて回向の経をあぐ花山院一千年の御忌《ぎょき》をば期して
常よりも歩みの音のすこやかに猊下《げいか》粛粛と入堂したまふ
阿弥陀の大呪《だいしゅ》低く誦《ず》んじてみ堂より出で来たりしを風の吹き上ぐ
端近に控へてをりし小《ささ》法師立ち上がりざま躓《つまづ》ける見ゆ

仏前に花奉るときのまを閼伽《あか》汲む音のひそやかにして

二十《はたち》にて出家してより幾度かは危機といふべき折りもありたり

おほかたは運といふべきか身の才《ざえ》を際どく保ち今に至れり

目に映る森羅万象《しんらばんしやう》夕暮れて夕暮れてゆく嘆かざらめや

さくら散りさつきも果てて庭さきはうすむらさきのあぢさゐうるむ

鳴る霧笛の

さくら散るころの日本を立ち出でて霧深く閉《さ》す街に彷徨《さまよ》ふ

まぼろしをなせる夜霧のそれながら人気《ひとけ》の絶えし陋港を籠む

あさぎりは四囲に立ちこめ妖《あや》かしの夢覚めぬまで朧を深く

うみぎしに霧は湧きつつ巻きのぼりビルの頭《かうべ》を頼りなきまで

やはらかに霧は動きて音もなく光る大廈《たいか》の幾十支ふ

濃く淡く渦巻き寄せてかりそめに霧はも隔つ遠き海原

いくたびか鳴る霧笛《きりぶえ》の底ごもりかの世この世のあはひにぞ呼ぶ

みづからの重さのゆゑにたゆたふか霧は経《へ》めぐり根無し草なす

うるむ霧しばし動かぬ見下ろしの高層ホテルに異国の春が

やうやくに霧は晴れつつ遠光り外洋目ざし巨船出でゆく

マトリョーシカ

机辺には進歩を証《あか》すあまたあり字消しテープに調光ライト

溶かし切れぬ残滓残せる紙ありき浅草紙など名は床しげに

一望千里の原野広がり代赭《たいしや》なす遠き異国を俯瞰の画面

田の畦に虫かがりの火燃ゆる見き遠き在所に若き日のころ

想ほえば法臘五十八年か二十《はたち》にて出家したる運命《さだめ》と

強き意志圧《お》しくるものと竦《すく》み立つ三宅坂最高裁ビルは堂々

何ゆゑに今日よみがへる「リスボン発同盟」ラジオにしばしば聞きにけるまま

本棚にマトリョーシカの微笑みは去年《こぞ》モスクワに試作せしもの

枳殻《からたち》の刺《とげ》ある垣根日々に見き月日はるかに経ちて会ふなし

背を押して友死なしめし中学生ケータイに撮られ退路を断たる

碩か博か

岩の上に寄する波動をとどめたる漣痕《れんこん》を見よ小さき整ひ

草むらゆ鋭《と》き秀《ほ》を立てて薄《すすき》伸ぶ乾ける風の向きに順《したが》ひ

炎暑続きにめげぬ葉おもて輝かしみどりを保つさつき群《むら》立ち

流れゆく水にひかりは透き通りせせらぎわたる音をあげつつ

碩か博か思ひ惑ひて小半どき戒名の文字いまだ決まらず

骨太き隷書に胸の文字ひかり高校野球は目に親しかり

フロントガラスに一滴五滴十滴と雨降りはじむ予報に反し

一ト目六万夜のフィールドにつどへるは喚声あぐるサッカーのファン

頂ける扇面にしるき筆のあとは恕とのみにして閉ぢをさめたり

暑き日に何の冷えぞも小犬《ささ》は胴着着せられ目の前をゆく

オランダの夏

外つ国を巡り巡りて暑からず遠きベルギーの八月に来て

アイスランドの噴煙は見ず巡りたり水青きブルージュを緑濃き野を

水青きブルージュめぐる舟に見て古き建築美《は》しき列なす

ジプシー否ロマ近づくと見るままに娘《こ》は身をひねり辛うじて避く

フェルメールをゴッホを飾り人のなく静けきかなやアートミューゼアム

森の中にはかに風の吹きしけば秋の兆すと総身《そうみ》の応ふ

オランダはゲルマンの気質稟《う》けたれば食を粗にして堪《こら》へ強しと

はるばると野は遠ひらけバスはゆくオランダの夏縦《ほしいまま》にて

かき曇りにはかに雨の打ち始むバザールを見むと行く石畳

緑濃きオランダの野を全速に駆けゆくバスを雨打ち続く

山萩の一枝

経巡《へめぐ》れる庭の面濡れて初萩の花うねり咲く紅紫《こうし》群立ち

目につかぬ三枚の葉は小さく萌えひと枝をとる鮮しき萩

風に揺れ萩のむらさきこぼれゆく雲多く過ぐる彼岸のあとを

蝶型花といへる山萩むらさきの色こまやけき近寄せて咲く

山萩の一枝をとり夕ぐれのあかりのもとに拡大したり

五米の高さを保ち五十年金木犀は今年も香る

五六日ほどか香《かをり》の漂ひてやがてむなしと仰ぐ木犀

鼻腔ふかく金木犀の香をかげば戦後苛烈の明け暮れ想ふ

春は沈丁秋木犀と寺の庭香り浄土をなすかとまでに

風吹けば風の向きにもしたがひて木犀かをる庫裡のなかまで

咫尺せむとは

大和路は秋の至らむころほひと道の辺の草はつか色かふ

二千十年十月十日長谷寺に両陛下迎へ咫尺《しせき》せむとは

本坊前に菩提院結衆《ぼだいゐんけつしゆう》並び立ち両陛下をば慶び迎ふ

しづしづとまします歩みとどめ給ひみかどは我らにもの言ひ給ふ

わが前に今か立たして親しげにねぎらひ給ふ言のゆかしさ

わが目見《まみ》を見たまひし瞳確かにて品《しな》のととのひいたはり給ふ

徐《おもむろ》に歩み運ばるるお后《きさき》の年輪を加へいたましとまで

才《ざえ》薄き己《おのれ》なりとも歳長く勤め来ていま晴れの日に会ふ

宮内庁長官県警本部長ら厳《いかめ》しきかな公的みゆきに

夜ふけて我は思へり秋づける本山にありがたき幸《みゆき》に会ひし
鴻恩《こうおん》に謝せむみづから小さきを息長く生きて唯ひとりなり

公園を歩きゐし老い

平成二十三年

斧かざし立ち止まりゐる蟷螂は鎌なすものを如何にかすべき
暑き夏過ぎて目高に力あり水のおもてをゆるがすまでに
いつしかに加齢臭など言へる語も辞書に登載され始めたり
人間はどこまで無礼になりゆくか朝からあらぬもの宣伝す
ある日ふと人は姿を消してゆく例へば公園を歩きゐし老い
けざやけきブルージュの水路巡りたり時に不浄の臭気に堪へて
やはらかに冬日がさせり白障子　紙貼りたればあたり明るく

虫が飛ぶ小春の縁に坐りゐて農家の婆は何かしてゐき
気の利いた話始めしをんなにて「古来より」と聞きTVは消しぬ
身の細き外人の少女歩みくるかすかにうれひある美貌持ち

水あめ

蘇る去年《こぞ》オランダに見かけしはコンヘイ糖にまぎれもあらず
かすていらあるへい糖にこんへい糖一六二五年の太閤記は記す
フロイスが信長に贈りしものを嚆矢とす金平糖も長かりしもの
一般に金平糖を珍重し贈答に用ゐしは明治期と聞く
御湯殿上日記天正九年八月十七日にこほりさたうを記せると聞く
ちちのみの父の手わざに戦中はみづから水あめを作りたまひき

よはひ重ねカレーライスは耐へ難しと市村宏先生の作品にあり

行《ぎやう》の食事《じきじ》と半紙に包み鳥獣《とりけもの》に生飯《さば》とし投じ心清めき

心身を清むる食物《じきもつ》ありやなし若きらは皆けものぐひにて

単簡に何の味はひも手に入る現代にゐて何か落ちゐず

夜々の銀河

枝先にのこる山椒の葉を摘みて掌《て》に打ちたればなほ香り立つ

天竺に求め来たれる琅玕の数珠をし広ぐ碧き光沢

寸毫も許さぬ底にもの言へり若きころほひのみづからの如

工兵の鳩舎の前にいとけなく母とゐき戦前のはるけき記憶

消灯喇叭鳴るをも聞きき軍隊に隣接して家居ありせば

夜の空に星あまたありて降るごとき戦中の闇をひそかにぞ恋ふ

目先《まなさき》に水の満ちたる沼のあり夜々の銀河の映りてかゐむ

御齢《みよはひ》の深み来ればまぎれなきかんばせをもて后《きさき》は立たす

夜のはじめくれなゐに胴を彩られ東京上空を雲おしうつる

威からぬ犬の矮さきをロープもて引きつつをみな若くはあらず

枝移りつつ

何ごとか願ふが如く祈《の》むごとく鵯は鳴く枝移りつつ

忙しさ途切れざるゆゑ残したる百日紅は正月の枝

熊手もて杉の落葉を掻き出だし羨《とも》しきろかも火をつけ燃やす

この庭を雪の清めし朝を知る閉づべきものを皆がら閉ざし

雪降れば撓みしなひて竹群は折々にしづる浄き音して

朝明けて鳥のさへづり庭にありしかすがに寒さ身にか透り来

庭の最中は臘梅の香に品高くひとめぐりせり心浄めて

寒き彼岸

光さす阿字幻に目をとぢて人は死したりみひつぎの中

寒い寒いと心にこぼしいつしかに今年の涅槃過ぎてゆきけり

天に満ちつぼみ幾万太りゆく欅を仰ぐ朝のまなこに

太りたる蕾をひらき赤こぶし春にさきがく山門の下

馬酔木らも小花つけたりあたたかく少しはなれる日のさす方へ

沈丁の赤つややかにつぼみたりいつまで寒き彼岸を前に

鶲の目白の声のにぎはしくあした明くるは心はげます
真東に向ける御堂の透き間より光もれくる彼岸も近し
灯の下にがり版切りて過ごしたり全精力を傾けしころ
雲すこし出てゐる午後を鞄持ち野暮用せんと一人出てゆく

父母の墓

電話にて聞くより早く身のふるふ父母の墓3・11に倒れしといふ
一刻も早くと急ぐ新幹線那須塩原を終点とせる
レストランに昼餉をとれば目に映る燕初見を手帳に記す
高速を乗り継ぎ行けばおもむろにブルーシートの屋根屋根屋根が
春光のもとに墓石はくつがへり折れて飛び散り無残のすがた

遠く来てでのひら合はす墓どころあまた石塔倒れたる中

父の骨その他あまたの骨甕が春の日を浴ぶまぎれもあらず

幾万の人のいのちの一瞬に海嘯《かいせう》奪ひ去りて帰らず

地震予知など誰《た》が禍言ぞ千年に一度想定外と

圧し拉ぎ捻り潰せる巨力もて海嘯薙ぎきあまねかるまで

槻のみどり

中庭に季節選ばず咲ける薔薇手わざ惜しまぬものの誇りと

某月某日空は微かに霞みこめ黄砂西より至れるといふ

大地震《おほなゐ》の過ぎていつしかこの国に安らぎのなし思ひもかけず

遠く丸く観覧車あり今まさに春の夕日の沈まんとして

気にもとめず普段は見過ごしてゐたるなり電線の氾濫言ひがたきまで
煙吐き鉄橋過ぐる汽車の下深々として薄暮漂ふ
とらはれて遊具の乱れ目に追へるものらのありと知りて過ぎゆく
巨いなる槻のみどりは光帯びかしこに立てり力をもちて
いくたびかみづから招き負《お》ひしけが後遺の痛みいつか去りたり
水たまりあればガソリンの色美《は》しく浮きてゐたるが今日よみがへる

脳励ます

目に映る梅花空木の花白し季《とき》告ぐる風ゆるく吹くなか
舗石の汚れ落さむジェット水流見る見る白くおもて輝く
放射能浴みたりといふ牝牛らが互みに低くうめくごとくす

石の面に白紙《しらかみ》を貼り拓をとるたんぽの手わざ巧に速く

伊秉綬《いへいじゅ》の曹全碑の隷書　武の字体　夜《よ》の疲れたる脳《なづき》励ます

緒遂良《ちょすいりょう》のなりし雁塔聖教序　簡明端然を筆にし湛ふ

糸偏の下部の三点は誤りと言ひ逆《むか》ひたりもの知らぬもの

雨上がり庭水《にはたづみ》光る苑の面《も》をけふいくたびの歩みにかゆく

六月一日五時四十五分上空を杜鵑鳴きて過ぐ希有の思ひに

遠き母はるかなる母夢に来よままならざりしその身を運び

銀座八丁

おほかたは苦しむこともなくてあらむ菩提樹は風に葉のそよぎ立つ

ささやけき音立て梅雨の注ぐなり彼の世のほどもほとびかあらむ

諸行無常　老少不定加はれば一日《ひとひ》と言へど無人《ぶにん》にはせず
たまたまに用持ちて銀座へ行けるなり友垣あらぬ寂しさ抱《いだ》き
ひかり移る銀座八丁しかすがに何たのしむといふにもあらず
鋪石の白く長きが目をさそふ境内の面目一新をして
青梅の熟れつつ落つる幾粒か拾ひ上げその香たのしむ
葉の間に青梅は粒の実りつつ梅雨の雫を払はむとせず
どくだみに毒の字使ふうたびとよ思ひのほどの知らるるものを
雲間より光さしそめむし暑き一日《ひとひ》始まる劫初に続き

さるをがせ

朝明けて引き戸を軽くあけしとき空《くう》より垂るるくもの糸あり

雨戸あけて庭のおもては野生のにほふ人知れずここを犯し来たれる

「豆腐と納豆」芸もなけれど相手をなす一人の留守を辛くも守り

よくせきのことにてあらむ某某氏声あげて住まひの裏に罵る

まれまれに赤子の泣くを耳にして仰ぐ窓の辺こころいざなふ

誰の子と言ふにはあらず幼きが砂場にあそびこころ楽しも

全力をもちて球打つウィンブルドン丈高く美《は》しき異国のをみな

燭台の下にゴム布《ふ》を当てありと大震災にめげざるを言ふ

山深く進みてゆけば木々の間にさるをがせ風にゆれて下がれり

石の間をせせらぎ細く注ぐなり音立てずして光《かげ》おのづから

練　馬

食べ慣れぬ蔬菜の一つしかすがに蔓紫は好みにかなふ
南より吹きしく風は夏闌けて勢ひもてりみ堂をつつみ
かかる夜深《よぶか》に訪れくると狸らか家居の外に何か気配す
東京と言へど練馬は狸らが夜行の里となしてうごめく
まなぶたにありあり泛かぶアルハンブラ水の軌跡の交はすトレモロ
さいつとし船遊びせしブルージュの水の面のひかりとかげり
時ありて光はかへる秋近きカーテンにさす昼近きころ
人のゐぬ向かう林の入口に鹿か遊べる昼のまぼろし
もとむともあきなふとも読む貿の文字　易《えき》は交易往来の易
倒さるる間際まで人に影をさし安らぎ与ふ樹木といふは

ゴビの流沙に

陸《くが》広く山容水形あるものを海潮《うなしほ》打ちて轟かしたり　地

目の前の地《つち》を雀が蟻が行く昨日に続き太古に続き

山幾つ越えて行きけむ棚経をすませ故郷へ疲れたらむを

いつ頃より見なくしなれる土龍《もぐら》かと思へどやはか答へもならず

間なくして地虫の声の韻《ひび》くらむ梅雨《ばいう》はあがり草一途《いちづ》なり

しづく垂るみなもとはるかきららかに末の大わだ遠く夢見む　水

恩寵は神よりたまふ水にしていづれも様の目にも口にも

遠々《とほどほ》に天路《あまぢ》を帰り見の清《すが》し緑こめたる生国《しやうごく》の山

羊水の中にはぐくみ培へる母ありがたし父はことさら

甘冷《かんれい》に清《せい》を加へし極楽の八功徳水《はつくどくすい》　頂戴受持《じゆぢ》す

はるかにし夜の穹窿《きゆうりゆう》を仰ぎたりゴビの流沙に身を仰のけて

火

七月十日夜の壮観を忘れ得ず戦火に遙《はる》か燃ゆる仙台

ささやけき火影一つに心こめ遠き戦後を母と耐へにき

へんろ宿に蛍追ひしは二十年《はたとせ》前か連れのさざめきも胸に残れり

盆の火を迎へに焚くと苧殻《をがら》もて土に屈みぬ宵の家居に

白河を越ゆれば風の乾けると丘陵の晴れ遠くふりさく

風

ましづかに夜は降《くだ》ちゐて風もなし　み魂らしづむ北もさならむ

暑き日をオランダに行き受けとめぬ遠見近見《とほみちかみ》の大風車群

風吹けば肌が応へてかすかなる寒さと思ふまだ老い果てず

いついかなる世が来らむもおどろかず残り少なき風来の日々

ヒマラヤの空晴れ渡り千山万岳ただ俯瞰せりチャーター便に

空

父も母も見ざりし世をば長く生く間なく八十の日は来むとして

ビルの間の空に見え隠れつばくらは夕べに近く身をひるがへす

庭に立つ石のおもてを絶壁と見立てて攀づる眼もて細かに

億《おく》兆《てう》京《けい》垓《がい》秭《し》 壌《じょう》 溝《こう》澗《かん》正《せい》載《さい》極《ごく》　いづこ辺りまでゆくのか地球は

風にひとりに

あけ方の窓をひらけば入り来る清き気流あり身に受けとめむ

庭さきに満作の花咲きうつる人目を引かぬ色のままにて

十薬の今年の青葉目立ち来ぬやがては白き花も保たむ

とし老いてけふ苦しみの一つなき身を遊ばせぬ風にひとりに

さし交はす槻の枝々こまかきはこまかきなりに万の芽の出づ

尾花の穂花

陽に光り芒が原はなびくなり夕かたまけし広き傾斜に

幾千本なびきかがよふすすき原入り日の際に果たてを知らず

手にとればかすけき重さ伝ひくるほほけ初めたる尾花の穂花

草むらにすすきはその穂保ちつつおのづからなる重さ垂れたり

ほほけたるすすきの穂わた光りつつ内よりきざすものを思はす

音ひびく出棺前の釘打ちをいつかやめたり人の心に

身のうちに響くものとてやめしならむ柩に打つは骨身にこたふ

石をもて柩に釘を打ち来たるならはしなどもいつか消えたり
こどもらに菓子か何かを与へたるとむらひごとも遠くはかなし
何ゆゑか赤飯を焚き声高に昔とむらひ皆嬉々たりき

野の菊

栗籠めて炊きたまひたる飯をしも傘寿を祝ぐとあな忝な
うた詠みて長く来たれるよしみゆゑ給へる飯ぞ味はひて食む
深まりて薄らに寒き想ひあり一人身にしむ夕べはことに
何の菊と名にこそ立てぬ野の菊のまなこをかすめはや暮れてゆく
南さして伴ふはずのつばくらら先立ち汝は残されにしか
ゆふぐれの涼しき空につばくらはひとついのちの永らへて舞ふ

ひよどりら蜜を吸ひにと来しからに枝はゆれつつ山茶花立てり

朝方に一声なきていづこかへ百舌は去りたり何してをらむ

てのひらに一握の米をにぎりたり今年とれたりと送りたまへる

あしたより冷たき雨の打つ日なりいづこへ出でむ用もなきまま

平成二十四年

残蛩の声

半日の「荷風日歴」閉ざしたり残蛩の語を心にのこし

蛩は即ちこほろぎにして耳を打つ庭のこなたの草のいとまに

芝草は冷気こもらむ明け方に細々と残蛩の声なほつづく

草むらは季節を送り色もなし枯れかげり風につづまやかにて

さつまいも筋ばかりなるを知るか君ら六十年前のかすけき粮《かて》ぞ

腹の空き何のこともなくなりし微粒子の如過ぎにけらしな

人知れぬ山のいただきかがやかし今朝碧空《へきくう》に白雪《はくせつ》あらむ

太平洋越えて来たれるボストンに雨中をハーバード大学に行く

窓を打ち大雷雨行き過ぐる見下ろしに暗きボストンの街

ワシントンの美術館《ミユーゼアム》に来たりゴーギャンのかの大作に一人真向ふ

上野地下道

味薄くととのへくれし湯豆腐の身にとほるまで夜を更かしゆく

冷奴《ひややつこ》レイドと読める若ものを一つ話にかつて聞きにし

背に八十一枚の鱗　頭には二本の角ありと龍の謂れを辞書に引きつつ

行く手には繁みのありて笹鳴きす折々に日差しかげらひにつつ

百歳《ももとせ》を生きながらへし老人《おいびと》の真白き骨《こつ》の浄きひとかさ

上野駅の地下道のここに浮浪児らたむろしてゐき六十年前

ゆくりなく上野の地下道を通るなりここに盤踞《ばんきよ》しゐたる者はや

宵々に陰間《かげま》があまた並びゐき西郷銅像の下の石段

さう言へば新宿駅のガード下にも街娼暗く立ちゐしものを

かの頃の辻に立ちゐしをみならのその行く末を知らましものを

雪伏せて

いちはやく雪に起き出でかすかなる風音を聞く耳冷ゆるまで

香の高き臘梅の花見る見るに積む雪載せて透きとほりゆく

土の上に古きかたちをかたぶけてしづけき雪に草は堪ふる

あとさきのなき世に生きてひそやかに積もれる雪を指に払へり
何もかもあいまいにして積もる雪灯籠のかげもおぼろとなりぬ
冷えつのるものかげにして残る雪あかりを受けて黄色《わうじき》を帯ぶ
ものの影みな消えうせて雪白し遠き戦後のよみがへりつつ
雪伏せて庭木しづかにかげりつつ飛ぶ虫もなしましして羽音は
かの遠き母の逝きたる夜ふけにも音なく降りて雪野なりにし
幾万年続きゆくのか行き暮れて冷たきものの霏霏とやまざり

独往の筆

半ばとけ屋根ずり落つる雪はなほしづく垂りつつ夜を更かしゐる
おほいなるけやきの梢けぶらへり遠見の家居春を待つかに

屋根重く鐘撞き堂は立てりけり紅梅の花清くあしらひ

「無」とのみに公照の墨ふとぶとと床を占めたり独往の筆《て》に

仰ぐ空に満作の花ほころびて日はあたたかに暮れんとすらし

のみど出で御堂ふるはす声明のただ真すぐなり身にとほるまで

畳紙《たたう》広げ曝す法衣の中にしも先代遺愛の清き金襴

乾きたる空気を惜しみ拡げたり七條衲衣　如法衣その他

いつまでも寒きひかりのしかすがに明け早まるは心励ます

萌え出づる草にひかりはとつおいつためらふさまにさまよひてあり

書に親しむ

あたたかきいで湯を訪はむ術もがな桜のまだき日々抱《いだ》きつつ

戒めの長く続くと黙しつつ書斎に寒き三月《みつき》を耐《こら》ふ

ながながと白き茎ありスーパーの葱の売り場を過ぎたる記憶

日がな一日曇りの厚き春まだき書に親しむもなりゆきにして

きさらぎのもちづきの夜に八十のよはひ終へたり遠き釈尊

あるときは薩摩治郎八の伝記など思はぬものを読みて時消す

浄行に入《はい》らむ間際沈香は手に取り塗《まぶ》し丁子《ちやうじ》は含む

いくさの場《には》に征きて死したる馬匹《ばひつ》らの難儀を思ふ書を読みつつ

福島宮城岩手あたりも暮れたらむ3・11過ぎ　なほ寒し

暗がりにいまだ目覚めぬ四肢をもて地震《なゐ》の寄せ来る　測りて怺《こら》ふ

名残りの芒が

悴《かじか》める手もて門扉の鍵ひらく寒中の月冴えわたる暁《あけ》

午前五時東京の空仰ぎ見よ北斗の星の闌干《らんかん》として

新しき年の明くると掌《て》を合はす暁寄するひんがしの方

風のなき寒のさなかに臘梅は品《しな》高き香《か》に歩みみちびく

枝先に何求むとて来しものか四十雀らは閃き移る

実の落ちしゐのころぐさに辛うじて芒《のぎ》か残れり名残りの芒が

「幻華童女宝暦六年四月」の文字歴々として愛《め》ぐし石仏

ピラミッドの形《なり》して百余の石仏が古りし面に冬の陽を享く

かがみ開きといふといへども知らぬ世にましして蔵開き鳥総松《とぶさまつ》など

赤松は幹のくねりてひとり立つ夕日浴びたる鐘楼守り

鮫の皮煮凝りにせし売り物を遠く駄菓子屋に求めし日あり

この陸《くが》はいづこ辺りまで持つものか夜の天狼に問はましものを

さくら咲きて

夜の空の果たてを望む思ひにて深潭《しんたん》暗き海底《うなそこ》をこそ

土分けて萌えづる草のにひわかばいとけなきころ見しにかはらず

顔うつす水のおもてにひかりありたぎつ瀬の音近き林に

小さき犬また小さき犬いづれもがすなほに引かれ近づきて来る

もう暮れるもう暮れるとぞ意識なほまなこに集め過ぎゆく惜しむ

待ちてゐしさくらは咲きて見のかぎり花は連なり時を逝かしむ

つはものがかつてゐたりと思はせて風騒がしく山を吹きしく

いしぶみにつらなる文字に目を集む花吹雪舞ふ夢まぼろしに

あれはもしや天地の中の何ものか癒しくれしかかの重き傷

六百五十億個の太陽ありといふ宇宙の広漠思惟を超えたり

角ぐみそめし

時に合ひ人の賑はふ店先をさりげなく過ぐ昔知るもの

晴れ渡り庭にしつらふ鞍馬石はかなき歩み気づくことなく

天蚕糸《てんさんし》生むべき桑を手づからに与へ給ふと老いし后は

あきらけき空を映して池広し弥生となれる離宮の苑に

内庭に角ぐみそめし山椒《はじかみ》の新葉《にひは》に心寄せて近づく

花は葉を

枝を葉を抜け来る風はありなしの涼気をひきゐ今し消えつつ

人知れず扇子に扇ぐ風微かいづこまで行く胸先を過ぎ

花は葉を葉は花をしもひきたてて皐月の盛る今日午後の苑

ダウンタウンに高層のビル一群を遠く見しのみ羅府《ロサンゼルス》に

淹れたてのコーヒーこれはブル・マンか鼻腔抜けゆく香りかぐはし

見上ぐれば残雪の見え水上はとこしへに水の音して傾《かし》ぐ

ほほゑむは水子地蔵の石の肌手に持つ花をそれらしくして

向き合ひてつつじの盛る庭の面は胡蝶の飛べる春幾久し

引き戸開けて入るすなはち目を射るは「寂光土」なる先徳の筆

土の上に霜柱立ちかがやかに光を透かす朝のまなかひ

沙羅の花

深川鼠《ねず》の庭石立ちてその窪み斜めに荒し日もかげりゆく
菩提樹は枝を剪られてその隙に六月の空青々と澄む
敷石に日のひかり満ちその先に木洩れ日浴ぶる苔などもがな
幾たりを逝かせて時は運ぶのかあとさきのなき時のあひだに
幻に亡き人の見えその中にいとけなきわれのただたよりなし
つゆ深む書庫に入り来て心やすしいづれの書にも見覚えのあり
庭なかは沙羅のしらはな高々とみな空を向き風にそよげり
ひたすらに曇りの続き沙羅の花ひとひのいのち保ちては散る
ただひとひ花をしひらき土に散る沙羅なりとはて幾たりの知る

つばくらはいくたびも来て空《くう》を切る朝方にきて昼過ぎもまた

夢のごとくに

目の前を声上げていま行きしのみ幼の影は夏の通りを
荒縄にくくられたりし古きもの汚れし荷台にありて行き行く
生ひたれば蔓は八方に伝《つ》求《て》め風のまにまに揺れやまずけり
墨滲むよき二双紙をひろげたり面はゆき筆を揮はむとして
幹古りてつや立つものかさるすべり夢のごとくに花つけはじむ
納豆をひさぎ日暮を少年がかつて行きたりあすもさあらむ
六月の葬堂ひろく静けきに経よむ声の寂び寂びとあり
ちからある五弁の木槿ひらきたり淡きむらさき朝ごとにして

飴色のうつせみひとつまろびありことしの夏の土の上にて
しわばめる己がかひなを目にいとひこころを逸らす夕暮れを来て

ボロブドゥール

遠々にけぶれるごとく浮くごとくプランバナンの高き神殿
夜のくだちなほ照明に泛べるはうつつなす三つのシヴァの神殿
ヒンドゥーの寺院の遺跡プランバナン黄昏のかなた仰角の果て
円壇の石に手を触れ祈りたりジャワ　ボロブドゥール遺跡の真昼
ボロブドゥールのストゥーパに来てめぐりゆく内にぞいます仏像胸に
見上げたるボロブドゥールの回廊に釈尊の一生《ひとよ》ありありとして
周囲より風吹き抜くるアマンジオ　ボロブドゥールを遠望のランチ

海冥く遠くひらけて行く手には灯のひとつなしインド洋上

振り仰ぐ夜空にはるか思ひ見む南十字《サザンクロス》の貴きひかり

植栽のほどよき茂み前景にビーチの響くバリ・ハイアット

山百合

風あれば穂草はなびきうれひなし秋のなかばの来たらむとして

草伏して東稲山をおほふらむかの歌碑などのいかにかあらむ

庭遠くまなこ放てばうすらかに草もみぢせむ色合ひきざす

すべらかに光をはなつむらすすき重さのあればまだ傾ぐのみ

暑さやや収まりたるか北に向き黒文字の花ほそぼそひらく

風ありとしづかに揺るる紅萩の群れは道べをかの世へ誘ふ

草ならぬ灌木なれど七草と言ひ伝へたり庭の萩むら

ひたすらにむすめが植ゑていとめなる山百合はしも風にひらける

ととのへし枝の軽さの目に見ゆる風にそよぐを嬉しむもみぢ

本堂のとびら閉すときちからなく蟬の遺骸は空《くう》向きまろぶ

枳殻垣

渓水《たにみづ》は石にせかれて二手なし滾ちを急ぐ光揺れつつ

道すがら枳殻垣《からたちがき》に黄の玉の生りてゐたりと夢に恋ひつつ

舌ざはりに覚えのありて瓶詰の雲丹を恋しと長き年月

稲の花咲くをし見れば息詰まるかのころほひの夜々の貧しく

襟元に風の冷たく秋深み自転車に行くはしばしためらふ

朝刊に挟みてありし広告の「ジャンバー」の文字とむねに閊《つか》ふ

ひんがしの門のかたへに昨夜《よべ》の雨名残をとどむいささ竹群

遠々に雷神鳴るとこの年のいまだ終はらぬ陽気にぞ倦む

八十年越えて伴ひきしは何　ひとり臥し所に寝返りを打つ

声高にわれを圧しし年かさの鬼籍に入りてただ静かなり

初冬のあかり

目次

平成二十五年

まろ葉の浄し　三七四
この行く末を　三七五
水のきらめき　三七六
師走長谷寺　三七七
宇宙の一隅　三七七
槻の若葉　三七九
花びらほどく　三八〇
黄の薔薇　三八二
心こめ踏む　三八三
藤のむらさき　三八三
たなぞこに　三八五
歌びと死す　三八五
茄子紺　三八六
ただにはるけく　三八八
ひと夏の果て　三八九
土は潤ふ　三九〇
八十年　三九一
寺に住んで　三九二
むらさきにほふ　三九三

平成二十六年

武蔵練馬　三九三
聖　廟　三九四
冬の本堂　三九六
河原鶸　三九七

滅罪と供養　三九七
この世の滅び　三九八
那智の滝　四〇〇
村岡花子　四〇一
ももちの鳥の　四〇二
上着涼しく　四〇三
山恋ふ　四〇四
梅雨近き庭　四〇五
夏は蟬　四〇六
セーヌの闇　四〇八
朝起き　四〇九

平成二十七年

過去の断片　四一〇
出水のあとを　四一一
モルジブの香　四一二
銀杏を仰ぐ　四一三
石のほとけ　四一四
長谷の回廊　四一五
彼岸も近き　四一六
烏揚羽　四一七
浅き眠りに　四一八
初瀬の渓　四一九
母のゆびさき　四二〇
軒端はまして　四二一
残る明け暮れ　四二二
けざやかに　四二三
たどきなき一日　四二五
あふぐ虚空は　四二五
ただ逆らはず　四二六

まろ葉の浄し

平成二十五年

明け方の薄き明かりに山茶花は咲き盛りたる花をしかかぐ

思ほえば陽に耀けるパンパスグラス遠く小石川に仰ぎし日あり

全身に朱泥まとひて座したまふ愛染明王は古色を存し

色のよき沢庵があり思はずも手が伸びるなり心をよそに

踏み締めてのぼりゆく坂たまさかにしじみの蝶のまよひ導く

桜の葉　いろどり深く変化《へんげ》してゆくてを彩ふ　寒きたそがれ

前を向け小窓が開《あ》いてをらうもの　ふつと入り込むのぢやかの雑念が

高速路ひたに飛ばして家めざす深夜に近きタクシーにひとり

いまだ折れぬ茎捧げ立つ蓮《はちす》あり泥より出でてまろ葉の浄し

やはらかに肌へをすべる水清し透き通りたる神のしたたり
　この行く末を
時を超えはろばろとしておほいなり空に輝く天狼ひとつ
人あまた行きて帰らぬたたかひののちの夜空に星座仰ぎき
神々のみあとは磐にあるものをそこ越えて虚空に心はあそぶ
目の前に全《また》きいのちを張り延べてさながにはあり太古よりして
千年否万年も否　億年の乾坤示す化石は指に
人間のいのちたかだか一万年この行く末を誰に尋ねむ
うなばらも砂漠も果てはあるものを宇宙果てなしと夜更けて思ふ
化石燃料燃やし尽くしてその先に　このカー社会早く滅びむ

いづくにも人はあふれてかりそめのうつつと知らず今日も暮れ行く
影のみを先立ててゆく永劫《やうごふ》のときをし思へ薄き光に

水のきらめき

かすみつつ朝ほのぼのと明けてゆく天壌遠くはるけきまでに
釈尊の入滅しのび涅槃図をひそかに掲ぐ寒きみ堂に
いささかのせせらぎありて水ひかりそのきらめきに心は憩ふ
ゆふぐれは風出でて来ぬ北遠く雲の奔るは雪もよふらむ
地の果てのその先かすみ時もなくまぼろしならぬ夜が迫りくる
あと幾年生くるいのちか夜の部屋にひとりあまたの書《ふみ》見めぐらす
冬長く伏せて耐へゐる虫の類枯れしくぬぎの樹の葉の下に

父も母もその父母《ちちはは》も遠きよりわが内にきて血潮のたぎつ

車椅子にせめてひとたび母乗せてゆるゆるとあとを押したかりしよ

冬深く過ぎゆくからに光濃くうちつけに来て心を満たす

師走長谷寺

年かさの僧らは早くいねたらむ総本山の奥のしとねに

はつゆきはうすく残りて石きだを踏みしめのぼる僧の仲間と

高みより冬の山ひだ遠見にし大和師走の朝明けの冷ゆ

身にとほる朝の冷気におのづから声はげまして心経唱ふ

せせらぎの淙々として流れゆく長谷のあしたの川音に沿ふ

宇宙の一隅

銀河系の中にかすかにこの星の微粒子のごと啻《ただ》にはるかに

地球ひとつ些々たるものを取り巻きてとめどもあらぬ宇宙広漠

一隅を照らすと誰か言ひにけむ宇宙の一隅広々として

幾十億の人間住むと胸張れど宇宙茫々の片隅の些事

一万歩進むが何ぞ果てしなき彼方ゆ見れば微粒の動き

うつしみは香《かぐは》しくして若かりき匂ひの失せし冬の茅原

過ぎ行きは早く人類に一万年そを遡上せば何ぞ氷河期

生きにくき世をさて生きていかがせんこの世の果ては茫と霞みて

過ぎ行きより未来に向けて流れ去る時間の中に何ものかある

先立てるみたまら空にひしめくを澄明の夜に黙して仰ぐ

槻の若葉

雲晴れてひとすぢ光射し初めぬわだかまりなどはらへよとごと
けぶかすかのぼりゆく見えそがひには山の鳥らの遠く騒がし
老ゆる身を清く保ちて遠山にひとり謐《しづ》けき明け暮れをこそ
吹きしなふ槻の若葉はその波のうねりつつ高し目路逸るるまで
俄にし春のあらしは吹きまよひいのちちぎれて半ばは咲ける
枝に咲く八重のさくらはまぶしくも光を保ちおのれを装ふ
なまなかに咲くちからより空に散りまなこをさそふ地に落つるまで
花散らす風の吹くかと遠見ゆる断崖《きりぎし》にして低き目の下
この空の奥の奥処《おくか》は果てしなくひた瞑《くら》しとぞ行くすべもなく

あはやとて命落とししかも知れず四度《よたび》否五度《いつたび》がほど
　花びらほどく
外の面にははやての過ぐる音ひびく光の春の一日は暮れて
蠅蚊蜘蛛その他もろもろいづこまでいつの頃まで生き永らふか
かへらざる今日と思ふに老い人は足たゆく行く杖などつきて
直土《ひたつち》にこほりとぢたる冬草の芽生えむとすらし明けよみがへる
やはらかに風は吹きつつ近づくは四十雀らの葉ごもりの影
庭木々は芽吹きはつかに風を受く二月なかばの日差し寒けど
吹きしなふ枝々のかげ揺るる音まだ朝早き寒のなごりに
見上ぐれば姿《なり》ことざまに満作の花びらほどく昔見しまま

時はゆく時はゆくとぞ内のこゑ玻璃戸の向かう風の吹きしく

冬のくもり薄く冷たくひとり行く雪のつもりて融けたる名ごり

池水のおもてさわ立て波の寄すかすけくとはに還らざるもの

ささやけき去年《こぞ》の枯葉を土に踏む心をどりの淡々《あはあは》として

月よりのはたらき受けて在り経つつそを失へるもとのをとめら

さかひなき空碧くして深々《ふかぶか》と湛へ移ろふ春のぬくとさ

観音の浄土みなみに遠く行き南十字星《サザンクロス》を茫と仰ぎき

諸法無我と枯れし筆あとこころ打つ虔しくして逝きたまひたり

身をかがめかのガンジスの水に泛《う》くひとつ明かりをとはに想へり

地震《なゐ》ふるひあるは一万噸の石隕《お》つる地球はいづれ壊れかゆかむ

ゆふぐれの淡きひかりに想ふかないまより佳き日来たらざらむと

これの世の尽くる日近き頃ほひもさくら一山《いっさん》を染めて吹雪けよ

黄の薔薇

黄の薔薇の咲き始めたるあしたにて唯すがすがと庭打ち見らる

耳元に熊蜂うなり近づくか否さにあらずバイクのなりし

ぶなの林ほどよく梳かれ日の光淡く及べり壁の展示に

母逝きて六十二年の命日を何といふこともなく過ごしき

はるかにて聖書研の一員たりきコリント前書など読みしことあり

町医者の待合室に名を呼ばれ返事せぬまま人は立ち行く

珍しく独楽はまはりて目を引けり今一息に倒れむとして

そのかみに春樹と真知子たづさへて何をか語りたりしこの辺

心こめ踏む

よはひ長く保てるものは勝ち残るひとりつつしみひそかに思ふ
いくたびも死期のりこえて生き残るささやかにしてささやかならず
少年のころの苦行を人知れず思ひ起こしては語らずに来し
老いいまだ兆すことなし甃石《しきいし》を心こめ踏む今日のしるしに
視力一・二《いってんに》と知り何がなし力わき出づ八十を過ぎ
いのち惜しと思ふことなし歌びとがしみじみ惜しといふを詠めども
首うづめ枢に眠るなきがらにおのれを重ねこころ楽しむ

藤のむらさき

くまもなく空晴れ渡り上州の果てに輝く残雪の山

朝明けて山の傾《なだり》は花房のさだかならねど藤のむらさき

仰ぐ空あくまで蒼しその奥に知れぬ暗さの邃《ふか》くありとふ

健やけく何を語ると知らざれどただ坐してここに在《いま》さばとのみ

前《さき》の世にいづちの森か奥深く跳ぶ虫にてもありたるものを

夕暮れは交代のときつばくらが姿見えぬとなればかはほり

昨日まで輝きてゐし石南花に梅雨か迫らむ雲の暗きは

日曜は朝早きより声交はすグランドに来て球追ふものら

あるものは代搔きなどもしてゐむか集ひ終はりてゆきし家にて

この庭に去年《こぞ》来てくれしうぐひすか若《も》しはその子か笹鳴き始む

たなぞこに
雪もよふ朝《あした》を早く起き出でて孫は凜々しも髪をととのふ
「かしこまりました」と美《は》しき日本語を学ばすTVなれど「笑点」
ひよどりに芽をついばまれ臘梅は花の盛りを失へるまま
たなぞこに秘めたるものは遠き日に誓ひ交はせし淡きぬくもり
目の前をへだて顔《がほ》にてすれ違ふ俳人歌人の会なんとなく
本場所の目立つ席にて今日もおはすきもの召されし女菩薩さまら
ガラス戸に当たりて墜《お》ちし冬鳥の立てなほし飛ぶあつと叫ぶ間

歌びと死す
風の向かう雲のかがやく山越えていくばくかまた遠景を見む

沃野ならぬ関東ロームかく開けマンション群の灯の夥し

まだ小さくセンチに充たぬ蟋蟀《しつそつ》ら芝刈れば幾らも跳び出て遊ぶ

病む友も健やけきものもともに老ゆいつしか便り途絶えしなども

物静かなりし歌びと死すと知るむごきかなむごきかな胸部動脈瘤破裂との記事

主宰死亡の翌々月は終刊となべてかからんいづれいづれも

五年先十年先を占へずかつて敗戦と聞ける日のごと

暑き日と出前にて届く冷や麦に忝《かたじけな》しと合掌なせり

からころもきつつなれにし伊勢の文読みつつ偲ぶ遠きゆくたて

草の茎たどるたどるに蟻の行くいづこまではてそは知らざれど

茄子紺

友則が夏衣としも愛《かなし》める蟬は羽根透きひたすらの声

忍び込み源氏がするりかはされし空蟬まろぶ暁の石きだ

自《し》が脚に水をくぼめてあめんぼは流れの淀む隅に動かず

ささがにの空にめぐらす糸につれ雨は重しよ地軸をめざし

葉ごもりに薄闇つづく林来て音なくぞゐるまひまひつぶろ

あぢさゐは花のさかりの色冴えて塀よりのぞく貧しき家に

すれ違ひ咄嗟にまなこ判断す茄子の紺色光帯びゐき

揚げてよし漬けてもよろし茄子の味みそ汁の中に柔きも叶ふ

仙台に長茄子食し京都にはまろき加茂ありとのちに知りたる

目の前に止まり少しく声慣らしのちいきほへり幹のみんみん

ただにはるけく

くれなゐの淡くふくらむ牡丹花はひかりを浴ぶる思ひとげよと

にひわかばよろこび浴むる雨の朝仰げば光はるかよりさす

あたたかに雨は注げど昼暗くひとり画集を机上に展く

ひろげ干す袷《あはせ》に単衣《ひとへ》幾枚を調へくれしただにはるけく

朝光《あさかげ》に力をもちて花ひらき四照花《やまぼうし》かすか赤みを加ふ

幾輪の光をしかかげ仰がしむみどりの中の石南花ぼとけ

遍路にて声かけくれし男の子らよ四十番観自在寺の傍《はた》忘れめや

あさつゆは葉の上にまろく結びをり光のきざす朝を待ちつつ

帰り来ぬものと思へば戸をとざす雨降る夜のこころうつろに

夜の遅きタクシーにして話したり「八十八夜の別れ霜」など
てのひらに摘みて叩くは知りをれど今は見るのみ山椒の若葉
夜をとほし西より寄する風のあり黄砂は今も積もりてをらむ

ひと夏の果て

けやきさくら葉を茂らせて夏の間は庭の涼しよ日の暮れるまで
ひと夏の果てかと思ふつばくらもいそしみゐたる姿の見えず
空は澄み秋近づくを思はしむさすが六十日までは猛暑ももたず
夕星《ゆふづつ》もおつつけ見えむ風出でて肌へさやかに時経ちてゆく
光りつつ尾花は早く穂に出でて虫語をさそふ風にかすかに
今ぢや知る人もなし《はつたい》の噎せたかりしよいとけなきころ

遠く遠く地の果てまでを見はるかしロスの高所に心放ちき

「もっと深場を」攻めよなど言ひ釣り竿を手にもち抛《ほふ》る老いし釣人

一瞬も眼の離されずＣＭに息合はせ二人チェロを強弾《こはび》く

夜の遠く救急車ひとつ馳せる音とはに帰らぬかろき断片

土は潤ふ

八重のさくら重く重くし咲きさかり春の幕開けを告げてわが庭

牡丹《ぼうたん》の厚く開けるはじめにてそれより半年の土の饗宴

梅雨どきに沙羅の開ける白花をいつくしみゐき声なきものら

紫の小花つぎつぎ咲かせたる萩は終はりて微粒を残す

花終はり名残をとどむ萩の果て花びらしぼみ萼片かすか

敗荷の名残を示す玄関の鉢に置かれて空映す水
円葉《まろは》もて支へありしを萩の花潰えて虚空に何も残さず
槻の木の目立たぬ花は微粒ゆゑいつしか消えて葉の茂りあり
庭中に葉をば茂らすもろもろの樹木の影に土は潤ふ
長く長くわが寺を守り庭中に樹木らはあり土を保守して

八十年

銀杏《ぎんなん》の音立て落つる傍へ過ぐ朝まだきひとり身をばつつしみ
暑かりし夏去りゆけば何もなかりしごとく振る舞ふ世の人なべて
つぐみらがひと夜をかけて渡り来る先をし思ふ秋冷ゆるころ
月のなき夜ごろを過ごし身の冷ゆるおほかたは一人黙しがちにて

数ふれば半年の余も出向かざり銀座八丁かがやく通り

何の実とも知らず散り落つる音ひそか林中に歩みほしいままにて

秋深み土佐に遍路の連れ立ちて峠越え行く遠きまぼろし

末枯《うらが》れの野に光るものあらざりと鴉は去れり枝を離れて

金環食庭一面に木漏れ日を小さき輪となり今年も過ぎつ

混沌のひとよひととせ目の前に八十年は過ぎてはかなし

寺に住んで

家族みな仕事をせずに過ごされず電話接客掃除もろもろ

七月の近づき来れば書き継げるせがきの塔婆寺務室を占む

年々の過ぎ行く早し大みそか鳴らす梵鐘に行く年送る

むらさきにほふ

いかづちは遠くなりつつなほ響く辰巳のかたに移り行くらし

やまぐさの吹きしなふ道越えてゆく覚えの中をたどるたどるに

風吹けば袖をしはらふ墓の辺になつごろも透けてむらさきにほふ

木もれ日の斑《ふ》の幾十はささやかに土のおもてを揺れ休むなし

ひととせは半ばを過ぎて打ち付けに暑さを加ふ梅雨もあがれり

のちのよにやがて会ふべきたらちねを心にいだきまどろみに落つ

庭なかの遠くにかすか聞こえたる今年のこゑぞ蟬の初声

武蔵練馬　　　　平成二十六年

仰ぐ空あかつき間なく近づくと「冬の大三角」巨《おほ》ききらめき

武蔵練馬この大空のひろびろと幾万年ぞ冬の星辰

夜更けて冬のおほぼし見むものと身を仰向けぬ若からぬ身を

はるかなる遠き祖《おや》らも仰ぎつらむ冬野の星のけざやかに輝《て》る

陋港に生きて果てむを何のゆゑ救はれていま八十を越ゆ

この部屋にいづれ絶えむを素手に撫づ冬の日差しの及べる限り

マンションの巨体は徐々に立ち上がりその量感《マッス》もて日ごと圧しくる

道の辺に瑠璃色なして光もつむらさきしきぶ触れよとばかり

この暮れは黄のいつまでも保ちあり遠見際立つ公孫樹の二本

風わづかありと知らるる道はたに高灯台は既に枯れ果つ

聖　廟

遠く来て天竺の朝を迎へたり老いの命のいつまで続く

近づけば歩むごとにぞさまを変ふタージ・マハル巨き白色聖廟

ヤムナ河天の曇りを映したりいまだも暑き秋の始めに

巨いなる白亜の聖堂目交ひに仰げばいよよ心を誘ふ

高さ五十八メートル大理石なる聖廟の内らに仰ぐはただの空間

精緻なる貴石装飾さはいへど心をとらふ偶像のなし

月光に仄かに浮かぶ白大理石の聖廟恋ほしインド、アグラに

亡き妻の廟をし眺め過ごされきシャー・ジャハーン帝憂愁のうち

亜熱帯インドに来たり寝ねむとす夜深《よぶか》なればか物音もせず

遙けくも来れるものとさしかはす言葉はすでに国を隔てぬ

冬の本堂

幼きもの祖母の亡きがらに手をふれて涙をながしゐたりけるはや
よく知らぬをさなごなれど肯へり言葉もなくてなきがら送る
今生の別れを惜しみぬくきものをかさねたまへりひつぎのなかに
なりはひといへばさみしき僧形の読経を終へて胸のしづまる
声高にものを言ふひとをらずしてとむらひ終へぬ心に深く
沈黙に過ごし髑髏と向き合ひて修道士いのち果つまでと聞く
寒のさなか凜然として沈黙す光及ばぬ暁の僧堂
筋目たち本瓦葺きの蘇る五十年経し冬の本堂
夜更けてバッハのカンタータ響らしつつつひに帰らぬ転生想ふ

かへるべき墓所はかしこ歴代の眠り寂けく冬の日を浴ぶ

河原鶸

河原鶸鳴き声親しころころと屋根を越え行く庭のひかりへ

元禄の年号刻む石ぼとけとはの自若を指《おゆび》に示し

今し今生きて鮑は直接に火にかあぶらる身悶えしつつ

みづからは望まぬゆゑにTV画面特養ホームは見むに見がたし

野の果てはあたりのつけどその背向《そがひ》虚空の極み知るよしもなく

滅罪と供養

遠き明日香寺《てら》のいしずゑ太々と築きて緇衣の友の逝きたり

はるかにて若き月日の暑き行《ぎやう》みづから責めき朝まだきより

滅罪と供養のふたつながながとつとめきたりて寺にいまあり
あかり薄くさへぎられたるその奥に言ひがたきものありと知らるれ
人知れず目立たぬ花をこまやかにつらね開けき香もなきあしび
遠山に冬日のあたり風の冷ゆひたすらなりしかのころに似て
うすうすと昼の雲気の晴れゆくか冷え冷えとせる窓に寄りつつ
生《あ》れてより口すべらせることなしと言ひてゆきたり遠き他界に
いとけなくかくれあそびなどしたらんを語らず逝きき浅草の辺に
寒気にもめげぬ葉をもて所占む「難を転ず」のいはれも古く

この世の滅び

遠つ祖《おや》ありて今日《こんにち》のみづからにとしつき長く血はつづき来ぬ

一光年イコール九兆五〇〇〇万キロ　ほどもあらんに察しのつかぬ
宇宙の果て百三十八億光年か途方もなきを人は突き止む
いづれはるかこの世の滅び虚空にし雲散も霧消もし行くとぞ聞く
ダヴィンチもミケランジェロもやがてなし哀しきろかも人類といふは
かつてわがナイアガラを見きピラミッドも　費えゆくものとつゆも思はず
しかすがに春の日は差しをみな子はほほ笑みの美《は》したまゆらを映え
さらにさらに宇宙は回帰し循環すと際限もなしその果て果ては
この博大この纖密《せんみつ》も知恵のうち長く生きしかば知り得しものを
永劫の過去も未来もあるものを分かり得しとてそもその先は

那智の滝

春浅き冷気のなかに振り仰ぐ高々として落つる滝つ瀬
木の間より勢ひ持ちてくだり来る神の霊気の冷たきがまま
振り仰ぐ滝のその上しめ縄が示すは神の住まへるところ
永遠のなかのかしこと振り仰ぐ那智の名瀑ひかり帯びたる
劫初より尽きざるごとく滝口は雪降る今日も水の落つらむ
ここにして仰げるものを目の下に神の視座あらむ高き滝口
歳月のなかにかくして振り仰ぐ畏きものか滝のみすがた
磐座《いはくら》に天そそります神のあり時じくにして滝と流るる
夜を徹しすがたあらはれ絶え間なししかして滝は時を日に継ぐ
滝のうへはるかかなたをさかのぼりもはや滝とも陸とも見えじ

村岡花子

手すさびに扇《せん》の要《かなめ》をたはぶれと心あそばすひといとまあり

人あれど人のゐぬゆゑ結局は当方に廻るなりゆきのあいさつ

婚前旅行ありのままをば簡単にむしろこころよし披露パーティーは

押す引くにねぢる力の試さるる神経痛に悩む腕ゆび

村岡花子と関屋五十二を遠く聞き子供ニュースを日々楽しみき

一週間の巡り来る早き老の日々楽しみに観る「花子とアン」を

壇上に咳の出づるを気遣ひて送り給へりくわりんの酒を

小池百合子代議士なれどその弔辞出色のものと今日伝へ聞く

ももちの鳥の

おともなくさくらはなびらながれくる虚空に何の跡も残さず

幾とせのももちの鳥の声聞かばよはひは果てむ古きこの庭

みづからの声励まして堂内にみほとけの世界ありとこそきけ

家々の古びしさまも目に親し若きころ住みし谷中《やなか》寺町

たまさかに行ける寺にて耳ふたぐ路線十《とを》ほど絶え間なく過ぎ

むらさきのけぶりは上がりかぐはしく沈香の香《か》の心にぞ沁む

花びらはなかば開きて日の光存分に浴ぶ今年の牡丹

おとかすかわき出《い》づる水のきほひ立ち透き通りたり春のひかりに

幾とせも水田《みづた》のひびき聞かで過ぐ風渡る音蛙なく声

つばくらのすばやき姿目に見えて朝明《あさけ》楽しむらしも鶸《ひは》らも

もろとりらかはせる声のつつましくみ堂のうちに耳をかたむく
植栽のかげにかくれて目をひくは雨にしとりて光もつ石
たかぞらをい行く機影の目に入《い》らずただ茫漠と夕べの靄が

上着涼しく

所在なく眼を転ずれば庭石を越えて紋白日なたへ向かふ
八十を幾つも越えていまさらに何かをなすといふにもあらず
何万と知れぬをのこのわめきつつライトもつ手を雨に振り上ぐ
あぢさゐは薄紫より濃紫梅雨のあしたを味はひ深く
背丈はや我を越したる孫娘六月なれば上着涼しく
これがこのインドに求めし童女像デザインも古り見の清々し

今ははや傘といへども何をかを押せばひらきてまたすぐ閉づる
かぐはしく梅の実のあまたまろびをり熟れてその肌言ひ難きまで
パパパパと最期までかすかに呼びゐきと餓死せるをさなのあはれを伝ふ
はばたきて白き揚羽の越えゆけり夏雲高く見下ろせる午後

山恋ふ

何に倚る心といはめ夢過ぎて朝の意識のいまだ覚めざる
紗を隔て腕《かひな》の肌へま定かに見らるるよしも老いたる肌へ
耳もとに幽けき風の吹き出でて夜明けは近し夢の崖《きりぎし》
「いづれみな」の言葉を残し逝きしとふ誰にともなくただにひそかに
残り少なきとしつきなれば朝に夕《よ》に身を潔斎す陀羅尼の響き

敗戦の近き雑踏に怖かりし誰何《すいか》鋭声の憲兵の視線

いはかがみ淡紅色の美《は》しきはなつけたるころかひたに山恋ふ

なにとなく心の動く夕暮れにひとり暑を避けグランドに出づ

おほぞらに銀河ありとふ無尽数のその洞の中行かましものを

かの若輩かの弱虫のおのれぞと過去世を知るはひそかに一人

梅雨近き庭

巷にはもの騒《そそ》めける音ひびく晴れしゆふべとあればなほさら

先立てるみたま騒立ち真夜をこめ庫裏を揺すりて雷のはたたく

くれなゐのうるはしかりし枝垂れざくら今日伐られゆく音騒がしく

夕暮れに野の声満ちて一斉に臥し所を目指す小さきものら

庭なかはものの気配のなきままに夜深となれり梅雨近みかも

あらがねの土を湿らせ梔子《くちなし》の花開かしむ梅雨近き庭

梔子は枝に香りてかぐはしも夜目にも白き花びら重ね

春は竈《かまど》夏は門辺にありと言ふ土公神《どくじん》なれば禁忌犯さず

くちなはら土のいづこに潜みをらん空気しとりて今か出番ぞ

今宵この湿《しと》る夜気にとぐろ巻き伏していまさん青大将ら

地虫らの出でて小さく草に鳴く胸に響かん間なしと待てり

抜き打ちに蝶はかぐろき双翅《さうし》もて出づると見るやはや姿なし

梅雨ちかきひかりは差して何となく薄日となれり参道白く

夏は蟬

思ほえば五十余年の昔なりあばら貧寺に移り来たるは
戦後未だ十年余しか経過せず何と茅葺きの本堂にてありき
新緑の時節となれば隣る林に木の葉木菟の声しきりしてゐき
第一の欅の大樹今もあり夏はその葉の幾万を仰ぐ
夏は蟬秋は虫語の盛んにて街衢はあらず麦畑のみ
一日に数十台か行き交はす車の数も寥々たりき
田蛙の声はしてゐきさりとても遠かはづとふ繊音にして
堂の前立ち対とし立てる高々と黒松いまだ百年ほどか
朝となれば直きにお勤め庭掃除いとまのあらぬ幾十年か
高みより眺めてあらば日々をいかに五十七年は忽ちにして

セーヌの闇

昼前の光はさして庭なかは敗荷《やれはす》の葉の大き翳《かげ》さす
幾十の花咲きてありこの土にモネ親しみき老ゆるまなこに
秋浅き水辺遠く目を放つモンサンミッシェル人なき今を
空は晴れ水辺彷彿と物音《ものと》なし遠く来たれる僧院のなか
幻想の夜とは言へど心つつしみ一人し出でず黙黙として
朝霧のいまだ晴れねば対岸に薄く影なすアンボワーズ城
霧は晴れ広闊とせる庭園に秋のはじめの巨樹は実を垂る
アジアより来たれるまなこよくも見ず豪奢極まる過飾を前に
秋色の静けきなかをパリにあり街衢まなしたにただに寡黙に

夜更けて船はセーヌの闇に沿ふエッフェル塔の瞬時まばゆく
町角のカフェに娘と腰下ろしパリの雑踏に心は遊ぶ
縦横に斜めに幾つ航跡の雲晴れずありパリの上空
眼の前に四十幾年経ちてありシャンボール美《は》しき再びの城
ヘレニズム代表せるとただ仰ぐサモトラケのニケ大き翼を
ムール貝皿に山なす捧げ来る昼食といへど何か豪奢に
モンサンミッシェル修道院のひんやりと暗きがなかに空気の通ふ
秋色の淡くはてなき水辺をただ心にとフランスを見き

朝起き

一山《いっさん》の住職なれば昧爽《まいさう》の五時起きは寧ろ楽しみとして

朝明けて雨戸をあくる楽しみと冬の大三角はやくも著し

虫の音もかすかかすかにつづきつつ朝起きは老いの膝をはげます

過去の断片

平成二十七年

ふるさとの畑に実れる林檎にて礼の電話に訛りの親し

行く先の歳月美しき風光に彩られ実在として壁にかけあり

ガソリンは二百年先まで余力ありとさらばその先は如何にかならむ

六万年先はふたたび氷河期と言ふ然までは持たずなべて亡びむ

温かに炬燵はとらへ老いの身を離さじと否然ほどでもなきか

一日のおほよそ胸をかすめるはやくたいもなき過去の断片

よき時にエジプトを見きスペインもトルコも今は行くすべもなく

幼き日に食べしことなく過ぎしかば最上級といへ海老は好まず
麻布市兵衛町に荷風の跡を訪ひたりき未だ開発の及ばざるころ

出水のあとを

夕食のあと順礼と外に出づくらがりに飛ぶほたるを見んと
薄明りに差せるばかりに山ひとつ静まりかへり梅雨は来向ふ
みんみんの羽根透きとほり動くなし机上にひとつかろきなきがら
山林の中なるしじまただ一つひぐらしの声遠く鳴き澄む
底紅の花咲くころと八月の炎暑いとはず出入りに眺む
はるかにてとほいかづちのひびく音決断せようながし迫る
参道は灼けつつあらむモニターを見つつし出でず誰か近づく

つきかげをうしなふまでに光満ち地上はまぶし人間世界

朽ち葉はやちらほら散りて夏激し桜老樹も息あへぎゐむ

剪定の届かぬままに花付けぬ夏さるすべりあかあかとして

流れゆくままにあらしめ石神井の川は出水のあとを濁れる

風三日吹き過ぎたれば庭なかは乱離骨灰《らりこっぱひ》す大小の枝

モルジブの香

たかはらにひかり差すかと胸に満つ夢路の中をひとり行くとき

とつくににとほく行けると家苞にかをりをたまふモルジブの香を

寒林のなかをし行けばさびさびと槻の枯れ葉は乾ける音す

枯木立しづかに影を投げかけて時折は鳥の群れて声過ぐ

蒸し饅頭いきほひ噴気あげてをり参道は冬の客少なにて

書のあまた背を見せならぶ上段に色鮮やけし光琳の二字

廊下長く暗きをゆけばかつてわが涙せし日のよみがへりくる

幼き日知れるともがら次々に世を去りてゆくいのち細めて

「ヌマは演説百姓よ破れた傘にぼろカバン」TVに見たり慄然として

「今日は本所の公会堂明日は京都の札の辻」日比谷に果てし浅沼がこと

銀杏を仰ぐ

あとせいぜい一万年は続くのか晩秋のあかり初冬のあかり

夕暮れは地上近くに降りてきて銀杏を仰ぐ骨身に通る

朝早きウォーキングの幾たりかもはや追ふすべあらざりと見る

午後の苑人なき今を一人坐し何するでもなし秋の日を浴び

北空の碧澄みわたり風寒しされどもされどちちははの墓

石のほとけ

目あてなくもとほれる土まだ寒くひめしやらの芽の紡錘光る

二三日雨のそそげる庭土に松の落ち葉はたひらに寒し

たちまちに敗れたちまちに色褪せぬサッカーとはげに心を弄ふ

墓石のかげに散乱しいたましも猫にかやられ山鳩の羽根

いち早く香《か》の品高く紅梅は寒のさなかをゆるぎもあらず

日差し浴び石のほとけは幾百のすがたととのふひたすら黙し

休日を駆けつづけ苑を人は過ぐ遠くけやきの影などかすみ

胸深く思へるものも老いつらむ皺深くなれる我が身とともに

同じとしなるを怪しく日常に老化進むと寂しきうはさ

うたびとに老いの進むと幾つかを聞きし寂しみ淡く持続す

長谷の回廊

西ノ京薬師の寺に先立てて長谷の精舎は造られましき

遠つ世のはつせの丘に菜摘ましゝみかど恋ほしも大和の夜明け

みんなみに遠くあふげる稜線のほのぼのとして長谷のあかつき

きざはしの三百九十九を数へつつ長谷の回廊あへぎつつゆく

暑きあした全山にふかきひぐらしをうつつにぞ浴び経たてまつる

今上《きんじやう》のみかどみきさき秋の日に迎へましにき彼のよき晴れに

一山《いつさん》をもみぢに染めて高きより秋の気配は音なくくだる
合掌しあふぐ十一面観世音みおもてやさしただにひそけく
息白ききさらぎの長谷朝明けをつどへる僧の声ふとぶとし
眼底《まなそこ》にありありとして僧形《そうぎやう》の幾たり泛かぶその声もまた

彼岸も近き

かの世には如何なる冬の深むらむ妻よ温くして過ごしてありや
蟻はまだ動かずゆふべ軒下を小虫が飛べり寒くかすけく
息の緒の絶えぬほどにて老いゆくとたのしみごとも淡くなりたり
ニュースにもならず過ぎたりお水取りいつしか終へて春近みかも
うちつけに婆裟《ばさ》と横切る黒きかげ朝朝のＴＶ幻影ならず

タクシーに過ぎ行くところ戦時中太宰が入院加療せしとふ
ややぬくくなりたるなれば出前にはとろろそばなどあつらへてみむ
夜の遠く耳の底にてかすか鳴る救急の音何のありしか
大玄関に沈丁花一対香を放つ彼岸も近き温かさ受け

鳥揚羽

清明清明朝明けてよりしばらくは意識の清明われを支配す
ドローンと名にこそ立てれ妖しくも見下ろす視覚わがものならず
総合誌を見つつ公にわれは知る歌びとの令閏十二指腸縫合のこと
海釣りの画面を見つつつひに飽くなにさま待つが長々として
われはもや一身を捧げて来しものか歌の冊子もたはやすからず

ひととせのうちにまたなき快さ〈凱風快晴〉五月の幾日
わが庭の花盛りなる気づかずに年ごとなれど人たづね来ず
空を切るつばくらのかげいまだ見ず武蔵練馬は何かがたがふ
黄につづき烏揚羽も舞ひのぼる風の強きをものともせずに
車内にし身を横たへてひたとあり盲導犬は涙を誘ふ

浅き眠りに

わらべ唄口の端に乗せひたすらに春待ついのち永らへてなほ
おとなふは四十雀らか日に幾度さへづりもなく庭木にかげす
たまたまに降りかかりたる雪片をてのひらにいま瞬時ためらふ
いのち少なになりたるものとなだめつついざなはむ暁の浅き眠りに

飲食《おんじき》に心動かぬいちにちをひそかに過ごし参らせ候
風邪ひとつ引かずひとふゆ過ごしけり腰の痛みもいつしか消えて
日々に深みゆく冬の果て知らずひそかに案ず終の極まり

初瀬の渓

いつの間に十薬は花をつけたらむその匂ひはや苦にあらざれど
三食を軽目にとればそのほかは何の欲望も沸き上がり来ず
鳥揚羽ひらひらひらひらと庭を舞ふ今日のまなこを慰めんとて
何ゆゑにメダルを噛んで見せるのか画面を見つついつも然思ふ
この世をば楽しきものと思ひしか少年のころは何もわかたず
母の面差し来よとばかりに小さなる写真は壁に夜も昼もあり

冷房の空気押しくる匂ひして夏は来向かふ古き書斎に

父母ともに年老いてわれを設けたり祖父母のあるも知らず生ひ立つ

いとけなく父が作りし庭先に萵苣《ちしや》なつかしもレタスに似たり

耳底にせせらぎ遠くぬばたまの夜を深うせり初瀬の溪は

母のゆびさき

夏いまだ兆さざる土雨受けて庭は繁茂すあくなきまでに

梅雨なればいたしかたなし日々《にちにち》の予報は当分傘マークにて

梅雨深き雲のこめたる夕つかたしづしづとして西へ爆音

咳きこみてものいふことをためらはず心安立てになりたるものか

折々の雨の滴の耳に立つひとりの午後の心静めて

今日もまたイスラムをムハンマドを言ひつのる政治的季節早う去れかし
毛糸もて縢る手つきを夢の中幾たび見けん母のゆびさき
夜遅く篳篥奏で若者も庫裡に育ちぬ何も言はねど
饂飩も蕎麦もかつて代用食として食ひきなれば店屋物としては如何か
屋根叩く夜更けの雨の音激し或いは風も少しあるかと

軒端はまして

あしたより蟬は鳴き声かしましく間なく消え行く思ひをささふ
軒といふとも理解のできぬ若者が軒端はまして理解の外ぢや
庭石の暑熱に焼けて暑からん夕べ野良猫はものともせなく
行きて見たしと思ふ所のあまたありあな老いて思ふばかりに

大方は知るものなけん抱き籠を竹夫人《ちくふじん》とて重用せしを

柱には去年《こぞ》の空蟬そのままに背《せな》の裂け目をありあり示す

何のちぢれに似たりといふか炎熱下しばしいろどる百日紅は

日々に花を掲げて底紅のあり処を示す木槿はひそと

亡き妻が好みにせしをかへりみる話は聞かず水漬けの飯《いひ》

人の出入りの多き日なれば裏口に蚊取り線香の煙上げしむ

残る明け暮れ

旬日を越えて曇りのなほつづく有史以来とまではゆかぬが

大吟醸スコッチその他何ならむよはひ更ければ何なきごとし

朝明けて雨降りをれば楽しまずただ執せるは残る明け暮れ

視るうちにいきほひづいて綿のごと集まりてゆくあなカルメ焼き
青空がにはかに広がり心地よし予報になかりし全天快晴
季節移ろひ百日紅は赤く散る蟬はいまだし鳴き声を張り
この夏は暑さののちにこの冷涼間なく秋日も近づきてゐむ
父母もなく兄弟もみな世を去りて歌の友垣こころを支ふ
世を早め他界されしを耳にせり山口純氏また塩野崎氏も

けざやかに

蒼深きもみぢの葉群嵩をなし梅雨暗しその下の土のみおもて
土の中にひそみ耐ふべし蟬の声やがて勃然と庭を充たさん
この庭に間なく響かん油蟬暁より早く幾百幾千

大粒の雨垂れ一秒ほどの間を置きて何かを打てる快さ

落ち梅のよき匂ひをば嗅がんとし鐘楼のそばはい行きはばかる

さやさやと青田の上をわたる風いま少しなり梅雨の曇りも

境内に娘が植ゑてくれたりし白百合匂ふ梅雨明け近く

夕かげに十薬の花白く咲き匂ひ著きも併せ忘れず

町場暮らし重ね重ねて耳にせずほととぎす空を鳴き渡る声

梅雨晴れのまれまれにして目に仰ぐ澄みたる光品の高きを

ただあふぐ高きより来る滝の糸細くはた白くまなこをとらふ

極楽の華と貴ぶ水上にけざやかに咲く蓮華のひかり

みやこには間なく祇園の山鉾がこんちきちんととよもすころか

たどきなき一日

雷を呼ぶごとき競ひを先立てて雲か走れりただならぬ色
移ろひは庭の草木にあらはれて夏は近づく葉籠れる闇
たどきなき一日なれど目の前はありありと過ぎき老ゆるししむら
老杉は亭亭として導けり奥の院への小暗きがまま
朝明けを心一点にただ集む今年はじめの蟬のしづけさ

あふぐ虚空は

太古より滴れる水目の前にとことはの世を示さんとして
清々と湛へたる水朝明けて音ひそめたり今日のはじめに
たかだかと光は降りて仰がるる初瀬の山に今し朝明け

杉木立重々しくも音ひそむ奥の院へとひたにみちびき
さいつころまかりありたるひととときは消えてあとなしなにともなしに
辛うじてよはひは保ちみづからを励まして生くいとまは少し
いにしへといふといへどもなにほどかあふぐ虚空は果たてもあらず

ただ逆らはず

小さなる円球つらね慕はしもいとけなきこころよりの自然薯
ふるさとは秋のひかりの盛りにてコンバインなども動きてあらむ
あと幾百の中の一日《ひとひ》と秋日《しうじつ》は晴れて乾けりこころよきまで
朝夕の行き来にまなこの端《は》をかすむ木賊いくばく長年のこと
庭木の上おほひてひと夏猖獗を極めしものと藪枯らし引く

幼き日からだに付きしゐのこづち目に入らずして久しき年経つ

日のひかり存分に浴び一群れの薄は風にただ逆らはず

唐突に庭の日差しを横切りて舞ひ立つものか揚羽蝶いま

かはほりは夕べの空に低く舞ふ近づきてからだ見むすべもなく

幾とせをへだて石榴の実を結ぶただそれだけが今日は嬉しく

モネの庭園

サン・ラザール駅の周辺に立ち込むる蒸気よモネの目には確かに

あれはをととしモネの造れる庭園に水を草花を日蔭を浴みき

よき時に行きて仰ぎきとりわけてアブシンベル神殿のかの四巨像

ピラミッドヒマラヤ連山モンテローザふたたび行けず目に泛かぶのみ

ガンジスの暁の沐浴したたりを掌にか浮けにきひかりの中に
タージ・マハル輝く巨堂を螺鈿にて造りたるもの卓上にあり
赤の広場に行きて思ふさま眺めしもひとよの記憶ひとよの記憶
ヴェネチアの晴れこそよけれボートもて疾走し気は大きく開く
目瞑れば絶景幾つ泛かびきて音の聞こえぬことをさびしむ
やがてやがて瞑目すべき月日あり何か嘆かむ見るべきは見つ

秋の餅つき

醬《ひしほ》など知りたるところを見れば乃公もやはり明治の子ぢやなう
戦後の田舎といへば未だ甘藷に筋ばかりの状態ぢやつた
唯一は餅何かと言へば餅をつき事実笑顔をかはしたものよ

何がそれ食ひ物唯一の楽しみと日々三里の道を通ひよつたは
さなぶりや秋の餅つき《圏外》のわれらにも若干おすそわけを給ひき
「疎開人」と名にこそ立てれしかすがに農家の端につながりをりき
東京へ出でて来し日に目を見張れり田舎にはなきザルのせいろを
茶を「淹」れると何様おほげさに字を使ふ事実それが正しくともさ
軍隊の区域に近く住みたれば馬に乗る晴れがましき将校も見き
わが家はよくぞ焼け残れるものよ最も危険なる距離にありしを

　　好みがあらん

畑に植ゑ生《な》りを楽しむ作ありき隔たり遠くわれは寂しむ
商店街もとほることも遠くして八十四翁ひとりの午後は

ブラインド厚く隔つる昼過ぎはなびかぬ植木にこころ落ちゐず

何に見し一首と知るやひとり来て風吹く中に落つる榧の實

いつのころより騒立つことのなくなれり椋鳥らにも好みがあらん

いとけなくいで湯に遊ぶ一日ありき父と母との一日のみに

夜深く過ぎゆく単車の音響く過ぎゆくかなた遠く思はす

桐の木の高々として花掲ぐ追憶の如きあはきむらさき

盆どの盆どの流れろ秋の彼岸にござれや忘れ得ずかの俚諺の端は

轟音を立ててB29赤々と忘れ得ぬかの仙台の悪夢

解説

田野　陽

高校生のとき早くも短歌を作っていたという高久茂は、陸軍軍人として師団司令部に勤務をしていた父と、順天堂大学病院に看護婦として勤務をしていた母との三男として、昭和六年十一月東北仙台市に生を享けている。この世代は戦中世代であり、終戦の前年に父を喪い、空襲にも遭って仙台の家を焼け出され、姉を仙台に残して病気の母を背負い福島の母の実家に移ったという。仙台の姉の庇護が大きかったらしいが、地元の私立高校を卒業した後隣町の小学校の助教諭を務めるなど、既に優秀な片鱗を顕してその後を予感せしめている。母が病没した昭和二十七年、東京の寺院に徒弟として入信し、法名晃信の名を授かり、翌年東洋大学に進学して「花實」に入会、植木正三、平野宣紀に師事して本格的に作歌を開始したのであった。

本全歌集には、既刊歌集五冊と未刊歌集二冊が収録されている。第一歌集『天耳』（昭和55年短歌新聞社刊）・第二歌集『銀礫』（平成４年短歌新聞社刊）・第三歌集『友待つ雪』（平成15年短歌新聞社刊）・第四歌集『初瀬玄冬』（平成16年短歌新聞社刊）・第五歌集『川瀬のひかり』（平成22年短歌新聞社刊）並びに未完歌集『朝朝の声』『初冬のあかり』である。全七冊の作品の数は三五二一首になる。

高久茂は、大学を卒業した年、東京練馬の真言宗豊山派荘厳寺の塚田家の息女と結婚をして、名前を塚田晃信、本名の高久茂を筆名にしている。僧職詠、教職詠といった日々の仕事の歌、親族の歌、羇旅の歌、自然の歌、時代や社会を詠んだ歌、高久短歌は大きく分けてこのように五つくらいの部立てになろうか。

塔婆代ごまかさむとする者のあり梵妻《だいこく》よ油断ゆめすべからず　『天耳』

かたはらに善男善女見てあれど僧わが睡魔斥《しりぞ》け難し　『天耳』

経を読むうしろに坐せる老婆らよ声高の話そろそろやめよ　『天耳』

僧職の歌は高久短歌の特色の一つと言って差し支えない。雑事一切を取り仕切る妻の役目の梵妻の歌、人間性に触れるような睡りを催すさまの看経の歌、初期歌集から縁に従って詠み込まれた内容はユニーク極まりない。

山上に朝《あした》澄みつつ流らふは参籠僧の誦《よ》む普門品　『天耳』

沛然と山打つ雨に心経を高誦《かうしやう》しゆく先達として　『銀礫』

精神のたゆみなき背を端然と首相は坐してわが経を聞く　『銀礫』

辞書の類佩文韻府《はいぶんゐんぷ》迄引くは女傑に相応《ふさ》ふ戒名のため　『友待つ雪』

成長《ねび》勝る金髪染めに二人子の手を引きよくぞ墓参なさるる　『初瀬玄冬』

些かも恨みはあらねみづからが堕ちて潰しし脊椎ひとつ　『川瀬のひかり』

本山の長谷寺に参籠する作品が見えるが、長年真言宗豊山派の教化雑誌を編集し、現在は豊山派の学頭を授与されて大僧正の地位にある。「精神のたゆみなき背」は中曽根首相だが、長谷寺では天皇皇后お二方から労いの言葉を賜っている。また檀家の四十人ほどの人々を引率して度々四国、西国などの遍路に出かけている。寺はまこと多忙で、電話、接客、掃除、近所からの苦情の処理等々、家族全員で対応する位大忙しである。歌境は広く、東大寺の修二会の夜籠り、新年の恒例の寺の雑煮、浅草花川戸の草履、金蘭の袈裟などの法衣と僧帽、陀羅尼等の経文の数々、寺の参道の草取り、除雪、樹木の枝落しのほか、夜々方丈に笙を吹く寺を継ぐ息子の歌等々枚挙にいとまがない。僧職の作品は歌集の主脈であるだろう。

家族詠にあって一番大きな山は平成八年の妻の死である。共に助け合いながら寺を護ってきた人だけに悲嘆の深さは限りない。また父母を追慕し、養父の遷化を見届け、成長する子供達や孫たちを詠う。肉親故の情趣は多岐多彩に亘る。

腕見せて眠る長子の幼きにひと世の終りありりと知らすな　『天耳』

母と呼び四たりの母に仕へたる中に忘れ得ぬ生みのかの母　『銀礫』

息の緒も今は絶えたる寂寞《じやくまく》に外ゆく鶲《ひは》のあかつきの声　『友待つ雪』

忝《かたじけ》な忝な汝《な》の限りなき優しさ想ふあかつきの闇　『友待つ雪』

終息の近づき来るに否も諾《う》もあらず耳立つ夜のワーグナー　『初瀬玄冬』

雨の夜の盆の迎へ火明々《あかあか》と妻よ早よ来よ歩み確かに　『初瀬玄冬』

オヂイチャンハイツゴロホトケサマニナルノ　真顔の言葉胸に眠らむ　『川瀬のひかり』

ささやけき火影一つに心こめ遠き戦後を母と耐へにき　『朝朝の声』

東北の大地震で郷里福島の墓が倒れ父の骨甕が露出した歌、北満に戦死した兄の歌。故郷に寺を守る兄の歌、成長し結婚する娘や賑やかな孫の歌、複雑な生い立ちを窺わせる四人の母の歌など、思いも寄らない多面的な作品が見える。傘寿を超えた人生の歩みである。

平成十四年に定年を迎えるまで、小、中、高、短大、大学、大学院と五十年に亘り教育の場に身を置いた高久茂である。教え子の歌や言語に纏わる歌、同僚や留学生、受験生の歌に巧むことなく面目を発揮している。教育の場こそは、彼にとって知識豊穣の実りの土壌であったかも知れない。

狸の肉共に食ひたる助教授ら秩父の宿にいびきかきをり　『天耳』

いつしかに来なくなりたる顔ありと教務手帳をつけつつ思ふ　『天耳』

笊読めず草鞋の読めぬ学生ら蚤も虱も朕も案山子も　『銀礫』

ティッシュ下さいなどと受験生何を言ふ鼻水ぐらゐ汝は男《をのこ》ぞ　『友待つ雪』

イスラムのチャドル纏ひてキャンパスに留学生の深き眼差し　『初瀬玄冬』

若くして亡くなった教え子を悼み、卒論に蹉跌した生徒を慮る。恩師の平野宣紀先生の教えを反芻することもあり、時には同門の神作光一先生の文学博士号取得を言祝ぐのである。欠席続きの学生も現実そのものであり、情熱的な教員として学生の読めぬ漢字に現状を憂うるのである。若者達に誠心誠意向きあってきた教育者の顔がここにある。

噂ゆゑ斯《か》かるくしやみの出づるとぞ詩経記せり二千年前　『天耳』

『広辞苑』の『新潮国語』の限界か僧の日常語「已達《いだつ》」収めず　『銀礫』

閼伽水《あかみず》の閼伽と羅甸《ラテン》語の水《アクア》との遠き同根は想ひ見ざりき　『友待つ雪』

死せるのち遊離しゆくを魂《こん》と言ひ魄《はく》はしばらく留《とど》まると聞く　『友待つ雪』

湑《した》むとも淘《よな》ぐとも言ふ農夫らの手練《てだれ》を見しも半世紀前　『川瀬のひかり』

言葉にはうるさい。たった一つの名詞でも忽にせず、『日本国語大事典』にありながら他の国語辞典に無い日本語に目配りをし、古い農夫言葉さえ貴重なものとして拾い起こす。しかもラテン語のほか英語と仏語の相違を歌に詠み込むのだ。学識が繰り広げる真を穿つ言語追尋は途轍もない。

大きな主題の一つ、国内外の羇旅の歌は担当の数にのぼる。国内では多く信仰に関する場所や短歌に関係する場所、初期では登山の歌などがある。海外では毎年恒例のように出かけているが、史蹟、自然、各地の聖堂等格別重厚な作品が並んでいて眼を瞠る。ある種盛り沢山の目的意識を持った旅であることを実感させる。

人工の全き黒部の渓に張りダムは寂けし湖を湛へて　『天耳』

いかづちのみ神祀れる上賀茂の人なき昼をゆく水の音　『友待つ雪』

春浅き冷気のなかに振り仰ぐ高々として落つる滝つ瀬　『初冬のあかり』

国内の旅では、三峯山の茂吉歌碑、諏訪の赤彦の墓所、国上の良寛の五合庵など歌に縁のある作品とか、結社の大会に尋ねた東北遠刈田、出羽三山や京の鞍馬越えの作品がみえる。歌人の識見、物見遊山の旅とは違うことに気付く。

大廈高楼聳ゆる下を黙々と幾千台の自転車の列　『銀礫』

遙けくも来たれる朝の晴れわたり水蕩蕩と展くガンジス　『初瀬玄冬』

かぐはしき光収むる黄金のカテドラル天にいざなふばかり　『初瀬玄冬』

目晦《めくら》ます奇岩怪石あやなせるカッパドキアの影また光　『川瀬のひかり』

遠々にけぶれるごとく浮くごとくプランバナンの高き神殿　『朝朝の声』

幾十の花咲きてありこの土にモネ親しみき老ゆるまなこに　『初冬のあかり』

「中国紀行」二十五首、インドの旅「ガンジス」十六首、スペインの旅「アンダルシア」十六首、トルコの旅「鏤むる星」八首、インドネシアの旅「ボロブドゥール」十首、娘の付添いで訪ねたフランスパリの旅「モネの庭園」十七首等々、ここに上げた作品に限っても結構大作揃いである。逆に上げ得なかった作品でも初期の「欧州紀行」二十九首やピラミッドを詠んだ「エジプト」の旅二十一首などの大作があり、取り組むべき遭遇に常に全力で立ち向かっていることが判る。佳吟が強く印象に残る所以だろう。

自然の作品にも感銘を呼ぶ秀歌がかなり見える。感覚を集中してひたむきに内部の美や真実を見つけ出しているからだろう。叡智の人の到達点の蓄積がここにもある。

北空の雲晴るるなき窓の外にいのちを持ちて鳥のゆく声　『天耳』
寺の庭清しき丈《たけ》に荘厳《しやうごん》す雨あがりたる黄菊白菊　『天耳』
風迅《はや》き青岸渡寺の見晴らしに幣《しで》のひらめく那智の滝見ゆ　『銀礫』
屠《はふ》らるる運命《さだめ》近きを知る牛ら聖者のごとく佇むといふ　『友待つ雪』
澄みのぼる寒の夜さりの月ひとつ遙けき世をも照らすにか今　『川瀬のひかり』
桐の木の高々として花掲ぐ追憶の如きあはきむらさき　『初冬のあかり』

鳥に見るいのちの存在、心を洗うような植物の美の薫り、信仰の地に仰ぐ永遠をも孕む風景の深さ、生き物である動物の持つ予想を超える尊厳、季節をも包摂した天象の有り難き深奥、時には自然に触発される追憶さえある。歌にそれぞれの座標があり宇宙がある。

時代に流されることなく生きる人間であれば、自明のこととして自らの逢着した社会の問題に真正面から向き合うだろう。事象を大観する作歌者の心、宗教者の心、二つが融合した社会詠には別格のところがある。

「豊かなれど日本人の心荒《すさ》みたり」マザー・テレサが言ひにけらずや　『銀礫』
天竺の釈尊在しし金剛宝座けがししといふかの「妄者」ども　『友待つ雪』

新しき世紀の秋の紺碧に恐怖《テロル》の惨の爆裂の華　『初瀬玄冬』

濡れ縁と言ふが如きも見ずなれる世の移ろひを嘆かざらめや　『川瀬のひかり』

ノーベル平和賞に輝くマザーテレサに寄せた日本人批判、釈迦の教えを悪用したオウム真理教への怒り、ニューヨークの同時多発テロへの恐怖、失われてゆく民族文化への警鐘等々再認識させる数々である。

物の中から何を感ずるか、何を思うか、皮肉の目、滑稽の戯け、愉快な作品や微苦笑させる作品が想像以上ある。特に初期に多いが、ここでは初期と終わりから一首ずつ選んだ。

権謀術数常なきものが近づき来《く》昏歪む薄笑ひして　『銀礫』

銀《シルバー》の席に近近女《ちかぢかにょ》菩薩《ぼさつ》は臍《ほぞ》もあらはに目を瞑《つむ》らしむ　『川瀬のひかり』

本人が気付かなくとも承知の上で平然と対応する当てこすりの歌、思わず吹き出すような肉感の歌、遊び心のゆとりだが、これらの歌を通して作者がかなりの皮肉屋であることを知る。ながらみ書房から出版された『私の第一歌集』に於いて、十月会の先輩である高瀬一誌氏が特色の一つにこの諧謔性を指摘している。正に慧眼であるだろう。

歌集七冊を閲して思うことは、八十歳半ばに達した人の一生涯を貫く歌境には、努力と研鑽の壮大な歴史が詰まっていることを知る。汲めども尽きぬ人間性に充たされた短歌の面目である。

最後に高久茂が歌壇の一隅で無償の奉仕をしたことにも触れておきたい。十月会編『戦後短歌結社史』と『戦後歌人名鑑』の編集委員を務め、傍ら煩雑な会の事務局をも引き受けて苦労されたこと、また「昭和六年生まれ歌人の会」に於いても、三冊の共著を刊行する際煩いの多い事務局を務め会の運営に一役買ったこと、偉ぶることのない清廉高潔な人柄を知るのは私だけではないと思う。

高久 茂略年譜

昭和6年（一九三一）　当歳
十一月二十六日、仙台市川内大工町にて出生。父高久𠮷蔵・母ゆうの三男。父は退役陸軍軍人、日露戦争に従軍し金鵄勲章を受けている。当時は第二師団司令部に勤務していた。母は看護婦、東京お茶の水順天堂大学病院に勤務した。高久茂はこの時の本名。

昭和13年（一九三八）　7歳
四月、宮城県立女子師範学校附属小学校に入学。16年の元日から自発的に日記をつけ始め、一日も欠かさず継続した（晩年に至るまで、概ね継続している）。

昭和19年（一九四四）　13歳
四月、宮城県立仙台第二中学校に入学。六月、父六十四歳にて病没。

昭和20年（一九四五）　14歳
七月、米軍の空襲にあう。八月終戦。のち生活の方途を失い、闘病中の母を背負い、姉は仙台に残し、母の実家である福島県石川郡沢田村（現・石川町）の高橋家に移り住んだ。同時に私立石川中学校に転入学。毎日往復十二キロほどの道を徒歩で通学。

昭和25年（一九五〇）　19歳
三月、石川高等学校卒業。四月、石川町に隣接する野木沢村小学校に助教諭として勤務する（27年3月まで）。

昭和27年（一九五二）　21歳
二月、母十年の闘病ののち六十歳で病没。
四月、東京都荒川区の新義真言宗宝蔵院に従弟として入寺。五月得度を受く。師僧教信のもとに法名を晃信とした。

昭和28年（一九五三）　22歳
四月、東洋大学に入学。明仄短歌会に所属。神作光一氏の慫慂により花實短歌会に入会。はじめ植木正三に、のちまもなく平野宣紀に師事した。

昭和32年（一九五七）　26歳

三月東洋大学国文学科を卒業。四月より大学院修士課程に入学（35年に修了）、同時に目黒区自由ケ丘学園に奉職、当初二年間中学校、のち高等学校に勤務。

五月、練馬区仲町（47年より氷川台）真言宗豊山派荘厳寺に入寺、塚田洪憲を師僧及び養父とし、息女たつ子を妻として結婚。姓名を塚田晃信と変更。但し高久茂は筆名として存続した。

昭和33年（一九五八）　27歳

九月、長女靖子出生。

昭和36年（一九六一）　31歳

四月、旧師僧中村教信（当時、新義真言宗根来寺座主）遷化。同月、次女晴子出生。

昭和39年（一九六四）　33歳

七月、うら盆の棚経のさなか豊島区要町にてバイク運転中、タクシーと衝突、交通事故にて四十日余、病院生活を送る。

昭和43年（一九六八）　37歳

二月、長男康一出生。七月、養母ふじ死去。

昭和44年（一九六九）　38歳

三月、自由ケ丘学園高等学校を退職。

昭和45年（一九七〇）　39歳

四月、東洋大学大学院国文学専攻博士課程に入学（48年3月まで）。

昭和48年（一九七三）　42歳

三月、真言宗豊山派教化雑誌『光明』編集委員となる（以降、平成の現在まで継続）。

四月、東洋大学国文学科助手となる。国文学研究室に勤務（一年間在職）。

昭和49年（一九七四）　43歳

東洋大学短期大学日本文学科専任講師となる。

昭和51年（一九七六）　45歳

七月、中三の次女を連れてヨーロッパへ十五日間の旅行。

昭和53年（一九七八）　47歳

東洋大学短期大学助教授となる。

昭和55年（一九八〇）　49歳

六月、第一歌集『天耳』（短歌新聞社）を刊行。

昭和56年（一九八一）　50歳
八月、十月会編集委員として『戦後短歌結社史』刊行。
昭和58年（一九八三）　52歳
一月より門前の掲示板に毎週六百字ほどの掲示を始める。以後、期間不定ながら、現在まで継続している。
八月、中三の長男を連れて、ヨーロッパへ旅行。
十一月、翌年五月にかけて四国八十八ケ所霊場順拝。四十名を率い先達として成満。
十二月、養父洪憲八十五歳にて遷化。同月、荘厳寺第二十五世住職に就任。
昭和60年（一九八五）　54歳
三月、一身上の都合により、東洋大学を退職する。
十一月、古典文庫より『類題法文和歌集注解（一）』を刊行（以下、61年の二月・九月・十一月と、平成5年五月に（五）までを刊行した）。
十二月、十月会編集委員として『戦後歌人名鑑』刊行。
昭和61年（一九八六）　55歳
三月、翌年三月にかけて西国三十三観音札所めぐり先達として成満。
昭和62年（一九八七）　56歳
十月、翌年四月にかけて坂東三十三観音札所めぐり先達として成満。
昭和63年（一九八八）　57歳
三月、荘厳寺に梵鐘を新鋳、鐘楼を建立、落慶式を営む。
四月、浦安市の明海大学外国語学部日本語学科に教授として赴任（平成14年3月の定年まで勤務、途中大学院の教授をも兼務）。
五月、「昭和6年生まれ歌人の会」事務局として合同歌文集『私の昭和二十年』を刊行。
九月、秩父三十三観音札所めぐり先達として成満。善光寺へ参詣、百観音巡りを達成。
平成元年（一九八九）　58歳
一月、昭和天皇崩御。元号平成となる。
九月、単身ヨーロッパへ旅行。ドイツ・スイス・オーストリアを巡る。

平成2年（一九九〇）　59歳

九月、真言宗豊山派の随員として北京・西安・桂林・上海を巡る。

十一月、翌年五月にかけて四国八十八ケ所霊場順拝。

平成3年（一九九一）　60歳

一月、東洋大学学生百人一首の選考委員となる（以降、数次に亘り担当）。

平成4年（一九九二）　61歳

八月、第二歌集『銀礫』を刊行。

十二月、現代歌人協会会員となる。

平成5年（一九九三）　62歳

荘厳寺庫裡新築落慶。

七月、十月会編集委員として『戦後歌人名鑑・増補改訂版』を刊行。

平成6年（一九九四）　63歳

十一月、翌年六月にかけて四国八十八ケ所霊場順拝。

平成7年（一九九五）　64歳

五月、「昭和6年生まれ歌人の会」事務局として合同歌文集『二十一世紀へ』刊行。

平成8年（一九九六）　65歳

五月、妻たつ子死去、64歳。

平成9年（一九九七）　66歳

七月、兄俊阿死去、84歳。

平成10年（一九九八）　67歳

二月、布教研究所の所員とインドへ旅行、仏跡を巡拝。

五月、十月会編集委員として『戦後短歌結社史・増補改訂版』を刊行。

十一月、荘厳寺護摩堂落慶。

平成11年（一九九九）　68歳

二月、再びインドを歴訪する。アジャンター・エローラに感銘を受ける。

八月、イタリアへ旅行。

平成12年（二〇〇〇）　69歳

十一月、長子康憲、荒井ひろみと結婚。

平成13年（二〇〇一）　70歳

三月、中国の敦煌・トルファン・ウルムチへ旅行。

五月、花實短歌会主宰平野宣紀先生、九十七歳にて病没。花實短歌会葬を営み、代表して弔辞を読む。神作光一氏、代表となる。

八月、スペインへ旅行。

十二月、自宅本堂裏にて植栽の手入れ中、重傷を負う。

平成14年（二〇〇二）　71歳
一月、花實短歌会発行所を移転して担当、編集人となる。

二月、長子康憲に孫あゆみ誕生。

三月、明海大学を定年にて退職。十八歳より途中断続あるも、五十年間を越えて継続して来た、小・中・高・短大・大学・大学院の教職を終わることとなった。

四月、明海大学名誉教授に補される。

八月、ベルリン・プラハ・ウィーン・ブタペストを歴訪。

平成15年（二〇〇三）　72歳
二月、タイ国ほかを訪問、アンコールワットに感銘を受ける。

七月、トルコへ単身旅行。カッパドキア等に感銘す。

八月、第三歌集『友待つ雪』刊行。（平成16年、日本歌人クラブ東京地域優良歌集として受賞）。

十月、長姉初枝死去、84歳。

十一月、第三十五回密教教化賞を受賞。

平成16年（二〇〇四）　73歳
三月、真言宗豊山派学階「学頭」を授与さる。

三月、ベトナムへ仏跡調査。

八月、真言宗豊山派「菩提院結衆」に補される。

九月、第四歌集『初瀬玄冬』刊行。

十月、「昭和6年生まれ歌人の会」事務局として合同歌文集『21世紀を生きる』刊行。

平成17年（二〇〇五）　74歳
四月、次姉鈴木芳子、死去。七十五歳。
七月、柴舟会事務局を担当する。常任理事となる。
七月、エジプトへ旅行。
九月、真言宗豊山派の訪問団に従い中国西安・上海を巡る。

平成18年（二〇〇六）　75歳
八月、アメリカ、ニューヨークへ旅行。ナイアガラ・メトロポリタン美術館等に感銘を受ける。
平成20年（二〇〇八）　77歳
二月、真言宗豊山派中央布教師会会長となる
六月、荘厳寺客殿落慶式執行。
平成21年（二〇〇九）　78歳
一月、花實短歌会代表・発行人となる。
五月、花實短歌会代表として『平野宣紀全歌集』を刊行する。
七月、ロシア、サンクトペテルブルク・モスクワへ旅行。
平成22年（二〇一〇）　79歳
五月、真言宗豊山派「大僧正」に補される。
五月、第五歌集『川瀬のひかり』刊行。
八月、ベルギー・オランダに旅行。
九月、花實短歌会を代表として『平野宣紀二百首』を刊行。
十二月、「花實」創刊七十周年記念祝賀会を催す。
平成23年（二〇一一）　80歳
五月、『初瀬玄冬』を短歌新聞社文庫として発行。
十月、アメリカ、特にボストン・ワシントンDC等へ旅行。美術館・スミソニアン博物館等に感銘を受ける。
平成24年（二〇一二）　81歳
八月、インドネシア、特にジャカルタ、バリ島を旅行。その風土に感銘を受ける。
平成25年（二〇一三）　82歳
九月、インド、特にタージ・マハル、アグラ城を旅行。
平成26年（二〇一四）　83歳
九月、フランス、特にモンサンミッシェル、ロアール河畔古城等を旅行。
平成27年（二〇一五）　84歳
四月、高野山において、開創千二百年慶讃法要に宗派を代表して出仕。
平成28年（二〇一六）　85歳
六月、総本山長谷寺顧問に就任。
十月、『高久茂全歌集』を現代短歌社より発行。

初句索引

凡　例

○この索引は、本書に収録されている全作品の初句を、その表記のまま五十音順に排列し、頁数を示した。
○作品は旧仮名遣であり、排列の順序も旧仮名遣にしたがった。
○初句が同一のものは第二句を示した。
○原歌のルビは省略した。

あ

初句	
あ何と	三七二
アイスランドの	三三二
アイゼンに	三一〇
愛染の 　目隠	三〇七
赤々と	二六四
明々と	二四〇
赤暗く	二六六
あかつきの 　—いまだも寄せぬ	二三
—光帯びたる	四九六
暁の	三五六
赤の広場に	一六
赤松が	九
赤松に	一四一
赤松の 　—下を彩る	三四二
—高き傾き	三九六
—高き梢を	二九四
赤松は	三九八
赤松も	
閼伽水の	
あかり薄く	三九八
明りなき	五五

初句	
秋浅き 　—空より覆ふ	
—水辺遠く	
秋浅く 　—宿のひと夜を	四八
秋遅き	四八
秋草の 　—淡き灯籠	二〇四
秋盛る	二六
あきぐさの 　—名もなきものに	
秋寒き	九一
秋寒く	九二
秋づける	一一
—故国に帰りて	二六三
—マインの水の	二〇一
秋温き	二〇〇
秋のころ	二〇三
秋の野の	二六〇
秋の果て	四八
秋の光	四八
秋の陽に	二五
秋の日の	二三〇
秋の陽の	四一一
秋果つる	二五七
秋彼岸	
秋深き	

初句	
秋深く	二四〇
秋深み	三六二
秋へんろ	三二四
あけほのの	二九九
揚げものの	あこがれの
あこがれの	二〇六
—顎の下	
明け方に 握力の	一六五
—明け方に	二二〇
—ころころころ	一七五
—近き部屋ぬち	二一〇
悪妻に	五七
あくがれを	三〇六
あくがれて	二六〇
あくまでも	二二二
飽きもせず	
あきらけき	二一
朝明けの 　—山の傾は	三六四
—引き戸を軽く	一七
—鳥のさへづり	三九五
—裏口に蛇	二一二
—生きもの一つ	七一
—雨降りをれば	四四
—庭のひかりに	三六四

初句	
揚げてよし	三六七
開け放ち	八六
あけほのの	二〇五
揚げものの	一五二
あこがれの	二八六
—顎の下	
朝明けて 　—雨戸をあくる	三六
朝々に	一七
朝々の	四一
明方の 　—空に閃く	一六六
—けやきの老樹	二七六
明け方の 　—早くなりたる	七一
—目覚めの窓に	二二〇
朝明けを	四二七
朝々を 　—歩み定めて	三二三
—勤行の戸	一五〇
朝起きの	七一
朝光に	三六八

朝方に　三五二
朝顔の　四七
浅からぬ　三三六
「あさきゆめみし」　三二一
朝霧の　四〇八
あさぎりは　三二八
朝ごとに　一四七
朝寒の　一三三
朝青龍に　三〇三
朝空に　四六
あさつゆは　三八八
朝となれば　四〇七
朝凪ぎの　一六八
朝の日が　三〇七
朝八時　一三一
朝早き
—ウォーキングの　四一三
—翳りのまにま　二四一
—近間の空に　三〇五
麻布市兵衛町に　四一一
朝夕の
—暑き舗道を　二〇一
—行き来にまなこの　四一六
朝宵の　二八九
鯹れたる　四〇
アジアより　四〇八
足かざし　一一七
あしたより
—蟬は鳴き声　四二一
—冷たき雨の　三五二
朝より　三三七
アジ・怒号　九六
足なへの　二一九
馬酔木らも　三三九
趾の　一九
アスファルトの　九八
明日もまた　二一〇
汗あえて
—来たる息子が　八九
—作務を果たしし　二一二
—辛くも凌ぎ　二〇〇
—夏を旅せし　二三九
—粘りつくさへ　一〇七
—盆の提灯　二六二
あたたかき
—いで湯を訪はむ　三五六
—午後の光に　二二六
—光の砂州に　八六
—み堂の燭の　一七二
—湯気立つ飯は　二〇三
温かき
—玉露を注ぐ　二三九
—供養も稀に　一九二
—豆腐汁など　一五〇
—闇の奥処に　二四九
あたたかく　一〇三
温かく　一九四
あたたかに
—雨は注げど　三八八
—泛かぶ面差し　一一二
温かに
—炬燵はとらへ　四一〇
—二月の光　一七八
安達太良の　九三
新しき
—傘のおもてに　一六五
—香りの茶とぞ　八一
—菊はなべての　五一
—軽登山靴　八三
—共同制作　二六一
—白緒の草履　一九九
—世紀の秋の　二五二
—年の明くると　三五八
—何の病の　一八一
—光をさめて　七九
—真菰のござの　一〇三
—緑は伸びて　二八一
鮮しき　二五八
新しく　一〇〇
当たらるる　二三〇
味薄く　三五三
紫陽花が　五四
あぢさゐは
—薄紫より　四〇三
—花のさかりの　三八七
暑かりし　三九一
暑きあした　四一五
暑き夏
—過ぎ去りにしと　一〇七
—過ぎて目高に　三三五
暑き陽射　二九
暑き日と　三八六
暑き日に　三三一
暑き日を
—アドリア海の　二一四
—オランダに行き　三四八
暑さやや　三六五
あと幾年　三七六
あと幾百の　四二六
あとさきの　三五五
後退る　一五四
あとせいぜい　四一三
アドリアの　三三七
足裏に　八五
兄の自坊は　一〇五
亜熱帯　三九五
淡々と
—光はさして　三一一

—己が極まり　八一
袷着て　二一
あはやとて　二〇
「遇ヒ難ク　二〇
相つぎて　二八
相槌を　二七
あひ寄りて　二八
仰ぎ見て　二五
仰ぎゆく　三一
仰ぐ空　三〇
　—あかつき間なく　三〇
　—あくまで蒼し　三〇
仰ぐ空に　二九
凹五画
アブシンベルの　二六
逢ふために　二六
仰向くあり　二六
仰向くあり　二五
炙りもの　三〇
溢れ来る　二七
雨音の　三七
雨傘を　一〇二
雨霧らふ　一五四
天霧らふ　二八
甘しとか　一〇二
あまたたび　三七
雨戸あけて　三五
阿弥陀の大呪　三四

阿弥陀の陀羅尼　三〇
雨あがり　二〇
　—ひかりにそよぐ　二一
　—蘆のまろ葉の　二三
雨上がり　二三
飴色の　二三
雨受けて　二六四
　—音あらく立つ　三七
　—定かならざる　九三
雨がちに　九五
雨暗き　八一
あめつちの　二五〇
雨に寒き　二二
雨に向かひ　二〇六
雨の夜の　二七六
雨を乞ひ　三一二
あやかしは　四一二
殺めたる　三二二
歩みゆく　二〇九
歩み寄り　三五三
アラーの神にか　三五三
あらかたは　一九三
　—啄まれたる　一九三
　—つつき尽くして　三一〇

あらがねの　四〇六
粗ごなし　一五六
あらざらむ　三八〇
　—この世のほかを　二六三
　—来む世の冥き　二四二
あれはもしや　四一一
嵐去りて　一七一
あらたまの　二五七
荒縄に　二三五
粗塗りの　二三七
アラビア海に　二二〇
あらましは　二一〇
有明の　二一二
青竹に　二一六
蒼深き　一五〇
安逸を　二六七
暗剣殺　二五〇
アンダルシア　二二〇
アンティークの　二五九
餡饅の

「有り合はせ」　二四七
有り得ざる　二五四
ありがたき　二五七
有り難き
　—心くばりの　四二七
　—晴れの首途の　二五四
在りし日に　二九七
在り馴れて　三二三
蟻はまだ　四二六
在り経たる　一七六
あるときは　二五七
ある日ふと　二三八
あるものは　三五四

生れ出でて　一七五
アレクサンドル　二九八
生れてより　二八〇
あれはもしや　二四二
藍深き　二四四
青梅の　二四二
青空が　二四二
青竹に　二一六
蒼深き　一五〇
安逸を　二六七
暗剣殺　二五〇
アンダルシア　二二〇
アンティークの　二五九
餡饅の　二五九

い

如何様の　二九六
如何様の　二五〇
いかづちの　二七〇
雷の　一七〇
雷は　三三二
いかづちは　四二五
雷を　三五二
如何ばかり　四四五
如何許り　三五六
　—如何許りかと　二九六
悠々閑々　八九
あるものは　一九

―怖かりけむと　一〇七
行き遅れ　三九
息白き　三九
生き過ぎて　四六
憤り　三四
生きにくき　三七
生きにくき　三七
息の緒の　四六
息の緒の　一六
生きの緒を　四六
生きものの　一六
いくさの場に　三五
幾十の　四〇
幾十段の　三六
幾千の　四八
―鴨目覚めむ　三三
―魂鎮まりて　四一
―花濡れそぼつ　三〇
幾千本　三三
幾千万　三〇
幾千万　三五
幾千輪　三五
いくたびか　三二
―出席と書きて　三九
―鳴る霧笛の　三二
―みづから招き　三二
いくたびも　三二
幾たびも　三二

幾人か　二五
幾たりの　三六二
幾たりを　三六二
幾とせの　四九二
幾とせも　四〇二
幾とせを　四〇二
幾ばくも　二八七
幾ばくを　四二
幾百輪　二八
幾巻きか　二九
幾万年　三八五
幾万の　三八五
―槻の枯葉は　二六八
―人のいのちの　三一四
いくらかは　七一
いしぶみに　三八八
幾輪の　三八五
生くる身の　三六七
池の面の　三六五
池の面の　二九五
池水の　三八一
―おもてさわ立て　三八一
―遠きに鳰の　八二
―池を打つ　二六一
―匠の凝る　二五一
―チャドル纏ひて　一〇二
忙しさ　一〇二
致し方　二三〇
頂に　二三〇
―這ひ寄らむ雲　三二六

―乱れも見せず　二五〇
―ウォーキングに　二七九
―奢りもならぬ　二七七
―風もなき儘　二九一
―気管支痛む　二一一
―煙上ぐるさへ　三〇〇
些かも　一七三
―恨みはあらね　二七三
我は恐れず　九七
臀て　二九一
石段に　二一一
石畳　二一九
石段の　一六五
石の間を　二五四
石の面に　三六〇
いしぶみに　三〇一
石ぼとけ　三八七
石をもて　二七九
椅子の上に　一二四
―イスラムの　三五一

―陽のまだ残る　二二
頂ける　一六〇
労きの　二三一
徒に　二五九
虎杖に　二三七
虎杖の　二九〇
いたはりの　二一一
痛みしき　九一
傷みかけの　二二二
至りゆく　七二
一隅を　八五
一光年　三九〇
一児の母に　三九八
一日に　三六七
一日に　四〇七
終り浄むる　四〇
何が終りて　四一〇
―おほよそ胸を　七二
一日は　八五
一望千里の　一二四
いちはやき　二五一
―暁きの　二五一
―紅梅の花　二〇五
―見出でし空の　一一三
―雪に起き出で　二四二
いち早く　二四一
逸早く　一九二

初句索引

（右段）

一枚の　一七
一万歩　二六七
公孫樹の葉　二三
いついかなる　一六九
厳かしき　一六六
いつかなと　二五九
いつくしむ　二六〇
いづくにも　三六六
一刻も　三四〇
いづこより　三二四
　—生れ来ていづこ　三二四
　—生ひ立ちたるや　三二二
何処より　三〇二
いつ頃より　二三七
一冊を　四六
一般に　三七
一山の　四〇一
一山を　三三五
　—こめて回向の　八二
　—もみぢに染めて　三五
一週間の　三二
いつしかに　三〇
　—加齢臭など　八六
　—来なくなりたる　三五〇
一瞬も　一六六
一点に　四一〇
いつにても　二〇七
いつのころより　四二〇

いつの年　二六八
いつの間か　二九五
いつの間に　二九二
いつの間に　二四二
　—積もれるものか　二四九
　—十薬は花を　三〇二
　—マンション街と　二四一
いつはりの　三一一
稲の花　三六六
一般に　三四一
いのち少なに　三七一
いのちなき　三六七

犬の舌　二二二
寝ぬる前　三七〇
犬を埋め　三九三
寝ねしより　三三四
　—ものおもむろに　三三九
　—ものと知るいま　三二
いのち惜しと　一七六
いはがみ　二四四
いかがみ　三二四
磐が根の　二〇〇
磐座に　二五七
岩の上に　四〇〇
石走る　一八二
言ひ難き　四二〇
言ひたきを　一七六
いぶかしき　三一二

幼なく　一〇
糸偏の　三四二
いにしへと　二三二
　—何を包まむ　二五〇
　—何を願はむ　二五〇
今し今　二六四
戒めの　三七〇
いま少し　二六四
いまだしも　三三六
いまだ見ぬ　三七一
いまだ折れぬ　三四八

いま寒き　三三
今更に　二九六
今ぢや知る　二六〇
今飲みし　二七六
忌まはしき　三三
今しも　二四四
今はしも　二四〇
今はただ　二〇五
今ははや　三五七
今は一人　四〇三
今めける　三二〇
意味薄き　二六一
意味深き　三六二
イヤホーン　二九八
伊予の海　三二四
伊吹山　一七九
伊秉綬の　四〇三
家々の　二四二
今降りて　三九七
今か今かに　一五一
色清き　七一

彩りの　九九
彩りは　二四七
色のよき　三七四
殷々と　一六六
「咽喉広大　九九
インタビューに　五七
インド・サラセン　二二七
インドより　三一四
インベーダーに　五五

う

諾主人　一二三
ウインターマインの　八九
ヴェネチアの　四二八
鬱金ほど　三一七
後ろ髪　九二
うしろ手に
—襖音立て　一八
—襖を閉づる　三一三
後より　二八一
薄明りに　四一一
うすうすと　三九八
薄々と
—痛みの走る　一九六
—もみぢしてゐしは　一〇四
薄く淡く　三〇三
薄ら氷を　一〇五
宴張る　二一〇
うたびとに　四一五
唄ひ喚き　一一三
うた詠みて　三五一
歌をなし　二九五
打ち当たり　三〇三
宇宙の果て　三九九
宇宙より　八〇
うち交はす　一七五
裡昏く　二四八
うち湿り　二三七
打ちつけし　二六一
うちつけに
—婆娑と横切る　四一六
—霙の過ぐる　九二
打付けに　二四八
内庭に　三六〇
うち払ふ　一七九
打臥して　一九六
美しき　一五一
美しく　二四
うつしみは　三七八
うつつにし　三一二
俯きて　一九一
俯向きて　二六
移りつつ　三一一
移りゆく
—思想の波に　一三三
—人の心の　一七一
—歴史の中に　八八
移ろひの　二六
移ろひは　四二五
腕括り　三一七
腕犇と　二九
腕見せて　九
うとまるる　七六
饂飩も蕎麦も　四一一
項垂るる　一七四
うなばらの　二四三
うなばらも　三七五
唸りつつ　一九
噂ゆゑ　五五
上野駅の　三五四
うみぎしに　三一八
海冥く　三六五
海澄める　一五
海近き
—キャンパスに風　一二四
—キャンパスの朝　二〇一
—テニスコートに　一一七
海釣りの　四一七
海に千年　三一〇
梅いまだ　四四
梅の散り　一七八
梅の実は　二八二
末枯れの　三九二
裏庭に　二〇
怨みつつ　九六
売られゐる　八三
潤ひの　一〇四
うるむ霧　三一九
嬉しからずや　一五六
飢ゑにあて　五七
魚、こころ　三一三
運転の　四〇

え

栄耀に　二九二
永遠の　四〇〇
駅の真昼　一四三
駅前に　四三
駅前は　三一
駅員が　二六
売子の木の　二二五
エジプトの　二九〇
蝦夷松と　六〇
枝先に
—何求むとて　三五八
—のこる山椒の　三三七

お

老いあらず

枝撓め 二三二
枝にあり 二二〇
枝に咲く 二二六
枝に葉に 二六五
枝ぶりの 二六九
枝も葉も 二二〇
枝を葉を 二三三
—抜け来る風は 二三三
—縦なる 二六五
ＸＪＡＰＡＮ 一八一
襟合はす 二八六
襟元に 二八六
襟元に 一八六
襟もとの 二九
襟もとの 二八六
襟もとを 二八六
エレベーターの 二一七
縁側を 二一二
縁先に 二一七
炎暑劇暑 一六七
炎暑続きに 二二二
エンゼルの 二二二
鉛筆を 一一七
延宝何年の 一〇七

老い犬と 二一四
老い犬の 二一八
老い犬は 二一二
老いいまだ 二六八
老いづきて 三五二
—遙かに寺を 二四〇
—幹に空の 二七一
老いづくは 二六一
老いづくは 二八〇
老いづける 二七七
老い果てず 二二〇
老い深き 二八六
老いゆくは 二八六
老いゆくに 二四一
大方は 二九五
花魁靴と 二二四
大方は 二八六
オーボエの 二四二
オームに非ず 一六四
大鋸屑に 三二六
「おかげさま」の 三二四
起き出でし 三一七
置賜の 三〇二
置き所 二四五
沖遙か 二八五
おくつきの 二八六
億兆京 二九五
送り来し 二九四
遅れ来て 三〇二

おごりなき 一四一
惜しからぬ 二三二
音ひびく 三三〇
おし迫る 一九三
音もなく 二〇五
—うたびとは逝き 一七三
昨日はゆきて 一七六
—著き牡丹の 三五九
—まぎれもあらぬ 三二七
同じとし 一六六
鬼県令 一六四
おのづから 四〇一
秋の乾きの 二七六
極まり近き 二一五
染井吉野の 二五五
花の移ろひ 二五四
ものの紛れに 二八一
—弓手の指に 二〇四
おはします 三〇一
生ひ初めし 二七二
生ひたれば 三六八
生ひゆくは 三六五
おほいなる 三五五

—野の広がりは 一七五
音ひそめ 三〇二
音ひびく 三三〇
おし迫る 一九三
おともなく 二〇五
音もなく 四〇二
—うたびとは逝き 一七三
昨日はゆきて 一七六
—著き牡丹の 三五九
—まぎれもあらぬ 三二七
同じとし 一六六
鬼県令 一六四
おのづから 四〇一
秋の乾きの 二七六
極まり近き 二一五
染井吉野の 二五五
花の移ろひ 二五四
ものの紛れに 二八一
—弓手の指に 二〇四
おはします 三〇一
生ひ初めし 二七二
生ひたれば 三六八
生ひゆくは 三六五
おほいなる 三五五

巨いなる
　—朝明けゆく　一五二
　—王の彫像　二六九
　—うしほの響き　二八五
　—槻のみどりは　二四二
　—白亜の聖堂　二九五
大いなる
　—虚空に向かひ　三一一
　—涅槃の堂を　八七
おほかたは　三八
　—運といふべきか　一五〇
　—縁の下にて　三三五
　—朽ちたる中に　三五二
　—苦しむことも　三五四
　—小さき犬を　三三五
　—名を知らぬまま　一六
大方は　四三
　—五十余年の　四七
想ほえば　四一〇
　—陽に耀ける　四〇五
おもむろに　一七六
徐に　四〇
　—歩み運ばるる　八八
　—梅雨の深まる　一八一
徐ろに　二五五
　—親猫の来て　三三〇
　—風吹く春の　二六〇
　—霧晴れわたる　二四一
　—晴れ間の兆す　三〇二
大玄関に
巨杉の
　—おほぞらに
おほ空に
　—おほぞらに
大立者の
　—おほぞらに
大粒の
大地震の
おほめきの
　—おぼめきの
面影の　三四六

香あらず
　—冬にい向ふ　一六五
　—水の面を　二五四
　—夜の深みゆく　二〇〇
轟音を　三〇四
　—がうがうと　一五一
高気圧　九二
講義棟の　九七
　—剛毅訥訥　三三六
老ゆる背に　三二八
老ゆる身を
御湯殿上日記
和蘭語
オランダは　二五六
　—オランダは
オリーブの　三五三
　—高層の　三二五
高層ビル　四一九
高速を　四二七
高速路
校正ミス
剛毅訥訥
剛毅訥訥
色色の
「幸福の　二五四
香ふふみ　三〇二
　—香ふふみ

か

カーテンの　九二
　—カーテンを　二二六
階級史観　二二九
海峡を　四一
改札の　三二
　—改札の
改札を　二一〇
　—後に立ちて　四〇一
　—混み合ふ中に　四七二
解答欄の　三二四
階段に　一六四
戒律に　二五〇
　—かかる夜深に

かき曇り　三三一
かき撫でて　一七五
柿若葉　一五七
書き終へし　九三
かくしつつ
―時は光の　二四八
―やがて行くなれ　一〇一
斯くしつつ　三三三
学生が
―かく迄居りて　一七三
―忘れゆきたる　五一
楽の音の　九五
かぐはしき
―光収むる　二五〇
―み冬の花の　二六五
香ぐはしき　二八二
かぐはしく
―淹れ立て匂ふ　九七
―梅の実のあまた　四〇四
―草に臥したる　一七六
―咲き出でたらむ　二五八
駆けこみて　一三
影のみを　三七六
影ひたす　二七八
影深き　二二五
翳深く　七七
かげ細く　二三五
かけまくも　二七二
駆けゆくは　二七七
翳りある　二九六
翳りなき　一一一
重なれる　三三六
重ねたる　二七三
風花を　八七
悴める　三五八
「かしこまり　三八五
かしましく　二一六
数限り　一七九
かすかなる　一五二
微かにし　一三一
かすかにも　三〇七
かすていら　三三六
数ならぬ　二九七
かすみつつ　三七六
霞には　一五八
風あふる　一一三
風ありと　三六五
風荒るる　三三二
風あれば
―風にかしなひ　二八八
―風のひびきに　二五三
―穂草はなびき　三六五
風乾く　二〇三
風来れば　二三〇
風さそひ　一〇二
風寒き
―庭に影して　二一八
―幹の高きに　一三四
風絶えて　一六二
風立つと　二八二
風に伏す　五九
風にゆるく　七五
風に揺れ　三三三
風のなき
―寒のさなかに　三五八
―今朝の光に　二五六
―梅雨の曇りに　二六〇
―日の暮れ方を　二一六
風の道　三三六
風の向かう　三八五
風迅き　七八
風はらむ　二八〇
風邪ひとつ　四一九
風冷ゆる　一八
風吹けば
―風の向きにも　三三三
―袖をしはらふ　三九三
―肌が応へて　三四八
―揺るる牡丹　三三六
風三日　四一二
風向きを　一二七
風やみて　八〇
風ゆるく　八〇
風わづか　三九四
家族みな　三九二
数ふれば
―十にか余る　三〇八
―半年の余も　三九二
ガソリンは　四一〇
頑に
―老いゆくものを　三一
―金看板を　七三
忝な
―忝な汝の　一八〇
―金龍山の　二七九
片渓を　五八
形なしを　一八二
かたはらに
―善男善女　二六
―長く添ひたる　三三八
かつがつに　一四一
合掌し　四一六
かつてわが　三九九
曾てわが　三一四
喝と叫ぶ　四三
稜々の　二〇五
哀しみの　一五二
カナダ製　二〇五

水泳不能が　四〇
大運河　二二四
かにかくに　三〇六
かねが何ぞ　二九七
かねに執し　二九七
かの頃の　三五四
かの若輩　四〇五
香の高き　三五四
かの遠き　三五五
かのものの　二二六
かの世には　四一六
川口に　一二五
交はし合ひ　二九五
川すぢの　三一四
かはほりは　四一七
蝙蝠は
　—蠢動はじむ　三〇七
　—いまだ閃く　三一四
河原鶸　三九七
甲斐駒の　三三二
紗げる　三〇〇
合格を　七二
株安も　一三〇
かへらざる　三六〇
還り来ぬ　二〇二
帰り来ぬ　三八八
顧みて　八八
顧みる　二一四
かへるべき　三九七
顔うつす　三五九
顔立ちの　二九〇
神々の　三七五
神々よ　七五
紙コップ　一一五
神棚の　三三一
神の手の　九九
亀の死を　三三一
萱葺きの　一〇一
辛うじて　四二六
唐梅と　二四四
がらがらと　三〇八
からころも　三八六
烏揚羽　四一九
ガラス戸越し　三〇六
ガラス戸に　三八五
硝子戸を　四五
鴉らを　一七四
枳殻の　三三〇
落葉松の
　—直立ち潔き　一八
　—林が霧に　四四
かりそめの　二五四
刈り終へし　八八
枯色の　一七〇
ガレージの　八三
カレーライスの　七四
枯れ乾く　一六八
枯木立　四一二
枯れ果てし　一四九
乾きたる　三五六
乾き尽き　二四六
寒明けて　七九
寒明けの　七二
寒明けを　七三
岩塩を　一四一
寒気にも　三九八
神作教授　四〇
簪の　一四五
神さびて　一〇一
ガンジスに　一二五
ガンジスの
　—暁の沐浴　四一八
　—沐浴見むと　二三八
諫止なく　一六六
岩礁に　一〇九
寒蟬は　一四五
寒に入り　二四二
寒のさなか　三九六
寒の日々　七三
寒の水　一三四
寒の夜の　一〇五
「乾杯」と　三一〇
かんばせの　二〇四
岩壁の　二九一
甘藍の　八八
岩稜を　二九五
寒林の　四一二
寒冷前線　二九九
甘冷に　三四八

き

休日を　四一四
球場の　四二
機械の中に　二一
機械より　三五
聞かでもの　一三〇
利かぬ子が　一五四
聞き覚え　二〇八
嬉々として　三九
木々の間に　一七六
樹々の間の　二六一
木々の間を　二一〇
樵るとき　二九四
きざはしの　四一五
刻まれし　二八〇
きさらぎの
　—土手に枯れ立ち　二五六

—もちづきの夜に　三五七
如月の　二〇六
岸の厳　一二
雉鳩を　五六
記者団に　一五七
奇術師の　四二
季節移ろひ　四一三
北空の
—雲晴るるなき　九
—低きを閉ざす　一六
—碧澄みわたり　四一四
北寄りに　一六九
北寄りの　二五四
気遣ひは　三一一
黄につづき　四一八
気にもとめず　三四二
気の利いた　三三六
木の下に　一四
黄の薔薇の　三八二
昨日まで
—輝きてゐし　三八四
—黄の著かりし　一三四
昨日より　七六
際高き　三三二
際立てる　二一〇
極まらむ　九三
極まれる　一七四
窮みなき　七八
黄はむしろ　二四四
机辺には　三一九
狂気の王の　二二〇
狂草の　二一一
行の食事と　三一七
経を読む　一二七
客を待つ　一六五
胸腔の　三五
清からぬ　一六四
曲のなき
—総理答弁　三二一
—日頃夜頃の　一六七
毀誉のなか　一一四
浄まれる　二〇四
きらめける　三三八
きららかに　二八九
煌かに　八七
きららなす　三二四
霧動く　一六
断崖に　八四
霧こむる　一四四
霧寒き　七五
霧雨に　二一一
霧雨の　八〇
桐の木の　四三〇
剪り残し　二一七
霧は晴れ　四〇八
霧深き　七六
銀河系の　三七八
金柑も　一三
金鎖の　二八
金環食　三九二
金盞に　一五一
今上の　四一五
金属の　二〇九
銀杏の　三九一
勤務終へ　四七

く

偶像の　二七五
石鋏紙　二八五
空腹に　一三
クーラーの　二三六
クーラーゆ　一五三
空を切る　四一八
陸広く　三四七
国上より　八七
潜り戸の　二五八
草覆ふ　二三六
草なべて　二五四
草ならぬ　三六六
草の茎　三八六
草の上に　二七三
草の間を
—行き行く蟻は　二八一
—出でていづちを　二七八
草原の　二九八
草はらの　一六
草伏して　三六五
草むらに　三五〇
草むらの　二〇二
草むらは　三五二
草群は　二〇三
草むらゆ　三三〇
草むらを　一〇九
草も木も　二七七
九時過ぎて　二九
楠の　一四四
くだり来て　五九
くだりゆく　四〇
昏半ば　五二
梔子の
—花咲き初めし　一二七
—莢実日に増す　二〇八
—実の徐ろに　二六四
梔子は　四〇六
くちなはら　四〇六
朽ち葉はや　四一二
昏の　一七七

屈斜路の　一五
靴まつり　一七
　—中に響かせ　一二六
靴磨く　五五
功徳力　九一
グリーンランド　一二七
宮内庁　三四
栗籠めて　一五一
食はるべき　二六二
庫裡のなか　一一〇
首垂れて　二五〇
庫裡深く　二五二
首うづめ　二六二
苦しき迄　二一四
頸細き　二三五
車椅子に　二七七
熊手もて　九一
暮れがたの　三一〇
熊の罠　二六九
暮れ方の　二七七
くまもなく　一六三
暮れてゆく　三一〇
雲淡く　一六九
暮れなむと　二一二
雲閑く　一九三
くれなゐの　三六八
雲動き　一五三
　—淡くふくらむ　三六八
雲すこし　九五
　—うるはしかりし　四〇五
雲多き　二四〇
　—蕾ほどきて　四〇五
雲閉ざす　一五〇
　—つやめく珠実　三二〇
雲の上は　二
　—花びら広く　三二六
雲の間に　九五
紅の　三一一
雲晴れて　三九
　—被布まとひたる　三二五
雲わたる　八四
　—深き紅葉を　三一
雲間より　二四二
境内に　四二
雲一つ　二五〇
警官に　三一
雲居より　三九
暗がりに　一五二
　—いまだ目覚めぬ
　—燭の灯を受け
　—かしこの一つ　一一九

黒松の　九一
灰釉と　一〇〇
廻転ドア　二六
『広辞苑』の　一〇二
荒神に　二九
皇族の　一〇五
拡大し　二四九
花山法皇　二一八
化粧燃料　八四
月山を　一一九
花粉症　三八一
観音の　二一五
勧請を　二三五
頑是なき　一〇一
緩慢に　二三五
群雄割拠を　四二
軍隊の　四九

け

ケータイは
怪我すなと
戟長き
けざやかに
けざやけき
けぢめなく
血圧を
消ぬべくも
けぶかすか
「今日は本所の
今日もまた
煙吐き
外面似菩薩
けものの血
欅木の
欅樹の
　—梢は空の
　—梢をわたる
けやきさくら
蟪蛄一つ
源語には
現実は
幻想の
権謀術数

暮れ残り
暮れ惑ふ
黒々と
黒水晶

桂林の
毛糸もて
境内を
教祖など
教条主義

懸命に　四一
元禄の　三九七

こ

小池百合子　四〇一
鴻恩に　三三五
洪鐘一口　二一二
口中に　三三三
紅梅の　二一四
工兵の　三三七
弘法大師　一三三
公園に　一二一
コーヒーの　一四
ゴール下に　三一
木隠れに　五七
木隠れの　二六〇
五合庵を　一五七
凩に　一七七
濃き淡き　四七
古稀の耳　二六一
濃緋あり　一五九
濃く淡く　三三九
虚空より　三〇六
「こくきやう」に　三〇四
極楽の　四二四
五月十八日　九六
柿茸　一五
ここ過ぎて　二八一
ここにして　四〇〇
午後の苑　四一四
午後の日ざし　三〇九
小米雪　八四
心こめ　一五六
心して　二一六
心尽くる　二九九
こころ解き　一七六
快き
—響み寄せつつ　八四
—水の循環に　五五
快く　二一八
誤字脱字　三七
五十年　一七三
拵へを　二四九
古人言へり　一〇〇
ご精が出ます　一四五
五星紅旗　一三〇
午前五時
—過ぎて台地の　四八
—近く目覚まし　三一一
—東京の空　三五八
五千万から　一四四
午前より　一〇八
去年の葉の　二四二
木立にか　二四一
炬燵出て　三三五
骨粗鬆の　一六一
牛頭天王　一四一
骨粉の　一一六
こと切れし　一七
こときれて　二一八
こと切れて　一八〇
ことさらに　三一三
言の葉の
—いまだ芽生えぬ　二七四
—まだ定まらぬ　二七七
言の葉は　三一一
ことばなく
—佇立するのみ　一一五
—黄泉への首途　九五
こどもらに　三五一
粉砂糖　二三
子に譲る　二一一
五年先　三八六
このあとは　三〇二
この陸は　三五九
この国の　五三
この暮れは　三九四
この坂を　一〇
この障子　九四
この硯　二八八
この空の
—奥の奥処は　三七九
—果てに幾百の　三三二
子のちから　二二一
この夏は　四三三
この庭に
—間なく響かん　四三三
—去年来てくれし　三八四
この庭の　一七五
この庭を　三三八
この博大　三九九
この部屋に　三九四
好ましき　二一九
木の間より　四〇〇
この身より　八五
この胸を　二九二
この床に　三〇一
この宵の　二六二
この世をば　四一九
小半日　一四七
五百年　一〇八
瘤痘痕　九八
劫初より
—尽きぬ水嵩に　二〇七
—尽きざるごとく　四〇〇
業病の　一一三
凍りたる

—土の上にて　一七
—雪割きし如　二〇
蛩は　三五二
ゴム長靴　二五
ゴムの前掛　三六
五米の　三三三
こもりくの　二五二
隠口の　一七三
木もれ日の　三九三
木漏れ陽の　一一九
今宵この　四〇六
今宵しも　二八六
今宵溽暑　一四五
怺へなき　二四七
堪へゐよ　二〇九
これがこの　四〇三
これの世に
—遺ししたくみ　九九
—また会ふすべの　三一二
これの世の
—尽くる日近き　三八二
—終の果たてを　一七二
これの世を　三〇〇
五六日　三三三
声高に
—いくさのことを　二五五
—ものを言ふひとを　三九六
—われを圧しし　三六七
声あげて
—家居の犬の　一一〇
—走りをりたる　九
声変り　八二
声立てぬ　七六
声のなき
—墓に向かひて　一九五
—人のあはれは　一八〇
声の響き　一二六
声ひそめ
—車内に言へる　二〇三
—水子の供養　二八三
勤行を　一〇五
コンクリートの　七四
コンサート　二一六
金色に　二九四
今生の
—有らむ限りの　一八
—命絶たれし　二一〇
—残り少なき　一八〇
—別れを惜しみ　三九六
今生は　三〇四
昏睡の　一一三
婚前旅行　四〇一
混線を　三九
金胎の　八三
混沌の　三九二
魂魄の　三六
コンビニに　二一九
電子計算機　四一
紺ふかき　七六
崑崙に　二四五

さ

西行の　九五
歳月の　四〇〇
西国一番　一〇一
宰相に　九六
最終の　九三
さいつころ　四二六
さいつとし　三四六
歳晩の　一〇八
材木の　二六
さう言へば　三五四
蒼海の　二四三
蒼穹の　二五〇
騒然と　三一
双の目に　一九八
草木国土　三〇五
才薄き　三三四
逆さまに　二二八
さかひなき　三八一
逆らはず　二四八
先島の　二三六
先立ちて
—ゆきたる妻も　二五九
—ゆける愛妻　一八二
先立てる
—みたま騒立ち　四〇五
—みたまら空に　三七八
—みたまを鎮め　一〇六
前の世に　三八四
岬端の　二四
幸はへし　二七五
咲き撓る　一七九
朔果に非ず　二九六
桜木に　二五九
さくら散り　三三八
さくら散る　三三八
さくらのさは　二一九
桜の葉　三七四
桜もみぢ　二五三
桜紅葉　九〇
提げて来し　二〇五
ささがにの　三八七
細蟹の　三〇六
捧げ来る　四七
笹竹を　九九
笹鳴きを　二九四

八二　笹原の
　　　ささやけき
　　　—音立て梅雨の
　　　—重さならむを
　　　—去年の枯葉を
　　　—電車のカード
　　　—雛人形は
　　　攫はれて
　　　—サラマンカ
　　　—火影一つに
　　　—水辺に生ひて
　　　さし交はす
　　　さだ過ぐる
　　　雑踏に
　　　さつまいも
　　　さなぶりやも
　　　実方が
　　　砂漠砂漠
　　　爽やかに
　　　寂び寂びと
　　　寂しまず
　　　囀りを
　　　寒い寒いと
　　　寒けくも
　　　寒さやや
　　　山上に
　　　—ゆるびし庭の
　　　—緩むのなりと
　　　鮫の皮
　　　覚めやすき

覚め易き
然もらしく
さやさやと
左翼ならずば
左翼不信
さらにさらに
三十年
　—前に求めし
　—昔となれる
山上に
　—収まりかけし
　—関始めたる
三時頃
山間は
　—三階の
され言も
髑髏
笊読めず
猿の頭蓋
去りがたきに
去りがてに

参道は
サンタルチア
山頭火の
山門の
サン・ラザール
山林の

し

椎茸の
修道尼の
ジェット機の
シエラモレナ
自が脚に
しかすがに
仕方なき
敷石に
　—流れ残れる
　—日のひかり満ち
舗石の
　—汚れ落さむ
　—白く長きが
頼り降る
しきり舞ひ
紫禁城
時雨打つ

自画自賛
四月廿九日
事故処理の
思想なき
四十八
四十二の
四十人
辞書になき
辞書の類
咫尺にて
死せるのち
死せる豚
下かげの
下草の
舌ざはりに
強かに
　—鼻腔を打つは
　—凍らしし固き
　—萩群がりを
強かの
　—したたりは
滴りは
　—いまだもやまず
　—光を綴り
慕はしき
　—み胸の嵩を
　—手足は萎えて
下はるか

語句	頁
下遙か	二六
滑むとも	二五五
したり顔に	二二四
七月十日	二五二
七月の	二七三
七月の	二六六
七十の	二五二
七十を	二五六
謳ひつつ	二五一
寂かなる	二七二
寂かなる	一七
寂かにし	一七
しづく垂る	一七二
しづしづと	二五四
沈みゆく	二三四
疾風に	八五
自転車の	二五
—数多舗道に	四二
—少年過ぎし	二六
嫋やかに	四二
志野織部	六八
しののめの	一〇〇
忍び込み	一〇〇
柴垣に	二〇二
芝草の	二五七
—上にむくろを	四一
—繊き縺れに	三六
芝草は	三五二

語句	頁
屢々も	二五
咳が	二五五
自販機の	二二四
四半世紀	二五二
十字路を	二七三
ジプシー否	二六六
十二月	二五二
十二時間に	二五六
十薬の	二五一
—今年の青葉	二七二
—十字濡れたる	八一
ジブラルタル	二五九
蘂の黄の	一三七
—薬の	一五一
シベリアに	一九
潮時と	一五二
島ほどの	五〇
沁々と	二一
下北に	一八二
下北の	一六
駒も舌に	一三五
霜土に	一七
霜の夜を	二一
霜柱	二四
詞も節も	一五五
霜焼けの	一二三
ジャージーの	九七
シャイヨウ宮	三九

語句	頁
生姜畑	二三
浄行に	三五七
—淡くはてなき	二五六
—静けきなかを	二〇〇
上空に	一五六
「常常綺羅ノ	二〇〇
城塞は	三三
商店街	五六
城壁に	一〇八
請来の	二五
釈尊の	二七六
—和面に小さき	二一一
—入滅しのび	五二
石南花の	一三七
—咲ける苑生を	一五一
—花に一途の	二三七
石南花は	二五九
襯衣白き	二七
車内にし	一八二
車内放送	一八二
紗の法衣	二一七
沙羅双樹	二五
—囲むまなかに	二一
紗を隔てて	二四一
—象なる対の	二四五
上海の	九七
上海は	二三二
秋海棠	三七六

語句	頁
秋色の	四〇九
—淡くはてなき	四〇九
—静けきなかを	二九二
終息の	一五五
絨毯の	四二三
終電に	一九六
充電を	一二二
粛々と	二五六
主宰死亡の	一五五
撞木もて	八一
春寒料峭	一二四
春光の	七七
旬日を	二三五
俊成が	二一
乗車券	二五四
尉鶲	二一七
鐘楼の	八一
—建ちゆく手順	一二四
—半ば竣れるも	一〇
車内放送	二〇八
諸行無常	二一
植栽の	二二四
—かげにかくれて	一三五
—ほどよき茂み	四〇三
食事終へ	二六五
燭台の	三〇一
所在なく	二九五
—人を待つ間を	三六八

し（承前）

書のあまた　　──眼を転ずれば　　四〇三
諸法無我と　　四一
心神を　　三六一
心身を　　三五六
「心中」と　　一八三
シンナーの　　一五三
新聞に　　一五三
新聞を　　二五
シリウスの　　一七九
白花を　　二〇〇
白花の　　一九
白鶴の　　三五
白雲の　　二四
白髪の　　二五
白河を　　三六一
白河を　　三五六

進学の　　五四
信号を　　三二〇
信号が　　四二
皺ばめる　　三五六
しわばめる　　三五四
白布を　　一七
白き駒　　──光を朝　　一七九
白き駒　　一七五
　　──ころもをまとふ

しらしらと　　一七五
知らぬ間に　　八〇
白花の　　三四三
白花を　　三四三
シリウスの　　三三三
視力一・　　三五三
尻割れの　　三五二
白い顆粒　　三三〇
銀の　　二〇〇
白い　　──しろがねに　　二九
しろがねに　　三四二
しろがねの　　三三〇

す

水神の　　──スイッチを　　二〇三
水平線　　一二
衰亡の　　一二五
スーパーへ　　四二
清々と　　一六六
姿なきと　　四六
杉木立　　四五
過ぎて行く　　三五五
　　──ジェット機の音
　　──列車の響き
透きとほり　　二〇九
透き通り　　五二

諏訪の湖　　二五
スペインの　　二五四
すべらかに　　二三二
澄み極む　　二三二
スミチオン　　二六六
澄み透る　　三〇一
　　──秋日の中に　　一七
杉群の　　八四
杉の間に　　八四...
杉の葉に　　三〇一
杉に寄せ　　二六六
健やけき　　三〇〇
　　──いづこの牛の　　三〇四
　　──太声あげて　　八四
　　──身に軽々と　　二五四
　　──訪ね来たれり　　一六六
篠懸の　　四一
　　──何を語ると　　二五四
雀子の　　四五
雀子ら　　一六六
筋目たち　　四六
捨つるなよ　　四一
ステップを　　二五五
既にして　　二〇九
ストレスと　　五二
砂子如す　　二一〇
砂の上に　　二二

過ぎゆける　　二四〇
過ぎ行きより　　三二
過ぎ行きは　　三二〇
杉の間に　　三〇〇
　　──秋日の中に
　　──声繰り返し　　二七六
墨滲む　　三〇〇
澄みわたる　　三〇四
澄みに澄む　　二七六
澄みのぼる　　二八九
速やかに　　三〇〇
　　──枯葭原の　　二七六
　　──巴里の碧落　　二八九
すり切れの　　八六
すれ違ひ　　二三二
すれちがふ　　二六六
摺鉢を　　一七九
寸毫も　　二八七
寸刻も　　二五〇

せ

西安市　　二二三
西安を　　三二三

聖上の
―登霞しましし　一一四
―病み給ふ日々と　一〇八
清浄明潔を　三二
精神の　九六
聖堂の　三〇
精緻なる　三九五
清女行き　八四
贅の奢の　一五七
静謐を　一一四
青墨の　二八三
清明清明　四一七
小丘に　一九
消灯喇叭　三三七
消毒して　四一
少年の　三八三
照明に　四九九
昭和逝く　一一四
施餓鬼会の　九三
咳き上ぐる　一一四
碩か博か　三三一
堰越えて　一九一
咳きこみて　四二〇
寂々と　二二〇
寂として　一九七
席に坐す　二五
積年の　一六四
寂寥に　五一
跼まる　二四七
せぐくまる　二四九
急く我を　三七
セゴビアの　二五一
せせらぎの　三七七
せせらぎを　二四〇
背丈はや　四〇三
世塵粉塵　一五六
雪渓の　五八
雪渓を　五八
節操の　一六六
雪舟が　一五三
雪氷に　二八
雪氷の　二二〇
背に肩に　九一
背に八十一枚の鱗　三五三
せはしさに　二五四
セビリアの　二五一
迫り来る　一〇二
蟬の声　一一八
せむ術も　二〇七
背を押して　三三〇
是を是とし　一一八
戦後未だ　四〇七
戦後の田舎と　四二八
全身に　三七四
全身を　二九三
戦前の　三三五
仙台に　三八七
洗濯機　四〇
洗濯屋　七一
先達の　一一四
剪定の　四一二
千年否　三七五
千年を　一一九
扇風機は　三九
煎餅の　一八二
全力を　三四五

そ

総合誌を　四一七
増長天　一二四
「疎開人」と　四二九
底知れぬ
―ちからの及び　三〇六
―マル秘の進み　一四八
若干の　一四九
底紅の　四一一
注がれて　一六〇
そのかみに　三八三
そのかみの　二二二
その小さき　二二六
その嘴に　一六五
その母に　一七八
その芽立ち　一五八
雀卵斑の　一三〇
添竹を　四八
空暗き　二九九
空寒く　一七八
空高き　三三六
空高く　二八六
空遠き　八四
空遠く　二五一
空に散り　一六二
空に向く　二七八
空の半　一四
空は澄み　三八九
空は晴れ　四〇八
空広き　八六
空広く　五六
空摩する　三〇
空耳に　二〇八
空渡る　二三九
剃りあげて　七三
それらしき　一二

た

タージ・マハル　四二八

ターミナル　二〇二
第一の　四〇七
大行天皇　一一三
大廈高楼　一三〇
大寒と　一〇五
大吟醸　四二三
太古より　四二五
大神殿の　二九〇
台中に　九三
大徳に　一六三
タイトルの　三五
台風の
—近づきゐると　四一
—名残に暁を　四八
泰平に　二二五
太平洋　三五三
大理石　一四七
台湾より　七九
ダヴィンチも　三九九
滔滔と
—流るるひかり　二九〇
—ゆく白濁の　一二〇
唐突に
—庭の日差しを　四二七
—マンションの上を　七四
堂の前　四〇七
ダウンタウンに　三六一
絶えてまた　二〇
高きより　二一
高曇り　六〇
高さ五十八メートル　三九五
高砂の　二一九
高空は　一六
高空へ　一五
たかぞらを　四〇三
たかだかと　四二五
高々と
—音響かせて　二四八
—梢広がる　二〇六
—ビル竣りてより　五四
たかはらに　四二三
高原を　一六
田蛙の　四〇七
高まりて　三三
高みより
—眺めてあらば　四〇七
—冬の山ひだ　三七七
たき上がり　二九一
滝のうへ　四〇〇
滝野川　七一
滾る湯を　三〇六
沢庵を　五〇
タクシーが　三七
タクシーに　四一七
たぐひなき
—心際寄せ　一七八
—微笑み湛へ　二二三
類なき　二二三
焚く程も　二三九
たぐり寄せ　三〇八
竹皮の　一五
威からぬ　三三八
丈高き　二〇九
丈長き　二六一
竹の葉の　一〇六
竹箒　二四四
丈低き　一九七
竹ひごを　三三四
竹群に
—犇く椋の　一九一
—ひと夜過ぐしし　二四二
—ひと夜結べる　二七六
—雪の寂けき　三三
竹群の
—そよぎてゐたり　三一一
—みどりは暮れて　一七四
竹群を　九三
猛りたつ　一六六
ただあふぐ　四二四
唯一度　一一六
畳紙広げ　三五六
たたなはる　二八七
畳なはる　二四〇
ただひとひ　三六二
立ち上がり　三〇四
立ちこむる　二七六
たちまちに
—過ぎて行くかと　三〇一
—敗れたちまちに　四一四
忽ちに
—色移りゆく　二一四
—虫は蝟集し　二九七
建てかけの　一〇三
縦横に　四〇九
たどきなき　四二五
たなぞこに　三八五
渓深く　三〇五
谷へだて　二九一
渓水は　三六六
狸の肉　二二
田の畦に　三三〇
戯れと　一五三
旅孤り　五九
鯛焼の　三八
平らかに
—雨の一口を　二五九
—海の光れる　一四八
—心保ちて　一七八

た（続き）

垂り藤の　一一二
頼り深く　二四
頼りなき　二六六
懈むなと　三六六
懈き懈き　三一三
ためらはね　九二
—むくろの父に　二六
—コンコース深く　三六
ためらはず　四〇二
ダムの先　二八
たまゆらの　二九四
たまゆらに　二四
玉の緒の　二九四
玉作して　三七
—用持ちて銀座へ　四二四
—隣りかかりたる　四二八
たまたまに　二八
偶かの　一八二
偶さかに　三六二
食べ慣れぬ　二〇二
耐へ得ざる　二六
塔婆代　九二
倒さるる　三六六
—行く水の上　二六六
—満つる海面の　二四
—初冬の海と　一一二

誰彼の　一七〇
誰の子と　二四五
誰も来ぬ　二六六
誰もゐぬ　三六六
—暁の速歩の　二一四
—庫裡の奥にて　二三五
誰を待つ　二七五
団交の　三七五
檀家の誰と　二四四
単筒に　二四八
壇上に　三三七
淡々と　四二一
暖房の　二〇八
たんほほと　二二六
湯麵の　二二

ち

地下鉄に　二四
地下鉄の　二一三
巷には　二四〇
地虫らの　二二四
チャイム鳴り　二三五
長針に　八〇
町内に　一九二
近寄りて　二六一
ちからある　二五三
力尽きて　二四一
力なき　二三五
力なく　二〇二
地球ひとつ　二三三
千曲川の　二〇四
地震予知　二六八
小さき犬　二七九
地団太を　二四一
地の骨　一六〇
—父と呼び　二二五
ちちのみの　三二一
—父さしのみが　三二六
父在さば　三一五
—その父母も　二二二
父も母も　三〇五
父逝きて　三一一
—見ざりし世をば　三七七
地に敷ける　三〇二
地に低く　三二二

—雲に蟠る　三〇五
—いのちのきはを　三〇四
地の果ての　三二六

つ

茶を「淹」れると　二四
茶に黒に　二四九
重畳と　二七四
除草剤　一〇二
除湿機に　二四一
緒遂良の　二七九
塵あくた　一六〇
散る花は　三〇五
散り残る　三五一
散り浮ける　二三三
散り際に　三六〇
沈黙を　二一五
沈黙に　三九九
沈丁の　三九二

追憶の　三〇二

〔つ（続き）〕

上段（右→左）

―如薄れたる　三一三
―中なる位置を　三〇〇
築地塀　三一三
杖ひきて　三〇七
つかの間の　三〇八
番ひつつ　三一三
月光に　三〇五
月光の　二〇二
つきかげを　四三
月が照り　三〇二
従きくるは　三三三
槻の木の　三三二
槻の木を　三二一
月のなき　三七一
月よりの　二八一
従く汝よ　三四三
つくばひに
　―石に筧に　三五一
　―湛へひそけき　三五一
つぐみらが　三二三
月よみの　八七
培へる　三五二
土凍る　一八
土じめり　一五七
土の上に
　―あをくさの芽も　三一一

中段（右→左）

―潤ふものは　三〇六
―中焚かるるものは　八三
―古きかたちを　三一〇
土の粒　二三五
土の中に　二六一
土の上に　四二五
土分けて　二五四
土を灼き　二四二
土を這ひ　三二五
憂しみて　二四一
憂しく　三四一
つながれて　二九一
つなぎとめ　二三八
―飼い始めたる　二九二
―飼ひ始めたる　二〇四
常々に　一六二
常よりも　一〇五
―つばくらの　一七二
―すばやき姿　五〇
―身の翻り　四〇二
つばくらは　三四七
石蹻の　一九〇
つはものが　二五二
つはものの　二三九
「つひに行く」　一七〇
終の日まで　二五二

下段（右→左）

夫と子に　二八一
妻と二人　二七
妻も子も　二一〇
罪深き　一七
積む本の　二〇六
積む雪に　一七
爪ほどの　二九
つややかに　二八〇
つや立てる　二四一
梅雨明けの　二九八
梅雨寒き　二〇四
梅雨空も　二四二
梅雨ちかき　二三八
梅雨どきに　二五〇
梅雨なれば　四二〇
梅雨の間の　四一〇
梅雨の間を　二三七
梅雨の夜を　二四〇
梅雨晴れの　四四〇
梅雨深き　四三〇
梅雨深む　三一八
梅雨深き　三八〇
つゆ深む　三六一
つゆ深き　三六一
面憎き　二三〇
連なりに　六〇
連なりて　一七〇
強き意志　三三〇
梅雨深む　三〇一
梅雨深き　二三九
貫きて　三〇一
吊革に　二五二

〔つ（つり・つるべ）〕

吊革を　二八一
釣り来たる　二七
釣瓶落しの　一七
連れ立てる　二一〇
―娘は寝てしまひ　二九
―外出も稀に　二八〇

て

ティッシュ下さい　二六五
朝刊に　三六五
趙子謙の　六〇
デーモンの　三六一
敵の首級　二三〇
手心を　二三七
手すさびに　四二一
鉄管を　六〇
手に余る　一八
手にとれば　三三〇
手に馴染む　三五〇
手に掬む　三五二
強き意志　三三〇
てのひらに　二三〇
―円転滑脱　二五二
―鞄の皮を　三三八
―摘みて叩くは　二九九
―撫づる硯の　一〇一
―一握の米を　三五二

掌に　二六〇
てのひらの　三三二
てのひらを　二五二
蝶型花と　二五二
蝶ひとつ　二六四
蝶ひとつ　三三五
手も足も　二一二
寺の庭　一八九
寺を守り　三一六
TV画面の　二五一
天空の　二六
天空へ　二六四
天空を　二六〇
　―映し静まり　二八九
　―切りて屹つ　二四〇
天啓の　二六九
天蚕糸　二四〇
天上は　二八〇
電線に　二三七
天竺に　二四一
天竺の　二三六
店頭に　二一七
天に満ち　二三二
天秤棒　二三一
天明の　二〇二
天よりの　二〇三
天来の　二二三
　―迦陵頻伽を　九六

　―雪の兆しの　三二五
天狼の　三一四
電話にて　二四〇

と

吐息とも　五一
ドイツの萩　一六四
東京と　三四六
東京へ　二四六
満天星も　二一三
童女観音　二四二
豆と吹き　二六〇
「豆腐と納豆」　二四一
豆腐屋の　二五五
溶かし切れぬ　二六九
時ありて　二六七
　―おのづからなる　二七二
　―光はかへる　二六六
時至り　二五二
解衣の　二四六
とき長く　二八〇
時に合ひ　二五七
解き放つ　二五五
時はゆく　二八九
季深く　二九〇
研ぎましし　三一〇

時を超え　一五
篤二郎　二六四
どくだみに　一六三
解けかけて　一六三
解けきれぬ　一六二
融けゆくと　一六三
床屋より　一六六
　―曇はれゆき　二六一
　―闇ささやかに　二六六
とし老いて　二六一
年かさの　二六四
歳加へ　一四
年越えて　二六六
　―いまだ輝く　二二四
　―辛くも保つ　一六三
としつきに　三一三
としつきの　二六五
歳積もる　二五二
歳々に　二五〇
とき長く　二五六
年の逝く　二八一
年若き　二六九
年若く　三六一
年終ふる　二七六
婚教へ鳥と　一三二

とつくにに　三七五
外つ国を　八五
突兀と　三二四
訥弁の　一九
ととのへし　三二四
整へる　二二四
　―電子辞書より　一六六
椴松の　三三五
　―畑の広きに　三二二
隣家の　三二二
外の面には　二六〇
訪ひ来るを　二六三
鳶の声　二二一
土俵際　二六〇
跳箱を　二八二
遠からず　二八〇
遠き世の　二六四
遠き明日香　一九二
遠き母　一八二
遠からぬ　三二〇
　―我もかからむ　一七
　―嫁ぎゆくべし　一六二
　―拈華微笑を　三六一
　―山下水の　二七九
遠く来て　二六六
　―阿波の遍路と　一三二

—雨戸を揺する　二九
—西安街路　二四一
—てのひら合はす　三五
遠く嫁ぎ　三九
遠く遠く　二七
—天竺の朝を　三八
—命一つを　二五一
—地の果てまでを　二五二
遠ざくら　二六
遠くより　二九
遠く丸く　一六〇
遠つ祖　二四七
遠つ世の　二六四
—御手洗川を　二六七
—人の遺しし　二六七
—はつせの丘に　一三二
遠々に
—天路を帰り
—けぶるごとく
—雷神鳴ると
遠花火
遠山の
遠山に
通り雨
停まらんと
富む如き
弔ひに

—経読み終へて　二一〇
—間に合はすべく　二六七
弔ひの
—ないかなと　二四一
—とめどなき　三五
—とめどなく　三三
纏の
友則が
十文とは　八一
トラックを　二七六
とらはれし　三五一
とらはれ　一三二
取り合へば　二一四
とり崩す
穫りごろの
とりどりに
とりどりの
—色温かに
中庭に
—傘を開きて
—機械めぐれる
鶏肉が
とりみつば
トレーラーの
最新流行に　一六四
ドローンと　四七三
泥の如　三二七

な

流れゆく
—渓川の音
—時世に遠く
—ままにあらしめ
—水にひかりは　四二二
萎え枯るる
長雨の
—長き冬
長き廊下
長く長く
—うたよみ給ひ
—八十五年
—わが寺を守り
宙に
流されず
流るるは
永らへし
長引ける
半ばより
半ばとけ
中庭に
長々と
ながながと

ナイアガラの　二〇一
—ないかなと
—ままにあらしめ
—水にひかりは
鳴き急ぐ
なきがらの
泣き縋る
亡き妻が
亡き妻の
亡きものの
凪ぎわたる
慰めは
亡くなれる
なすすべも
鉈をもて
夏いまだ
—哀へぬ空
夏がゆき
夏霧の
夏寒き
夏過ぐる
納豆を
夏の蝶
夏は蟬
夏日浴び
流れ来る
流れ去る
ながれゆく

夏帽に 二三〇
夏山の 二八八
七草の 二七七
七十年を 三〇六
七度目の 三一三
斜めにし 二三〇
某の 八一
何がそれ 四二九
何がなし 三〇一
何げなくが 二九六
なに心 一六七
何心 一六四
何ごとか 三三八
何事か 三三
何しかも 二五七
なにとなく 四〇五
何々反対 一一八
何に見し 四三〇
何に倚る 四〇四
何のちぢれに 四二三
何のゆゑ 一九六
何もかも 三五五
何も足さず 二五三
何ゆゑか 三五一
何ゆゑに
—今日よみがへる 三三〇
—メダルを噛んで 四一九
何ゆゑの 一六五
菜の花の 四六
苗代に 一七三
縄張りを 一〇三
生コンの 一一〇
なまなかに 三七九
涙湧く 二一五
波の打つ 二三八
並びつつ 一三
なりはひと 三九六
なりゆきの 二四九
汝のほか 一五六
地震ふるひ 三八一
地震やみて 四五
地震揺りて 五二
名を知らぬ 三二二
軟弱惰弱 一四四
南天に 一五六
何の菊と 三五一
何の木の 一一一
何の花 四七
何の実とも 三九二
何万と 四〇三

に

賑はひは 二八六
憎き迄 一九八
憎らしき 一五八
逃水の 一五八
にこやかに 三四
濁れりと 一二三
二三日
—雨のそそげる 四一四
—こぼれをりたる 九六
—囀り高く 一五〇
西ノ京 四一五
二十三歳の 一四八
二十四万字 一六六
西へ向き 二九一
二千十年 三三四
日曜は
—朝早きより 三八四
—繰り返し来る 五〇
日曜を 三
日々に
—花を掲げて 四二三
—深みゆく冬の 四一九
二・五噸の 二八九
荷の紐を 二〇一
庭石の
—いささ窪みに 二四七
—暑熱に焼けて 四三一
俄かなる 一九六
俄にし 三七九
庭木々は
—芽吹きはつかに 三八〇
—夜もすがらなる 一〇九
庭木の上 四二六
庭さきに 三四九
庭遠く 三六五
庭中に 三九一
庭なかの 三九三
庭なかは
—沙羅のしらはな 三六二
—ものの気配の 四〇六
庭に来る 二四七
庭に立つ 三四九
庭の最中は 三三九
新みたま 四九
にひ緑 二一九
二百年 一〇八
にひわかば 三八八
匂ひ立ち 五三
日本人 二八
ニュースにも 四一六
如意宝珠に 一〇一
尼連禅河に 三三八
二位局 四三
荷を負ひて 五〇
荷を挽きて 三〇〇

人間の　二九一
　——営みとは何　三七二
　——いのちたかだか　三五五
人間は
人参が　三五二

ぬ

抜き打ちに　四〇六
抽んでて　二五六
ぬくもりに　二八六
温もりの
抜裏の
抜けゆくは闇　一八一
沼の辺の
「ヌマは演説　四三
絖の如　二七七
濡れ緑と
濡れば濡める　二一〇

ね

熱伝へ　三三五
熱烈歓迎の　四〇
涅槃図を　三三五
涅槃会は　二七八
成長勝る　一四一

の

年金の　九七
念ずれば　二八六
のぼりゆく　九一
年々の　三二六
年齢不詳　一〇六
蚤虱　四九
飲みさしの　三一
野を潔め　四一二
野を寒く　三四
喉より　二二六
乗りかけて　三二五
乗り換へに　三七二
乗り来ては　一六一
墓の辺の　一三
図らざる　五七
宣長大人
農を捨て
軒下に
軒といふとも
軒深き
芒ものの
鋸の
鋸を
残り少なき
残りなく
　——振り散らしたる
　——冠毛風に
残る葉を
覗きこむ
のちのよに
のど迄の
野の尽きて
野の果ては
　——山打つ雨に
野の遠に
上り電車　八〇
のぼりゆく　一七五
　——緑の日蔭に

は

パーシー・フェイス　二六三
虚像に
ハーレムの
拝啓の
背後より
沛然と
　——打てる豪雨の
敗戦の
のみど出で
墓石を
墓石の
墓石に
はかなくも
墓に向き
掃き寄せし
掃き進み
謀らひか
　——跳びの紛ひの
　——風はまともに
履きなれて
　——桜の花の
　——八重の桜の
莫高窟の
白梅に
白梅の
励まされ
函館空港
葉ごもりに
バザールは
箸か椀か
端近に
箸長き
抱擁シーン
　——秋の終りの
方丈の
放射能
野原・利根川・
のぼりたる

「始めもなく　三八
柱には　四三
走り来る　三〇八
バス停に　一九七
　―所在なく立つ　四一
　―手を振りぬしは　三六三
蓮の葉の　三一
裸樹の　一七
　旗雲を　二六
雷神　四九
二十にて　三九
畑に植ゑ　一九七
肌脱ぎて　一九七
畑の上は　三一
はたはたと　四
八月の　二六一
　―暑き日暮ぞ　三四
　―光まばゆき　三六七
八十年　三二
八十の　三二
八十を　四〇三
鉢巻に　一五五
はつ秋の　一五四
発車まで　二二〇
八達嶺に　一〇六
発着の　一四

はつゆきは　二六二
果つるなき　二八
果てしなき　一六一
果ての果て　一〇五
果てのなき　一五一
大型遊覧船の　二四二
パトカーの　四二九
花散らす　三七
花白く　五四
花のち　二八七
花の雪　二六六
花の　四〇五
鼻の先　四九
花冷えと　二六二
花は葉を　三三二
花ひらき　一九
花びらの　八二
花びらは　一八二
花も葉も　二六二
花もみぢ　三六一
花終はり　二九三
葉の間に　四二
歯茎の検査　一六一
憚りなく　四〇二
憚りの　三三二
憚りも　一九

　―薄く透けつつ　三七
　―ありと見分かぬ　一九
春浅き　四〇二
　―パリの女　三三〇
張り透る　二三二
腹の空き　一六九
早々の　二五二
囃し立つる　二六〇
蠅蚊蜘蛛　二九〇
　―屠らるる　一八二
這ひ這ひを　二六六
蔓延れる　三三二
母逝きて　三六二
母顕たす　三〇五
母と呼び　四二九
母の面差し　四九
　―来れる朝の　三三二
春寒き　二九五
榛名より　三二〇
春紫苑　一六三
春の苑　七一
春の兆し　一四
春の風邪　七一
春の日の　二〇六
春は竈　四〇六
春は沈丁　二五二
はるばると　三三四
　―はるかにし　二三八
遙かなる　三九四
　―冷気のなかに　二三七
春いまだ　三二二
　―グリーン席に　三〇二
　―天山南路　二五四
晴れ渡る　四〇〇
晴れ渡り　二五八
張れる肘　三七〇
晴れ晴れと　二三〇
反核は　三六〇
板金は　二六二
判決の　二九五
半世紀　四二一
ハンセンに　三二七

ハンドルを　三一
半日の
　—雨　二〇六
　—あがりたる　二六三
般若湯　二六三
榛の木に　二五

ひ

冷えつのる　三五一
鼻腔ふかく　三三二
日がな一日　三二二
乾涸びし　八一
ひかり移る　一〇〇
光さす　二六
光り立つ
　—墓に向かひて　二五七
　—水たまりあり　三六
　—自転車の　三二一
　—尾花は早く　三五
光の輪　二六九
光もつ　二四
光る迄　一五二
引き戸開けて　二九五
蜩と　一六一
日暮まで　二一〇
引くわれの　一三二

緋襷の
　—斜に走れる　二〇〇
　—備前の炎　二〇二
ひたすらに　二〇七
　—祈り籠もれる　三一一
　—苑に古りたる　三一二
　—曇りの続き　三六二
　—むすめが植ゑて　二六
只管に
　—本読むと見せて　二一二
　—乾きゆく夜と　二〇四
　—耐ふる庭木と　二一〇
　—働き成しし　二七九
直土に　三一五

氷雨打つ
久々の　二五二
久々に　二五二
醬など　二六〇
美人不美人　一〇二
潜みたる　一〇一
ひそやかに　一〇一
膝の上に　四八
膝の抜けし　二五
ひつたりと　二四二
引越の　二〇
饑きは　四一七
直向に　二一四
直向きに　二〇〇
ピッチング　一七五
人あまた　二七九
人あれど　二六〇
ひといろに　一八三
ひとり駅を　八五
人降りて　二一三
人が行き　二〇三
ひと気なき　一九三
ひとしきり　二〇〇

人知れず
　—扇子に扇ぐ　三六一
　—葉蔭に実り　二〇〇
　—目立たぬ花を　二九八
　—想ひも胸を　二八七
　—山のいただき　三五二
人を掬ひ　二六六
人は斯く　二一四
人のぬめ　二二
　—朝の光の　三七八
　—丘の傍辺の　三七六
人の出入りの　四三
人の話　三二四
人の目に　三二一
人の詠む　九二
人のわざ　二〇〇
人のぬて　三二四
人のこめ　二四〇
人の心は　四〇一
人の恨み　二七五
ひと夏の
　—暑さを凌さ　三二二
　—果てかと思ふ　二九二
ひととせの　二九二
ひととせは　二四二
一年の　五一

一卜目六万　三三一
灯点しの　一六二
ひと夜さの　三〇二
人よりも　三〇二
輝を持つ　一六一
ひとり来て　三五五
ひとり来し　一六一
一人来し　一六一
一人して　二六一
一人摂る　二九一
独り居に　三三二
独り身を　三二六
人を待つ　一三二
秘むべきが　二九一
ビニールが　一四一
ビニールと　二九二
ビニールの　三一一
陽に透きて　三四一
陽に光る　三五一
陽に光る　二五四
陽に光る　二五〇
日に干せる　二二四
日に夜に　九一
日の及ぶ　三一一
陽の薄き　三五二
陽の薄き　二六五
日の翳り　二六五
日の下に　一七五
灯の下に　三三六
灯りの　三三二
日の長く　一二九
日のひかり　三二六

日の光
　—翳り移ろひ　二八〇
　—乱るる霧に　二七六
灯のもとの　三六五
輝を持つ　三六三
ヒマラヤ杉　三四〇
ヒマラヤの
　—空晴れ渡り　二四九
　—白皚々の　二五〇
姫沙羅の　二四〇
百瓩爆弾の　九一
百貨店の　二六一
冷奴　二二二
冷ゆる夜を　三五一
鵯が　二六二
ひよどりが　二八二
ひよどりに　二八五
鵯の　二四〇
ひよどりら　三一二
鵯ら　三一一
　—寝て了ひたる　五一
　—手加減せぬか　一六七
PやPよと　五一
開かれて　一六七
開きたる　七二
平野先生　四七

ピラミッド　四七
ピラミッドの
　—平紹過ぎ　三七六
　—比良を越え　三二九
昼過ぎて　三四二
ビルの間の　四〇八
午前の　二八一
昼前の　三〇二
昼前の　三五八
昼飯の　三〇〇
昼飯を　三六六
昼も夜も　二六一
ひろげ干す　三六一
鰭崎英朋　二四一
備長炭　三三三
ひんがしの　三六六
日を通し　二九一
日を連ね　九一
日を加へ　三一二
日を重ね　三二九
深々に
　—ゆく秋の日日　三六〇
深まりて　二五六
ふかぶかと　二五六
不可思議の　二四二
深川鼠の　四〇八
フェロモンを　二七五
フェルメールを　四二
風媒の　二五九
風鎮を　一七六
　—中を喜び　三二三
　—中を巣となすは　二三一

風鐸の
　—音は切なく　二三一

ふ

噴水の　一七二
深井戸の　三五二
深渓に
　—薄らに寒き　二六八
噴き出づる　二四一
ふき出づる　三一二
ふきしなふ　九一
吹きしなふ　九二
　—枝々のかげ　三六〇
　—槻の若葉は　三六九
　—風に水皺の　二五六
　—風の行方を　二五九

蕗の薹　二〇五
蕗の薹の　二〇六
吹き紛ふ　一九一
吹きやまぬ　一五
服装を　三二
福島宮城　三七
膨らみの　三八
孵化旨く　三五
富士が嶺の　一二
節長き　一六五
葡萄酒の　一六七
葡萄の皮　八七
ふたおやと　二六
ふたたびは　三二
双つまなこ　三六五
潭の水　三一
仏前に　五〇
仏壇が　三六
懐手　五五
太りたる　三六
ぶなの林　三七
ふなべりを　三〇七
訃報訃報　三六二
父母ともに　一〇四
父母もなく　四三三
踏まるるを　三二
踏切に　二〇

踏みごたへ　一五五
踏みしだく　二〇二
踏みしむる　三一二
踏み締めて　二五四
踏みしめよ　二五
不身持に　三七六
冬雨に　二一六
冬構へ　二九
冬草は　三一七
冬近き　二一
—研究室の　三〇九
—藪畑は　三〇八
冬づきて　二一二
冬づける　二五五
冬長く　三一
冬のくもり　二六六
冬の日の　二六〇
—淡きを浴ぶる　三六一
—賀茂の社に　二二三
冬の陽を　一七〇
冬晴れを　一七六
冬深く　二二四
プライドを　三六七
ブラインド　四二〇
プラハにも　三八七
振り仰ぐ　一三一

—滝のその上　四〇〇
夜空にはるか　三六五
降り荒るる　一六二
振り返る　一九二
隔たりて　二九四
壁面の　一九二
降りしきる　二〇五
距たりは　一九二
糸瓜の水　二三二
降り注ぐ　二二六
経巡れる　二二〇
—今日のひかりを　二四〇
部屋の奥　一七五
—滝の光に　二六五
ヘレニズム　二三二
降り散らす　二一一
偏奇館の　二七二
降り続く　二一一
編集を　二六五
降り積もり　四四〇
編隊を　三六〇
振り乱す　一六一
遍路一団　二八二
降る雨に　一九六
遍路にて　三六一
古き塔婆　一〇一
へんろ宿に　二七六
古言の　一二九
ペンを持つ　六〇

へ

閉店に　三二
堀の外　一五〇
壁面の　一九六
隔たりて　二〇二
距たりは　一五
糸瓜の水　二四二
経巡れる　二二二
部屋の奥　二九三
ヘレニズム　四二九
偏奇館の　二七六
編集を　四六四
編隊を　一二四
遍路一団　四六
遍路にて　三七五
へんろ宿に　二九六
ペンを持つ　三四七

ほ

某月某日　三四一
牡丹の　三三六
—厚く開ける　二八〇
—上に枝歪れて　三三六
—黄を見てあれば　三三一
フロイスが　二五一
風呂敷に　三六
フロントガラスに　二一
北欧の　一〇四
吠えかかる　三三一
蓬頭垢面　五二

北極圏に　一〇
北極の　一〇
北満に　二五
ほぐれゆく　一八三
舗装路に　二五四
干柿の　二四六
星取表　二四六
星一つ　九二
ボスポラス　二五七
細々と　二六五
細りゆく　二九五
細りたる　一七七
菩提樹は　一七七
蛍の火　一八
舗道には　一七六
骨太き　三二三
仄明けの　二〇二
法要の　三二一
施すな　三〇二
ホチキスに　五一
杜鵑　三〇四
ほとばしる　二六一
程々に　二八一
ほどもなく　二九
穂に出づる　二六〇
　―経誦みをれば　九〇
　―供花に混じれる　一四七

ほほけたる　三〇
蓬けたる　三〇二
頬白の　三〇〇
ほほゑみを　二六一
微笑みを　九〇
ほほゑむは　二六一
ホラービデオの　二六
掘り返し　二九
巻きつきて　一五一
堀水の　二六六
ボロブドゥールの　二〇九
梵音は　一七
本気にて　一七七
梵妻の　一八
本山の　一五一
本尊の　一〇二
本堂の　一〇二
　―朝の勤行の　一〇四
　―とびら閉すとき　三三六
本棚に　三三〇
盆どの盆どの　一四二
煩悩の　一二二
盆の窪　一二九
盆の過ぎ　一七二
盆の火を　二三六
盆の間を　三二八
本坊の　二九一
本坊前に　三二四

本場所の　三五八
【ま】
妄語戒　一六五
まかがやく　二六四
摩天楼の　二六六
窓近く　一〇
まとまらぬ　一〇二
槙尾の　八八
まくなぎも　二七七
まくなぎを　二〇九
ま盛りの　一七二
真寂しき　一一五
まさびしく　一五
ましづかに　一四六
真白きは　一七〇
未だきより　一八六
またたく間　一七四
瞬く間　二六九
まだ小さく　二六六
町医者の　二六六
町角の　二六九
街川に　三八二
待ちてゐし　三六六
　―さくらは咲きて　五一
　―盆も忽ち　三五九
町場暮らし　四四

街をゆき　三〇七
真先に　三〇四
松桜　二〇〇
貧しかる　二〇〇
貧しさの　二四
摩天楼の　二六五
窓近く　八四
まとまらぬ　一〇
　―思ひに膝の　二九九
　―山木枯の　三一二
　―地虫の声の　二四七
間なくして　一五二
窓を打ち　一一五
マドリード　二六〇
まともには　一七七
ものの多きを　八四
まとまらぬ　三一二
目先に　二五〇
眼伏せ　三七六
眼差しの　二八八
眼底に　三六六
まなぶたに　四六六
回りかね　二三二
町角の　二四〇
街川に　三三六
真東に　三四六
真昼間に　三三一
まぶしくも　三九一
真二つに　三三一
前を向け　三六四

前を行く　三五二
幻に　三六三
まぼろしを　三五二
　—なせる夜霧の　二八〇
　—夢に通はす　三五二
目見双つ　三三一
摩滅せる　二九一
マリア・テレジア　二三二
マリーゴールド　二八〇
マリオネット　二七二
まれまれに　二三〇
　—赤子の泣くを　二五一
稀々に　四二一
　—余光は射して　二三六
マロニエの　三二一
まろばせし　三四一
　—桂の枯葉　三二八
　—口中の飴　三五一
円葉もて　二三七
まをとめは　三〇一
曼珠沙華　二五四
マンションの　二五四
　—巨体は徐々に　三五四
　—高きに餌の　二〇六
万年の　一七七
曼荼羅華　二六四
　—満員の　三五〇
陸奥に　三三二

　—客降りつぐと　三六
　—乗客なべて　四二

み

見上ぐれば　三六一
　—残雪の見え　三四〇
　—姿ことざまに　二六一
見上げたる　二四一
見おほせぬ　二九一
見おろしに　二七一
みがかれし　二二三
みかげ石　二一〇
右恵果　三一三
ミキサー車　二一三
幹ながら　二四一
幹の芯　二六一
幹太く　三〇一
幹古りて　二八二
　—つや立つものか　二七一
　—広き影なす　三六二
三言ほど　三二一
未熟児と　二五四
乱れなき　三一〇
道すがら　二四一
　—身にか余れる　二五〇
みづからは　二四一
　—死期を知らねば　二九五

道の辺に　三九四
道細く　二五四
　—水揚ぐる　二五四
　—水ありて　三二四
水青き　三一三
湖に　二九二
みづからが　五一
　—し終へたるのち　二七二
　—メトロにあらば　二七二
みづからに　二六二
　—執し生くるを　二九
　—水を凝らし　二四〇
みづからの　七七
　—脚を嚙もて　二一〇
　—裡に含める　二六六
　—重さのゆゑに　二二四
　—影をうつせる　二七〇
　—清き翳りを　二七一
　—声励まして　二四〇二
　—死せるかんばせ　七六
　—丈に余れる　二三二
　—掌のぬくもりの　二七四
　—手を足を　二三一
　—身にか余れる　二五〇
　—みづからは　二四一
　—望まぬゆゑに　三二一

自らも　三九七
みづからを　五一
　—いたはりそこら　一四一
　—浄むる雨り　二四一
　—養ふ嘆き　八二一
自らを　三二四
水清き　二五四
水清く　二六七
水草は　二一〇
水子地蔵　二一〇
水子地蔵に　一七一
水垢離を　一四〇
水霜の　二四〇
水たまり　二九六
水の上に　八一
　—滴り続く　二九六
　—松の雄花の　二九五
水の力　八二七
水の辺に　三一一
　—石組のあり　三六六
　—いのち絶えたる　二六七
水の面に　三六六
水の面の　三三二

水の面を　三四
水は水　八三
水光り　二九二
水低く　二九二
水展け　三三四
水蔭の　三三五
　三つ二つ　二四二
緑濃き　三三二
みどりごは
　―まなこ安らに　二五七
　　瞼重げに　三五七
水底に　三三三
みなづきの　二五二
　みな人の　二八一
　南さして　二八一
南より　三五六
見慣れたる　二八四
身にこたふ　三八二
身に迫り　三八一
身につかぬ　三四六
身にとほる　二二五
身に響き
　―朝の冷気に　三七二
　―寒き庭面に　三四〇
身に深く　三一五
身に纏ふ　二六六
身のうちに　二五〇

実の落ちし　三八
見の限り　二五五
身の影の　三三七
身の細き　二九六
み墓べに　二七六
み墓べは　三五四
見晴しの　五六
見晴らしを　二四一
身ひとつを　三三二
身一つを
御両親
みほとけの
　―カーテンのかげに　三二四
　―窺ふ庭の　三五二
身を軽く　九一
身を包み　二七六
みんなみに　二四五
みんみんの　四一一
視るうちに　四三
見る見るに　一七七
身をかがめ
　―窺ふ庭の
　―カーテンのかげに　五二
結び目の　三六一
無常迅速　二六四
蒸し饅頭
虫歯なく
虫の音も

む

ムール貝　四九
迎へ火の　三五一
向き合ひて
麦の穂は
麦畑
椋鳥ら
椋鳥長
武蔵豊島
武蔵練馬
むし暑き
　―昼下がりなり
　―宵の歩みに
虫が飛ぶ
　―宵の歩みに
虫に朽ち
　―淡き花房
　―淡き散り花
紫の
　―花をし見れば
　―けぶりは上がり
むらさきの
腎肝の
　―香ぐはしきもの
　―思へるものも
胸深く
胸拉ぐ
胸熱く
胸元の
　―何を憎むに
斎き畏む
胸底に
「無」とのみに
睦む声
睦まじく
娘らが
娘二人
　―かのガンジスの

め

—スタンプ滲み　一四
—花の豊かに　一〇
—法衣の袖を　一四
—木槿の花の　一八
村雨の　一九
村岡花子と　四〇一
むりやりに　二九
室町の　二五二
ムンバイの　三二六

目あてなくも　五九
命有りて　四四
冥界の　三三
明治帝の　三〇九
めぐらせる　一二七
目晦ます　三五
囲りみなく　三三
めぐりゆく　三〇七
めくるめく　三六二
目ざましき　八〇
滅罪と　三五九
目瞑れば　三五九
—額に陽のあり　四六二
—絶景幾つ　一五五
珍かの

珍しき　一五
珍しく　二八二
珍しき　三二一
目に映る　一六〇
—森羅万象
目につかぬ　三三八
—梅花空木の
目にとむる　三五二
目に低く　三五三
目に満つる　三二六
目の粗き
目の先は　二八五
目の覚むる　四二
目の芯の　九七
眼の前に　四〇九
目の前に
—止まり少しく　二七五
—全きいのちを　二七五
—小石見つめ　三五一
地を雀が　三七六
—声上げていま　三六二
—へだて顔にて　五一
目を瞑り　三〇七
綿の白衣は

も

もう暮れる　三五九
朦朧と　八〇
萌え出づる　二六六
萌黄より　二六六
—モーツァルト　三〇
最上川　二五
茂吉日記　二二六
厚皮香の　三二二
木食の　二五
黙禱の　二二
モザイクの　三八〇
「もっと深場を」　二七五
もとむとも　三七五
ものいはぬ　二七五
もの悼む　九七
もの悼む　一七一
—一人に北の　五九
もの言はぬ　二〇六
—後ろ姿の　二九七
喪の家に　三〇二
もの想ふ　一五〇
物静か　二五六
ものの影　三五五
ものの深き　一七
—漆の器

—灯ともしごろを　一九五
ものみなの　二四
もの忘れ　一五二
椀に盛る　三一一
百年の　二四一
百歳を　二五
靄籠めて　二五
森の中　一六九
森林太郎　三二
もろ声の　一六二
もろもろら　二四四
モンサンミッシェル　四〇三
問題に　四五三

や

洋菓子を　三一
—永劫の
—闇を鎮めて　二五三
羊水の　二九九
—過去も未来も　二四七
横笛を　二三二
養蜂の　一〇二
—やうやくに　二三九
やがてやがて　四九八
屋久杉の　三一九

野次馬の
安からぬ
「靖国の
休まらぬ心
寝みても
やすやすと
安らかに
　—釈迦は微笑み
　—住まひ在ししか
　—立つ月山を
安らがぬ
安らぎは
休らひの
「夜中人静
　—犬の鼻づら
宿の袷
宿の夜を
屋根裏に
屋根重く
屋根叩く
やはらかき

山坂の
山深く
山高き
大和路は
山なみに
山の端に
山萩の
病づき
柔らかに
八重桜
八重のさくら
山間の
山幾つ
やまぐさの

柔らかに
　—湯気立ちてゐる
病む母の
病む母の
病む窓の
病むものは
　—やむを得ず
　—けぢめもあらず
　—名残を示す
敗荷の
　—葉は茎折れて

病み深き
　—風吹く午後を
病み深く
　—霧は動きて
闇を吹く
　—月の光を
病む友も
　—肌へをすべる
ヤムナ河
　—光集めて
　—冬日がさせり
　—湯気立ちてゐる

ゆ

湯あがりの
湯上がりの
唯一は
唯物史観
床走る
雪嵐
雪雲の
行き暮れて
雪しきり
行きて見たしと

雪融けて
雪解けの
雪解けを
雪の上に
　—幾百十の
　—ひかりはさして
雪の来る
雪残る
雪深き
雪伏せて
雪降れば
雪もよふ
雪催ふ
雪やみて
ゆきゆきて
行く先の
ゆくてには
行く手には
ゆくりなく
ゆく夏の
　—菩提樹のびて
　—繁みのありて
　—上野の地下道を
烏揚羽は
　—眼に満つる
湯気立ちて
湯気立てて

湯気だてる　一四九
豊かなる
―腰は焼かれて　三〇四
―水ほとばしり　二五九
「豊かなれど　一〇四
豊けき世　一三三
指先に
―摘めばよもぎの　三〇二
―まとめ捨てたる　二一〇
指に応へ　二三三
指輪八個　一五八
夕かげに　四二四
夕翳り　二九
夕顔の　一九七
夕暮るる
―木立の間を　八四
―庭に老樹の　一九
夕暮れて　九一
夕暮れに
―戸道を走る　一五四
―野の声満ちて　四〇五
―仏飯の器　二四六
ゆふぐれの
―淡きひかりに　三八二
―草生過ぎつつ　二六〇
―涼しき空に　三五一
―迫れる庭に　二〇二
―み寺の庭に　一七五
夕暮の　五一
夕暮れの
―空の窮みを　二〇八
―近き虚空に　三一二
ゆふぐれは　三七六
夕ぐれは
―とはに続かぬと　二九
―はかなき色に　二八八
夕暮れは
―交代のとき　三八四
―地上近くに　四一三
夕さりの　二九六
夕食の　四一一
夕空へ　一六九
夕近き　二二六
夕星も　三八九
ゆめに来る　二六五
夢の如く　九八
ゆりかもめ
―海面を掠め　二四
―水掠めつつ　一一三
ゆるゆると　八八
ゆゑ知らぬ
―涙の出づる　二一六
―夜更けの涙　一八一
理由の　一九五

よ

予期せざる　一二三
よき時に
―エジプトを見き　四一〇
―来しよと言はれ　一一八
―行きて仰ぎき　四一七
よく知らぬ　三九六
よくせきの　三四五
よく燃ゆる　三一六
沃野ならぬ　三八六
汚れたる　四〇
夜すがらの　二九九
寄せてくる　三三五
寄鍋の　二三
涎掛け　一三三
世に遠き　三〇三
世に誇る　一四九
夜のあかり　二七三
夜の遅き
―駅にとどまり　一七六
―庫裡に客間に　一七三
―タクシーにして　三八九
―湯浴みの飛沫　一五五
夜の降ち　一〇六
夜のくだち　三六四
夜の空の　三五九
夜の遠く
―救急車ひとつ　三九〇
―耳の底にて　四一七
夜のはじめ　三三八
世の果てに　二四五
よはひ重ね　三三七
よはひ長く　三八三
宵いまだ　一九九
宵暗き　二〇九
酔ひ深き　二四
宵々に　三五四
昨夜浴みし　三三五
昨夜の雨　二三四
よみがへる　七二
蘇る
―朝の光に　一九六
―去年オランダに　三三六
読みさしの　二三
読む経の　二六
夜もすがら　二九
夜遅く　四二一
夜の九時　三九
夜の空に　三三八
夜の間に　三一〇
夜深く
―幾千杯を　一六九

—過ぎゆく単車の　四三〇
—濡れ始めたる　五七
夜ふけて　三三五
夜更けて
—帰り来たれる　八五
—バッハのカンタータ　三九六
—船はセーヌの　四〇九
—冬のおほぼし　三九四
喜びの
—淡しといへど　三三三
—何か待つらむ　三三六
夜をこめて　三三四
夜を徹し　四〇〇
夜をとほし　三八九
世を早め　四二三
四千年の　一一七

ら

雷雨予報　一一七
廊下長く　四一三
老眼に　一二
老杉は　四二五
老人ホームに　一二八
老少の　一六八
老年の　二九三
老耄に　三三一
朗々と　二七五
洛北に　一一三
埒もなき　二八八
臈長くる　二九四
欄干に　一一二
襤褸臭ひ　二〇七
卵を生み　九七

り

退職の
—遠からぬ日日　二四八
—のちと覚しき　二〇〇
リビングの　三三〇
両の脚　一四三
両の足　一四五
稜線を　五八
リヨン駅　三〇
りんご園　三三一
擂座扁壺　一〇〇

る

瑠々と鳴き　一七二

れ

霊能の　三〇一
冷房の　四二〇
レストランに　三四〇
劣情の　一四八
列なして　三三二
烈風の　五三
複製と　一六一
蓮華座に　七七

ろ

陋港に　三九四
ローム層　二七九
ローラーの　四一
六月一日　三四三
六月の
—葬堂ひろく　三六三
—近づくころを　二二四
六歳に　三〇八
六百五十億個の　三六〇
六万年　四一〇
顱頂薄く　三八
ロドリゲス　一四八
驢馬の引く　二四五
論争の　一〇八
倫敦の　九〇

わ

弁別も　一四六
王権の　一三〇
王鐸の　一〇二
王朝の　一五四
わがいのち　二八七
わが家は　四二九
若からぬ　二五七
若社長と　三七
わが背より　八九
我が袖を　二二
わが立つは　二六四
わが庭の　四一八
わが咽喉　九九
わが一世　二一〇
わが前に　三三四
わが目見を　三三四
病葉に　九九
わくら葉は　二四〇
わけもなき　三七
鷲を見ず　一三一
ワシントンの　三五三
忘れたる　一一
蟠り　九二
僅かなる
—隙に割り込み　三

—登りとなるを　二六五
わらべ唄　四一八
わらべらと　八七
我に次ぎ　一〇九
われの問ひ　九二
われはもや　四一七

ゐ

居住まひの　一九五
威勢よく　一五四
井戸端会議　五七
田舎芝居の　三八
威のありて
—猛からぬ文　二八五
—猛からぬもの　五三

ゑ

餌をくはへ　五六
遠足の　七三
円壇の　三六四
園バスを　一六二

を

丘と丘　三〇八
幼きは　二八五
幼き日
—からだに付きし　四二七
—知れるともがら　四一三
幼き日に　四一一
幼きもの　三九六
幼児が　二四
をさなごの　二七六
をさなごは　三三一
幼子は
—風邪にのみどを　二九二
—座席に立ちて　三六
—既に眠りて　二二
—脛も腕も　一一
惜しむにも　二四七
苧環の　一四五
遠方の　一四七
男二人　三三
斧かざし　三三五
小野子山　一五三
小初瀬の　一二九
小止みなき　二一三
をやみなく　二〇八
折り合ひの　三三三
折り返し　六〇
折からの　二五四
折りふしを　三二八
折々に
—音密やかに　一七四
—炭火爆ぜ立つ　一七七
—光の移り　一九八
折々の　四二〇
折々は　一一九
尾を振りて　三二三
温泉饅頭　一一〇
怨霊の　一四四

ん

んんんんと　二五六

あとがき

本書は既刊歌集『天耳』『銀礫』『友待つ雪』『初瀬玄冬』『川瀬のひかり』の五冊に、未刊歌集『朝の声』と『初冬のあかり』を加えて全歌集とした。思えば「はたちまえ」から自作の歌を作り始めた。六十年ほどを越えて、長い歳月であった。この間、花實短歌会に入って後、当初は植木正三氏に師事し、のち平野宣紀先生に従った。

いま、顧みて何ほどの進歩向上があったというわけではない。しかしこの間、長く在籍した十月会の諸氏、ことに既に鬼籍に入られた、横田専一・白石昴・高瀬一誌・大滝貞一氏ら、そして昭和六年会での来嶋靖生・鈴木諄三氏、さらに本書に見事な解説をご執筆してくださった田野陽氏ら、恩顧を蒙った歌人の数々には御礼の言葉を述べさせていただく。

社内では、同年ながら神作光一氏、また今回の歌集上梓につきお世話になった利根川発・西川修子・帯川千の各氏、その他あまたの諸氏に深甚の敬意と感謝の念を捧げるものである。

いま自身の生涯を振り返って、ただただ八方に感謝の念あるのみである。ことに晩年を支えてくれている家族、長子康憲また次女晴子、また宗派所属の誰彼にもありがとうと言わせていただく。

出版に際しては現代短歌社の社長道具武志氏、今泉洋子氏にお世話になった。記して厚く感謝申し上げる。

平成二十八年九月十日

高久　茂

高久茂全歌集　　花實叢書第157篇

平成28年10月１日　発行

著　者　高　久　　茂
（塚　田　晃　信）
〒179-0084　東京都練馬区氷川台3-14-26
発行人　道　具　武　志
印　刷　㈱キャップス
発行所　**現代短歌社**
〒113-0033　東京都文京区本郷1-35-26
振替口座　00160-5-290969
電　話　03（5804）7100

定価6000円（本体5555円＋税）
ISBN978-4-86534-183-6 C0092 ￥5555E